小說歷史106

宮本武藏

㈦ 圓明之卷

吉川英治著

劉敏譯

遠流出版公司

小說歷史⑯
宮本武藏——劍與禪 (七)圓明之卷 (全七冊)
作　　者／吉川英治
譯　　者／劉　敏
主　　編／楊豫馨
特約編輯／孫智齡
發 行 人／王榮文
出版・發行／遠流出版事業股份有限公司
臺北市汀州路三段184號七樓之5
郵撥／0189456-1 電話／2365-1212
傳眞／2365-7979・2365-8989
著作權顧問／蕭雄淋律師
法律顧問／王秀哲律師 董安丹律師
排　　版／正豐電腦排版有限公司
1998年3月1日 初版一刷
1998年5月30日 初版三刷
行政院新聞局局版臺業字第1295號
售價：新台幣350元(若有缺頁或破損，請寄回更換)

ISBN 957-32-3437-8 (一套・平裝)
ISBN 957-32-3444-0 (第七卷・平裝)

YLib 遠流博識網
http://www.ylib.com.tw E-mail:ylib@yuanliou.ylib.com.tw

出版緣起

王榮文

歷史小說是以歷史事件和人物爲素材，尋求它的史實，捕足它的空隙，編織而成的小說。透過具有歷史識見和文學技巧的歷史小說家，枯燥的史料被描摹成了動人的筆墨。我們看到人物在歷史的舞臺上鮮活過來，栩栩如生，我們也看到事件在歷史的銀幕上鉅細靡遺，歷歷如繪。讀者所期盼的歷史知識和小說趣味都因此而達成了。

歷史小說的寫法彈性甚大。從服膺歷史的眞實、反對杜撰、史料的選擇和運用一再審愼考慮而趨近史家考證的一派，到僅僅披上歷史的外衣，而以主題濃厚、節奏明快見長的這一派，歷史小說的範圍可以說十分遼闊。但大體上，它包含了歷史的眞實和文學的眞實，而以小說的形式呈獻在讀者的面前，構成旣在歷史之中，又在歷史之外的微妙境界。

我國的歷史小說，是有長遠傳統的，《三國演義》就是其中最著名的一個例子，胡適認爲它是一部絕好的通俗歷史，在幾千年的通俗教育史上，沒有一部書比得上它的魔力。

在近代日本，從盡其可能達到歷史境界的明治時代文豪森鷗外，到近年來大眾文學傾向濃厚的司馬遼太郎、井上靖、黑岩重吾等，眞可說是名家輩出，這其中還包括了菊池寬、芥川龍之介、吉川英治、山岡莊八、新田次郎……等大家。而歷史小說的興盛至於蔚爲風氣也給讀者大眾帶來了深遠的影響。

由於歷史小說的深遠影響，它的出版便成了極具意義之事。數年前，我們曾經出版了一套包含《三國演義》在內的「中國歷史演義全集」，受到廣大讀者的歡迎。如今，我們在出版歷史讀物（柏楊版資治通鑑）和小說讀物（小說館）的同時，再接再厲，策畫出版一系列的「小說歷史」，這一次，我們企圖以日本的歷史小說爲主，更廣泛地爲讀者蒐羅精采動人的歷史小說。

我們期望採取一個寬廣的態度，與讀者一起從小說出發，追尋它與歷史結合的趣味。

目錄

(七) 圓明之卷

宮本武藏

㈦

圓明之卷

圓明之卷

圓，無止境、無曲折、無窮極、無迷惑。

圓擴展至乾坤，便是天地。

圓縮小到極至，便是自己。

自己是圓，天地是圓，兩者不可分，共存一體。

報春鳥

1

柳生城的所在地柳生谷，以黃鶯聞名。

二月和煦的陽光，照耀在武館的白壁上。庭中寒梅獨枝，彷彿一幅寂靜的圖畫。南枝的梅花雖已綻放，卻誘惑不了黃鶯，難能聽聞初啼之聲；只恐怕得等山徑野道上雪融之餘，才會出現黃鶯的芳蹤吧！而這柳生城，來自江湖各地的俠士們絡繹不絕地登門求教。

「拜託！拜託！」

「懇請大祖石舟齋師父傳授一招半式吧！」

遇此情形，門房必定冷冷地說：

「你是什麼流派啊！你以為你是誰啊？」

沿著坡道而築的石牆，有一扇深鎖的大門。登門求教者接踵而至，但皆徒勞而返。

「無論你們拿的是誰的推薦函，我們宗師已是年老力衰，概不見客。」

門房數十年如一日，都以相同的說辭回絕訪客。

其中也有人心不甘地抗議道：

「武學之道，應該是不分貴賤，不論功夫高低才對啊！」

說完憤然離去。卻無人知悉，石舟齋已於去年與世長辭了。

任職於江戶的石舟齋之長子但馬守宗矩，在今年四月中旬之前無法休假返鄉奔喪。因此柳生城至今尚未公布喪耗。

這座古老的巨石城，遠在吉野朝之前就已經存在。仰望城池，或許是觀者無心欣賞風景，根本無視春神早已降臨，羣峰環繞，只覺一片冷寂。

「阿通姑娘！」

有一位小男孩在後院裏四處張望尋找。

「阿通姑娘，妳在哪兒？」

隨著喊叫聲，阿通打開一扇門走出來。滯留在室內的焚香白煙，隨著她的身子飄了出來。阿通在石舟齋的百日忌之後仍然待在屋內，久不見陽光，原本白皙的雙頰，更添增一股蒼白鬱色，猶如一朵楚楚白梨花。

「我在持佛堂。」

「噢！妳又去那兒了。」

「有事嗎？」

「兵庫先生請妳去一下。」
「知道了。」
阿通沿著走廊，往橋廊走去。兵庫的房門遠在房屋的另一頭。阿通走近，望見兵庫坐在屋簷下。
「阿通姑娘，妳來了，我想請妳代我出面招呼客人。」
「哪位客人？」
「來了好一會兒了。木村助九郎正在招呼他，但是木村不善與人交際，更甭說是陪一位和尚談論兵法呢！」
「這麼說來，又是寶藏院的和尚嘍？」

2

奈良寶藏院和柳生庄的柳生家，除了地緣相近之外，在槍法和刀法上也是淵緣深厚。已故的石舟齋生前和寶藏院的開山祖胤榮是知交。
幫助石舟齋在壯年時期開悟的恩人是上泉伊勢守。而當初介紹伊勢守到柳生庄的人，便是胤榮。
然而胤榮也早已作古。由第二代胤舜承襲師法。而寶藏院流的槍法，正好趕上武術興盛的潮流，在時代一隅，自成一派武學淵藪。
「你是否已通報兵庫大人說我胤舜登門造訪呢？要不然爲何不見兵庫大人出來呢？」

今天書院的客廳裏來了一位客人，帶著兩名徒弟，已經聊了好一陣子了。

此人便是寶藏院的第二代傳人權律師胤舜。而負責招待客人，坐於下座者是柳生四高徒之一的木村助九郎。

胤舜與已故的石舟齋交情篤厚，所以經常造訪，也不特定於忌日舉行法事之日才來，他的來意似乎是想找兵庫談論兵法。因爲已故的石舟齋常對人表示：兵庫的武功出衆。就連他叔父但馬都望塵莫及，甚至比我這個做祖父的還要優秀呢！

石舟齋對兵庫疼愛有加，生前就已將上泉伊勢守傳授給自己的新陰祖傳秘笈和三卷奧妙之旨，以及一卷圖解秘笈，傾囊傳授予兵庫。胤舜早已耳聞此事，一直希望有朝一日能持槍與故人之孫柳生兵庫交手切磋，較量一下。

兵庫可能是心裏有數，所以對於胤舜最近三番兩次的造訪都託辭：

「有點傷風……」

或者，

「剛好有事外出……」

避不見面。

今天胤舜一反常態，遲遲不肯離去，想必志在見兵庫一面。

木村助九郎察覺此，便回答：

「是的。剛才我已向他稟報過，他說要是身體好點，就能出來與您見面，可是……」

木村試圖掩飾。

「又感冒了嗎?」

胤舜問道。

「是的，實在是……」

「他一向體弱多病嗎?」

「不，他的身體強健。也許是在江戶待太久了，這幾年從未在此山國過冬，還不能適應此地的寒冷吧!」

「說到他的身體，使我想起一件事，聽說肥後的加藤清正公看他身強體壯，欲以厚祿召聘他。而石舟齋爲了孫子，曾附帶一個有趣的條件，才答應此事。」

「眞的嗎?我沒聽過。」

「拙僧也是聽先師講的。聽說大祖師向肥後的加藤大人說:『我這孫子性情急躁，如果在任官期間有所差錯，請賜予他三次免死機會。若能如此，我就答應把他交給你……』哈哈哈!想來兵庫大人的確性情急躁。不過，倒是挺得大祖師的疼愛啊!」

3

這時，阿通走了出來。

「啊！是寶藏院來的貴客嗎？很不巧，兵庫先生正在檢閱要呈報給江戶城的目錄，所以無法親自見客。」

阿通說完，親自奉上茶點。

「請用茶。」

她先遞給胤舜，再遞給他的隨從徒弟。

胤舜一臉失望地說：

「那眞遺憾。老實說，我有要事相告。」

「如果可以的話，我們替您轉告。」

木村助九郎一旁說著。

「現在也沒辦法了，那就由你們轉告他吧！」

胤舜終於切入正題。

他告訴木村：離柳生庄東方一里處，梅樹繁盛的月瀨附近，是伊賀上野城的領地和柳生庄領地的邊界。此處多坍方，溪流縱橫，村落零散，並無明顯分界線。

但是——

伊賀上野城原屬筒井入道定次的領地。家康將其沒收後賜與藤堂高虎。前年，這位藤堂藩入部之後，積極修築上野城，致力於年貢收租和治水工作，公布新政，充實國境。

由於新政策如火如荼地展開，最近有衆多的武士駐守月瀨邊境。他們肆意建造小屋，砍伐梅樹，任意阻擋旅人，侵犯柳生庄領土，時有所聞。

「也許藤堂家暗自打算趁貴府治喪期間，擴張國境，任意設立柵欄。或許我是太杞人憂天，但是若不趁早阻止，只怕將來後悔莫及。」

聽了胤舜的話，身爲家臣的助九郎立刻向他致謝：

「感謝您爲我們通報此事，我們會向他們抗議。」

客人走後，助九郎立刻前往兵庫的房間，兵庫聽完，付諸一笑：

「別管它，等叔父回來後，自會處理。」

然而，國界的問題若置之不理，屆時恐怕連一尺地之爭，都會釀成大問題。助九郎認爲：除了要應付這個大藩主藤堂之外，還有要事磋商，因此得找其他老臣和四大高徒共商對策才行。

助九郎心裏做此打算。到了翌日清晨。

助九郎照例從新陰堂武館出來，指導家中年輕人練武。這天早上，他一出門便看到住在炭燒山的小男孩站在門外。

「大叔！」

那男孩呼喚一聲，從後面跟了上來，並向他行鞠躬禮。

這位小男孩名叫丑之助。住在山上，年約十三、四歲。經常從比月瀨更偏僻的深山服部鄉荒木村跟著大人挑些木炭或豬肉到城裏來販賣。

「噢！是丑之助啊！又來偷窺武館練武了。今天有沒有地瓜呢？」

4

丑之助挑來的地瓜比其他地方的地瓜還味美。因此助九郎才半開玩笑地問他。

「今天沒挑地瓜來，但我給阿通姊姊帶來了這個。」

丑之助將手上提的草籠給助九郎看。

「是莖菜嗎？」

「才不是，是活的。」

「活的？」

「每次經過月瀨時，都會聽到歌聲甜美的黃鶯在啼叫。所以我抓了一隻，想送給阿通姊姊。」

「對了，你每次從荒木村出來，一定會經過月瀨。」

「當然，除了月瀨別無他路了嘛！」

「那我問你……最近可有武士駐紮在那裏嗎？」

「也不是駐紮，不過，的確有些武士。」

「在那兒做什麼？」

「蓋小屋，在那兒住宿。」

「有沒有圍上柵欄？」

「沒有。」

「有沒有亂砍梅樹，盤查來往旅人呢？」

「他們砍樹是用來蓋房子，或是用來重搭雪融後流失的木橋，有些則用來當柴火吧！至於盤查來往旅人之事，我沒見過。」

「嗯……」

丑之助所言與寶藏院的說法有出入，令助九郎困惑不已。

「我聽說那些武士是藤堂藩的人。他們爲何要駐紮在那裏呢？荒木村裏可有此事的傳聞呢？」

「大叔，事實並非如此。」

「爲什麼？」

「住在月瀨的武士都是從奈良被趕出來的浪人。他們被太守從宇治或奈良趕了出來，走投無路才會跑到山裏來。」

「原來是浪人。」

「沒錯。」

助九郎這才放下心來。

自從德川家的大久保長安上任奈良太守之後，眼見關原戰後無力求得一官半職的浪人逗留在市區，無所事事，便到處驅趕他們。

「大叔，阿通姊姊在哪裏？我要送黃鶯給她。」

「在後面吧！可是，喂！丑之助，別到處亂逛哦！你與一般小孩不同，喜好學武，所以只特別允許你可以從外面窺視武館。」

「那，可否請您叫她出來呢？」

「啊！眞巧，從庭院門口往那邊走去的，好像就是阿通姑娘喔！」

「對，是阿通姊姊。」

丑之助追了過去。

阿通常常拿糕點給丑之助，對他和藹親切，在這位山地小男孩的眼裏，阿通簡直是天上仙女下凡來。

阿通回頭遠遠地望見丑之助，面露微笑。丑之助跑過去：

「我抓了黃鶯來送給阿通姊姊——在這兒。」

說完，拿草籠子給她看。

「黃鶯？」

本以爲可以討她歡心。不料阿通卻皺著眉頭，並未伸手接過。丑之助面露不解，問道：

「這黃鶯叫聲好美喔！阿通姊姊不喜歡養小鳥嗎？」

5

「我並非不喜歡。但是黃鶯被關在籠子裏太可憐了。放牠自由翺翔於天空，牠才能唱出婉轉甜美的歌聲啊！」

原先丑之助看阿通不肯接納自己的好意，有點失望，但聽她解說也就釋懷了。

「那就放了牠吧！」

「太好了，謝謝你。」

「放了牠，阿通姊姊比較高興？」

「沒錯，你的好意我已經心領了。」

「好吧！我放了牠。」

丑之助俐落地打開稻草籠子，一隻黃鶯跳了出來，像射出去的箭般頭也不回地飛出城外了。

「你看，牠能自由飛翔多麼喜悅啊！」

「我聽說黃鶯又叫『報春鳥』。」

「咦！誰教你的？」

「這種事我當然知道。」

「啊！眞抱歉。」

「所以說阿通姊姊一定會有好運當頭喔！」

「啊！你是說我也會有好消息，就像春神降臨大地般，是嗎？……我心裏的確有件期盼已久的事呢！」

阿通邊走邊說，丑之助尾隨其後，最後來到主城後面的草地上。

「阿通姊姊，妳準備上那兒去呢？已經走到城後山區了呀！」

「我在屋內待太久了，想出來賞梅散心。」

「若是如此，到月瀨去不是更好嗎？城裏的梅花差多了。」

「那兒遠嗎？」

「不遠，才一里路。」

「我眞想去，可是——」

「去吧！我馱柴火的牛就綁在山下。」

「要我騎牛去？」

「對，我會牽著牛的。」

她心動了。自己彷彿被關在稻草籠子裏的黃鶯般，整個冬天從未踏出城外一步。

他們沿著主城後的山路，往後面的雜人門出去。這城門有常駐守衛。荷槍站崗，看見阿通過來，只遠遠地向她點頭微笑致意。而丑之助雖有通行證，但他和守衛混得挺熟悉，根本無須出示證件。

「我要是穿披風出來就好了。」

阿通坐上牛背後，才發現此事，便自言自語著。路人看見阿通，無論認不認識都會親切地向她打招呼說：

「今天眞是風和日麗啊！」

再往城外走去，民家越來越少。阿通回頭望著山腳下閃耀在陽光下的柳生城。

「我沒說一聲就出了城來，天黑之前趕得回去嗎？」

「當然可以。我會送妳回來的。」

「可是，你不是要回荒木村嗎？」

「才一里路，來回跑幾趟也不礙事的。」

他們邊走邊聊。剛才在城邊鹽店前拿著乳豬肉換鹽巴的浪人模樣的男子，這時尾隨在阿通他們後面。

奔牛

1

道路沿著月瀨溪流蜿蜒而上。越往山裏，越是崎嶇難行。冬雪融化後，便少有旅人踏上此地，來此賞梅的人，更是稀少。

「丑之助，從你們村子到街上，都要經過這裏嗎？」

「對。」

「若要辦事，從荒木村出來，經上野的城下要比經柳生城還近吧！」

「可是，上野並無像柳生家那種武館啊！」

「你喜歡劍術嗎？」

「嗯！」

「農夫不需要學劍吧！」

「雖然我家是農家，以前可不是。」

「是武士？」

「沒錯。」

「你也想當武士嗎？」

「是啊！」

丑之助回了話之後，丟下牛繩，往溪底跑去。

原來是獨木橋掉落在溪裏，他下去把橋架好之後，又跑了回來。

此時，走在後面的浪人已經先行過橋了。那個人在橋上以及過完橋後仍數次回頭，不禮貌地打量阿通，後來才走進山裏去。

「那個人是誰啊？」

阿通坐在牛背上，被看得渾身不自在，喃喃自語。丑之助笑著說：

「妳怕那個人嗎？」

「不怕，可是……」

「那是從奈良被趕到這裏的浪人，他們住在前面的山裏，人數很多喔！」

「很多嗎？」

阿通想回頭，卻又猶豫不決。此處盛開的梅花盡入眼簾。但是峽谷裏的涼風襲身，再加上心中牽掛著城家，使她無心賞梅。

丑之助仍拉著牛繩，繼續往前走，並說：

「阿通姊姊，請妳拜託木村先生，雇用我在城裏工作，不管是掃地挑水都行。」

這就是丑之助平日的願望。他的祖先姓菊村，以又右衛門之名代代相傳。所以要是自己也能當上武士，也要改名爲又右衛門。從菊村之名以後，祖先中沒出現過大人物，所以他期待自己能以劍法立家，用家鄉之名「荒木」，取名荒木又右衛門。丑之助的崇高理想與他的模樣一點也不相稱。

阿通聽了少年的夢想之後，想起像弟弟般的城太郎，分手之後現在不知怎麼樣了？

他大概已經十九、二十歲了。

數著城太郎的年齡，一股寂寞之情霎時襲上心頭。因爲她也想到了自己的年齡。月瀨的梅花，還是初春的花朵。但是女人年過二十五歲，表示青春即將逝去。

「我想回去了，丑之助，請你回頭走。」

丑之助顯得不情願，但他還是聽話把牛調了頭。就在此時，前方傳來「喂！」的呼叫聲。

2

原來是剛才的浪人帶了兩名與他相同裝扮的浪人。三人圍上來，雙手抱胸，站在阿通所騎的牛隻旁邊。

「大叔，你們有何貴事？」

丑之助問道，但無人理他，三個人邪惡的眼神直盯著阿通。

「果眞不錯！」

三個人都發出讚嘆聲。

其中一人又說：

「是個美人胚子呢！」

那人毫不客氣地說：

「喂！」

還回頭呼叫自己的同伴。

「我好像在那裏見過這個女人喔！大概是在京都吧！」

「一定是在京都，看起來不像鄉下的女人。」

「我記不得是在路上，或是在吉岡武館見過她，但我確信見過這個女人。」

「你在吉岡武館待過嗎？」

「當然待過，關原之亂後，我在那裏吃了三年的飯哩！」

不知這三個人到底有什麼事。將人攔下，竟然聊起這些話題，而且每個人都不懷好意地上下打量著阿通。

丑之助生氣了。

「喂！山裏的大叔，有事快說，天快黑了，我們還得趕路回家。」

一名浪人這才注意到丑之助。

「哎呀！你不是荒木村賣柴火的小鬼嗎？」
「你是爲了這件事而來的嗎？」
「閉嘴，不關你的事，你快給我回去。」
「不必你講，我自己會回去。讓開！」
說完，正要拉牛繩。
「給我！」
一名浪人突然搶過牛繩，並用可怕的眼神瞪著丑之助。
丑之助緊抓著牛繩不放。
「你們要幹什麼？」
「我們有事找她。」
「要去哪裏？」
「你管我們去哪裏！閉上嘴，乖乖地交出牛繩。」
「不行。」
「你敢說不行。」
「沒錯。」
「這小子不知天高地厚，竟敢囉嗦。」
其他二人也怒目威脅，擺出架勢。

「你說什麼？」

「你想怎麼樣？」

三個人將丑之助團團圍住，對他舉拳咆哮。

阿通嚇得全身顫抖，緊緊抱住牛背。眼看著丑之助眉宇露出憤怒之色，正想阻止他，不料他已經大喊一聲：

「呸！」

丑之助根本不理會阿通的阻止。突然抬起一隻腳踢了面前浪人一腳之後，再用他的鐵頭撞向側面的浪人胸膛，並從那人身上抽出長刀，回身向背後的人亂砍過去。

3

阿通心想丑之助大概瘋了。因爲他就像隻無懼的初生之犢，對著面前的老虎猛撲過去。

面對比自己高大的三個大人，他竟然毫無懼色。剛才這一瞬間的動作，給對方重重的一擊，比起大人毫不遜色。

也許是他下意識的反應，也可以說是少年不按牌理出牌，反而搞得這幾個大人一下子應付不過來。

剛才他拿大刀向背後揮去，正好砍中背後的浪人。阿通見狀驚叫一聲，而她所騎的牛隻也被浪人的慘叫聲驚嚇到了。

不但如此，那浪人倒地時，身上的鮮血噴向牛角，像霧般撒在阿通臉上。

那人受傷慘叫之後，接著牛隻也發出哀嚎。原來是丑之助的第二刀正好砍中牛屁股，牛隻不斷發出吼叫，帶著阿通突然狂奔起來。

「哼！」

「臭小子！」

其他兩名浪人急忙追趕丑之助。丑之助跳入溪中，踩著溪裏的岩石逃跑。

「我還不賴吧！」

大人的手腳根本比不上他的敏捷。

最後他們察覺到追他太愚笨了。

「先別管那小子。」

兩人立刻回頭追趕阿通騎乘的牛隻。

丑之助見狀，回頭追在他們後面，並大叫：

「你們想逃啊？」

「什麼話？」

其中一人被激怒，回頭想再去對付丑之助。

「別管那小子。」

另一個人又說了一遍，便趕緊追那隻奔牛去了。這會兒牛不肯走原來那條大馬路，反而像隻無頭蒼蠅般，跑離溪邊，沿著山路往笠置街道的小路狂奔而去。

「——等等」

「等等啊！」

他們原本頗爲自信能夠追上那隻牛的，沒想到出乎意料，奔牛一口氣跑到柳生庄附近，不，應該說已經靠近奈良的街上了。

「……」

阿通一路上緊閉雙眼，幸好牛背上掛著木炭和柴火用的牛鞍，要不然恐怕早就被摔下來了。

「你們看！」

「有隻牛狂奔過去了。」

「快去救她啊！那個女人太可憐了。」

牛跑到人多的街上，阿通耳邊傳來與她錯身而過的人們的驚呼聲。

「在那裏啊！」

可是路人只能喊著，奔牛引起的騷動聲，全拋在背後，漸行漸遠了。

4

牛隻狂奔至般若野附近。

阿通心想死定了，因爲這隻奔牛根本是一路盲目地狂奔。

到底出了什麼事？

路人們都回頭替阿通捏一把冷汗。就在此刻，一位胸前掛著皮袋子的僕人模樣的男子，從前面的十字路口對著牛隻走過來。

「危險！」

有人警告他，但那僕人還是繼續往前走。結果，奔牛的鼻子似乎與那僕人猛然相撞在一起。

「啊！他被牛角頂住了。」

「傻蛋！」

路人過於擔心，反而責怪那個僕人走路不長眼睛。

然而，以爲他被牛角頂住是路人看錯了。剛才相撞時，砰——的一聲，竟然是那位僕人在牛的側臉上狠狠地刮了一巴掌。

看來這一巴掌下手頗重，牛隻粗大的喉頸，猛地向上抬起，轉了大半圈。路人原以爲那牛可能會用牛角再次攻擊人，不料牠卻更瘋狂地跑了起來。

可是這回尙未跑上十尺，奔牛的四隻腳竟然啪嗒一聲跪下來。牠口中吐著白沫，龐大的身軀因喘氣不止而上下顫動，好不容易，終於安靜了下來。

「姑娘，妳最好趕快下來。」

那僕人在牛背後說道。

路人們目睹這場驚人之舉，立刻一窩蜂地圍攏過來。當大家看到那僕人的腳跟時，更是吃驚得張大眼睛，因爲他用單腳踩住了牛繩。

「……？」

他是誰家的僕人呢？看來既不像武士又不像商家的掌櫃。

圍觀的羣衆個個露出驚惑的表情，再加上看見那僕人腳踩牛繩，禁不住嘖嘖稱奇：

「眞是力大如牛啊！」

阿通爬下牛背，走到男僕面前行禮答謝，但尚未從驚嚇中回過神來。衆多圍觀的路人更令她卻步不前，整個人身心俱疲，久久無法靜下心來。

「這隻溫馴的牛隻，爲何會發狂呢？」

那男僕拾起牛繩，將牛綁在街樹旁。然後一副恍然大悟的表情：

「哦！牛屁股受了傷吧！好像是被刀砍的……難怪會如此。」

他觀察牛屁股自言自語時，聽到有人叱罵圍觀的人，並驅散他們。

「啊！那不是經常陪在胤舜少爺身旁的寶藏院草鞋管理員嗎？」

說話的人是名武士。

那人似乎是從後面追趕而來的，說話時上氣接不著下氣。他便是柳生庄的木村助九郎。

5

寶藏院的草鞋管理員說：

「在此碰到您眞是太好了。」

說著，他拿下掛在胸前的皮袋子，說是奉院主之命正要將袋子內的信送到柳生庄，若是對方不介意的話，能否就在此過目，說完便將信送給對方。

「信是給我的嗎？」

助九郎仔細問清楚之後，展開信函。那是昨日才碰面的胤舜寫的，信的內容大意如下：

有關出沒在月瀨的武士之事，昨日在下對您提過之後，又再次派人調查，得知那些人並非藤堂家的武士，而是浪人聚集該處過冬。拙僧之前所言有誤，期能更正，謹此。

助九郎將信收入袖中：

「辛苦了！信上所言正好與我的調查結果吻合，這下我也放心了。請轉達心意，祈勿掛懷。」

「是，在路旁叨擾，實在抱歉，那麼我告辭了。」

正要離去時。

「啊！等一等！」

助九郎叫住對方，口氣稍有改變。

「你從何時開始當寶藏院的僕人？」

「最近才進去，我是名新人。」

「你叫什麼名字？」

「寅藏。」

「咦？」

助九郎仔細端詳對方之後說：

「難不成你是將軍家的老師小野治郎右衛門的高徒濱田寅之助閣下？」

「吔？」

「雖然以前沒見過你，但是城裏人人都在傳言說胤舜少爺的草鞋管理員好像是小野治郎右衛門的高徒濱田寅之助。」

「這……」

「我認錯人了嗎？」

「……老實說……」

濱田寅之助漲紅著臉，低頭說道：

「以前因爲某種原因我發過誓，才住進寶藏院當僕人。眞是愧對師門。也是自己的恥辱……請勿再傳揚出去了。」

「哎！我也不是故意要探你隱私……方才我只是想，也許我的猜想沒錯……」

「我想您大概聽過。家師治郎右衛門因某種原因而捨棄武館，歸隱山林，其原因是我寅之助不才所引起。因此我也捨棄身分，發誓即使打柴挑水，也要住進寶藏院修身養性。唉！我眞是太羞愧了。」

「小野師父之所以會敗給佐佐木小次郎，是因爲小次郎的挑撥離間，才致使小野師父被貶到豊前，此事天下人皆知。看來你是想爲師家雪恥嘍！」

「是的……有朝一日。」

滿臉羞紅的寅藏，話一說完，便急忙告別。

麻胚子

1

「還沒有回來嗎？」

柳生兵庫親自到城中門來打聽阿通的消息。

阿通騎了丑之助的牛出門之後，過了一段時間仍未見回來，才引起騷動。

因爲江戶城來了一封信，兵庫收到想轉交給阿通時，才發現她不在城裏。

「派人到月瀨去找了嗎？」

兵庫問道。

「沒問題的。已有七、八名跑去找了。」

家臣們異口同聲地回答。

「助九郎呢？」

「出城去了。」

「是去找她嗎？」

「是的。他出門前說要從般若野一路找到奈良。」

「不知現在如何了？」

兵庫嘆了一大口氣。

他對阿通抱持純純的戀情。他之所以覺悟到自己必須如此，是因爲他很淸楚阿通內心愛著何人。在她內心深處住著一位叫武藏的男人。可是兵庫還是喜歡她。從江戶的日窪到柳生這段漫長的旅程中，以及祖父臨終前阿通一直陪侍在側，悉心照顧。從這兩處，兵庫漸漸瞭解阿通外柔內剛的個性。能讓這樣的女人思念的男人，可眞幸福啊！

他甚至羨慕起武藏來。

雖然如此，兵庫並無野心要暗中奪人之愛。他的言行完全遵循武士道的鐵則。連戀愛也不例外。雖然未曾謀面，但是兵庫幾乎可以想像阿通所選擇的男人武藏是何等人物了。他心中暗下決心，將來有一天要將阿通安全地交到那個人手中。如此不但能完成祖父的遺志，也可略表身爲武士的純純戀情。

然而——

今天他收到的信函是江戶的澤庵所寄的。日期是去年十月底。不知爲何？新年已過，卻遲至今日才送到他手中。

信中內文大意如下——

由於北條大人以及叔父但馬大人的推薦，武藏即將受聘爲將軍家兵法師範之一人……云云。

之外還說，如果武藏走馬上任，立刻會有房子住，身邊不能無人照顧，希望阿通能趕至江戶，其餘諸事下回再詳談……

她不知會有多高興啊！

兵庫感同身受，拿著信到阿通房間，卻發現阿通不見，才會引起這場騷動。

2

過沒多久，助九郎陪著阿通回來。

而往月瀨尋找的其他武士，半路上遇見丑之助，便帶著他一起回到城裏。

丑之助像犯了罪似地一一向大家道歉。

「請您原諒！是我的錯。」

又說：

「我母親一定非常擔心，我得先回荒木村了。」

「說什麼傻話。現在回去，要是半路又被月瀨的浪人抓去了，這回可會沒命的。」

助九郎斥罵他，其他武士也說：

「今夜你就住在城裏吧！明天再回去。」

丑之助與其他下人被安排到外城郭的柴房過夜。

柳生兵庫在一個房間內拿出江戶來的信，交給阿通。

「妳現在打算怎麼辦？」

他問阿通的意思。

因為叔父宗矩即將在四月休假，從江戶回城。他問阿通是否要等那時再與叔父一同回江戶，還是獨自先行前往？

阿通一聽到澤庵的來信，連墨跡都覺得懷念。

再加上信上消息，武藏近日即將官仕幕府，在江戶將擁有自己的宅第。

幾年杳無音訊，現在既然從信中得知消息，簡直令她度日如年，哪能再等到四月呢？

她的神情掩不住想立刻飛奔過去的喜悅。

「若是可能的話，我明天就走。」

她小聲地道出急欲離去的心聲。

兵庫點點頭。

兵庫本身也無法在此久留。自己明年將應尾張的德川義直之聘前往就任。屆時打算順道到名古屋一趟。

但須等叔父歸來，為祖父舉行大葬之後才能成行。兵庫告訴阿通，本來很想順道送阿通到半路，如今，阿通得先一人上路。

從江戶捎來的信，自去年十月底發出之後，過了年節，遲至今日才送達此地。可見途中的驛站或住宿治安，表面上風平浪靜，實際上尙未完全進入軌道。兵庫認爲一個女人獨自旅行，頗令人擔心，但是阿通旣然下定決心，也不便阻止。

兵庫再次確定她的意思。

「沒問題的。」

阿通心裏非常感激他的關懷。

「我已經習慣一人旅行。而且世間冷暖我也略知一二，就請勿掛心了。」

後會有期了——這天晚上，大家設宴爲她送行。

翌日清晨，天氣晴朗，到處鳥語花香。

助九郎及其他熟識的家臣，全都站在中門兩側爲她送行。

3

「對了！」

助九郎一見到阿通，立刻吩咐身邊的人說：

「至少送她到宇治橋附近吧！昨夜丑之助也住在城內的柴房，剛好可以借他的牛。」

說完，立刻派人去叫他來。

「設想得眞周到。」

大家也都讚同。雖然與阿通道別過了，但又拉住她，讓她在中門附近等待。去叫人的武士回來，說：

「沒看見丑之助。聽僕人說，丑之助昨晚摸黑越過月瀨回荒木村去了。」

「什麼？他昨晚回去了？」

助九郎大吃一驚。

聽到昨晚發生的事情，衆人對丑之助的膽識深表驚訝。

「那就牽馬過來。」

有一名武士聽助九郎吩咐，立刻飛奔至馬廄。

「不，女人騎馬太奢侈了。」

阿通推辭，但兵庫非常堅持。

「那麼，我就恭敬不如從命了。」

說完，騎上武士牽來的馬背上。

馬載著阿通由中門往大門的緩坡走去。這一路是由一個小武士拉著馬口輪，一直送到宇治。

阿通騎在馬背上，回頭向大家一一行禮道別，當她回頭時，臉頰拂過一株伸出崖邊的梅花，兩、三朵花瓣隨之飄落，散發出一股清香。

「再見了！」

兵庫無語，眼神卻道盡一切的心聲。斜坡上的花香，淡淡傳了過來。

兵庫心中瀰漫著一股莫名的寂寞感——雖然不捨，仍暗自祈禱阿通能快樂幸福。

大家目送阿通離去，她的身影漸漸消失在城下道路盡頭。兵庫不忍離去，大家便留下他，逕自離開了。

兵庫寂寞的內心暗自神傷。不知何時，昨晚回荒木村的丑之助站在他背後。

「兵庫先生。」

「噢！原來是你。」

「沒錯。」

「昨晚你回家了嗎？」

「我怕母親擔心。」

「你經月瀨回去的嗎？」

「是的，不經過那裏就無法回村子了。」

「你不害怕？」

「一點也不……」

「今早呢？」

「今早也經過。」

「有沒有被浪人們發現你？」

眞羨慕武藏。

「兵庫先生，您怎麼這麼擔心啊！眞奇怪！我聽說那些住在山裏的浪人，知道他們昨天戲弄的女子是住在柳生城的人，害怕柳生城來興師問罪，早就趁夜裏不知躲哪那裏去了。」

「哈哈哈……是嗎？小毛頭，那你今早來此做啥？」

「我嗎？」

丑之助有點靦覥。

「昨天木村先生誇我們山裏的野生地瓜好吃。我請母親幫忙，挖一些地瓜來了。」

4

「是嗎？」

兵庫落寞的神色這才消失。眼前純樸的山地少年，彌補了他失去阿通的空虛感。

「這麼說來，今天有好湯喝了？」

「如果兵庫先生喜歡吃的話，我會再挖更多來。」

「哈哈哈！」

「阿通姊呢？」

「剛才出發去江戶了。」

「咦？江戶……這麼說來，我昨天託她的事，她還沒告訴兵庫先生和木村先生嗎？」

「你託她何事？」
「讓我在城裏工作的事。」
「在城裏工作？你還太小，等你長大一點，我一定雇用你。你爲什麼要在這裏奉公呢？」
「我想學習劍法。」
「嗯……」
「請教我。母親尚健在時，我一定要表現給她看。」
「你跟誰學過劍法？」
「我以樹木鳥獸爲師，獨自摸索。」
「這樣就行了。」
「可是——」
「將來可來我住處找我。」
「你會住哪裏？」
「大概會住名古屋吧！」
「名古屋，是尾張的名古屋嗎？可是，父母在不遠行啊！」
每次一提到母親，丑之助眼中便閃爍淚光。
兵庫被他感動，突然說：
「來！」

「到武館。我要試試你的身手，看是否夠資格練武。」

「?……」

「咦?」

丑之助以爲自己在做夢。這城裏的大武館可是他自幼憧憬的殿堂呢!

兵庫先生並非柳生家門下，亦非家臣，而是柳生的家族。竟會答應他到柳生武館，眞令人不敢相信。

丑之助欣喜萬分，已無暇問個清楚，看到兵庫走在前，趕緊追了上去。

「把腳洗乾淨。」

「是。」

丑之助在水池邊洗腳，連指甲縫都洗得一乾二淨。他從未踏進過武館，現在終於如願以償了。

武館的地板光亮如鏡，映著丑之助的身影。四面是堅固的木牆和巨大的棟樑，看起來莊嚴宏偉。

「拿木劍。」

在這裏，連兵庫的聲音聽起來都充滿了威嚴。武館正面兩側牆上掛滿一排排的木劍，丑之助選了一把黑樫木劍。

兵庫也拿了一把。他筆直拿著木劍，走到中央。

「準備好了嗎?」

丑之助舉劍與肩平行。

「好了。」

5

兵庫右手提劍，並未舉高，只將身體微微站開。

「……」

丑之助以木劍指向他，全身如刺蝟般汗毛直豎。

——我來了。

丑之助以眼示意。兵庫表示可以攻擊，丑之助緊繃雙肩。

「唔！」

丑之助剛出聲，兵庫已咻咻地迎向他，單手持劍橫打在他腰際。

「我還沒輸。」

丑之助吆喝一聲。

接著，他雙腳彈地跳起，躍過兵庫肩膀。

兵庫身子一低，左手輕易地抓住丑之助的腳，由於速度和力量的關係，丑之助像個竹蜻蜓般一個旋轉，身體撞上兵庫的背脊。

丑之助手一鬆，木劍被甩得老遠。丑之助仍不屈服，翻身躍起，正要拾起木劍。

「可以了。」

兵庫在另一頭說著。

丑之助回頭道：

「我還沒輸。」

他重新拿起木劍，如老鷹般攻向兵庫。

兵庫直挺挺地舉劍站立，毫無所懼。這一來，丑之助中途停了下來。

「……」

他懊惱得淚水盈眶。兵庫一直注視著他的表情，心想：

頗有武士的氣概！

雖然如此，卻佯裝生氣。

「小毛頭！」

「是。」

「你這個無禮的傢伙，竟敢跳過我的肩膀。」

「……」

「身爲土著，竟敢如此大膽——給我跪下。」

丑之助跪了下來。

雖然不明究裏，但仍立刻俯身道歉。兵庫丟下木劍，拔出佩刀，指著丑之助的臉。

「我要砍你的頭。」

「什麼?砍頭?」

「把頭伸出來。」

「……」

「你剛才的行爲汚辱武士尊嚴,我無法忍受。」

「所以您才要砍我的頭?」

「沒錯。」

丑之助注視兵庫良久,然後以覺悟的表情說:

「母親啊!我要葬身城土了,您一定會傷心,就算孩兒不孝了。」

說完,轉身面對荒木村,靜靜地伸出頸子。

6

兵庫微微一笑,收刀入鞘,拍拍丑之助的背說:

「好了,好了。」

他安慰丑之助。

「剛才我是開玩笑的。你只是個小孩,我怎麼可能殺你呢?」

「咦?開玩笑?」

「你可以放心了。」

「您剛才還說要遵守兵法家的禮儀,卻開這種玩笑,這樣可以嗎?」

「你別生氣。我只是試試看你是否有練劍的資格。」

「可是,我以爲是眞的。」

丑之助這才放下心。同時,他也感到非常生氣。兵庫瞭解他的感受,和顏悅色地問他。

「你剛才說沒跟任何人學過劍術,那不是眞的吧?剛開始我故意把你逼到牆邊,大部分的人,即使是大人,可能會背對著牆壁投降了。你卻躍過我的肩膀——這種功夫不是練過三、四年木劍的人所能有的技巧。」

「可是……我眞的沒學過劍法。」

「你騙人。」

兵庫不相信他的話。

「別再隱瞞了。你一定受過良師指導,你何不說出師父的名字。」

丑之助被問得說不出話來。

「你仔細想想,一定有跟誰學過吧!」

聽他這麼一說,丑之助突然抬起頭來。

「啊!有、有。我的確學過。」

「向誰學的。」
「不是人。」
「不是人難道是向天狗學的嗎？」
「是痲胚子。」
「什麼？」
「痲胚子。就是餵鳥的痲胚子呀！」
「眞奇怪，痲胚子爲何是你的老師？」
「從我們村子再往深山裏去的地方，有很多伊賀和甲賀來的忍者住在那裏。這些伊賀忍者在練功的時候，我曾經看過，我也學他們練習。」
「嗯？……痲胚子嗎？」
「是的，初春的時候播種痲胚子，慢慢的痲胚子從土裏長出青翠的幼苗。」
「然後怎麼練習的？」
「練習跳躍。每天都跳過痲胚子的幼苗，隨著天氣漸漸暖和，痲胚子的幼苗也不斷地成長，而且它長得非常地快，我早晚都練習跳躍——一尺、二尺、三尺、四尺……痲不斷地長高，如果稍微怠惰，人就會輸給痲，最後就跳不過它了……」
「哦？……你這樣練習嗎？」
「是的，我從春天練到秋天，去年練了，前年也練了……」

「原來如此。」

兵庫拍著膝蓋，好不感動。這時候，木村助九郎在武館外面叫他。

「兵庫先生，江戶又來了一封信……」

說完，手裏拿著信進到武館來。

7

信又是澤庵寫來的。

前一封信上提的事情，突然有所改變。

先前才收到澤庵的第一封信，這是第二封。

「助九郎！」

「在。」

「阿通應該尚未走遠吧？」

兵庫讀完信，神色焦急。

「嗯……即使他們騎馬應該也不會超過二里路。」
「那麼應該追得上，我這就出發。」
「發生了什麼事？」
「這信上寫著，本來要介紹武藏到將軍家任職一事，因為某種緣故而取消了。」
「咦？取消了？」
「阿通卻不知情，興高采烈地趕到江戶去。如果她知道了一定會很難過的。」
「那麼我去追吧！請把信給我。」
「不，我去……丑之助，我現在因爲這件急事要出門，你以後再來吧！」
「是的。」
「你好好地磨練磨練。也要好好孝順你的母親。」
兵庫說完，人已經走到門外。他從馬廄牽出一匹馬，往宇治的方向奔去。
但是——
他走到一半，突然又想到一件事。
武藏能否當將軍家的兵法老師，對阿通的戀情而言毫不抵觸。
她只是要去見武藏人罷了。
更何況她根本無法等到四月便獨自出發了。
即使自己拿信給阿通看。

是否先回城裏來再談？

想必她也不可能回來空等待。這樣做只會讓阿通更加傷心，讓她的旅程更加黯淡。

「……等一等！」

兵庫現在離柳生城將近一里路遠，只要再趕一里路也許就追上阿通了。可是，他知道這樣做毫無意義。

阿通只要跟武藏碰面，兩人互訴離情，其他的事根本不成問題。

他慢慢地將馬匹轉回柳生城。

路旁的野草發出新芽，兵庫也悠然地漫步於這一片春色之中。然而，在他心深處卻隱藏著纏綿不斷的心結。

眞想再見她一眼。

他冷靜地告訴自己。

不——

兵庫毅然地搖頭。

因爲兵庫心中暗自祈禱阿通能過得幸福快樂。武士也有迷戀也有愚情和癡情。可是，從武士道的觀點來看，這只不過是曇華一現。若能跨越煩惱，便是柳暗花明又一村，尋得世外桃源的另一片天地。青春不只是燃燒的戀情！時代正張開波濤洶湧的雙手，呼喚著年輕的一輩，似乎在說：視線不要被路旁的野花所吸引呀！應該把握光陰，趕上這股時代的潮流！

塵埃

1

自從阿通離開柳生城之後，已經過了二十幾日了。

逝者已矣，欣欣向榮的春意卻日益濃郁。

「好多人出遊啊！」

「是啊！奈良很少像今天這麼好天氣的。」

「人們可以出來遊山玩水。」

「是啊！的確沒錯。」

柳生兵庫和木村助九郎走在路上。

兵庫戴著斗笠，助九郎包著頭巾，兩人喬裝打扮出來遊玩。

遊山玩水——指的是自己還是路上的行人？應該是兩者都有吧！兩人的臉上露出了苦笑。

荒木村的丑之助尾隨於後。最近，丑之助頗受兵庫頗寵愛，比以前更常出現在城裏。今天隨著兩人出遊，他背上背著便當，腰上纏著一雙兵庫的備用草鞋，剛好當個保管草鞋的小僕人。他走在兩人身後。

他們和往來的行人不約而同地從城裏走向原野。原野上有一座興福寺，四周森林密布，只見寺的塔頂。

另外從原野上可望見較高處有和尚的寮房和神官的住所。低處則可望見奈良的街景，白天也籠罩著一層薄霧。

「已經結束了嗎？」

「不，現在是午休時間。」

「原來如此。和尚們在用膳。看來和尚也是要吃飯的。」

聽兵庫如此一說，助九郎不覺噗嗤一聲笑了出來。

雖然有四、五百人聚集在這一片原野上。但是原野遼闊，看起來稀稀疏疏，一點也不擁擠。

這些人猶如春日野的鹿羣，或站或坐，有的則四處漫步。

但是，此處並非春日野而是舊平安三條的內侍草原。今天這個內侍草原似乎要舉行什麼盛事。在這個時代舉行盛事或市集，除了都市之外，少見搭棚子的攤子。即使是魔術和傀儡戲以及弓劍術的表演，都是露天舉行。

今天的盛事並非一般的市集，而是比較正式的集會。寶藏院的槍法師在此集合，每年一次公開比賽。根據比賽的結果來決定平常在寶藏院的職位和席次。所以，衆多的和尚和武士在衆目睽睽之下比武，是一場激烈的決鬥。

但此時原野上的氣氛仍一派悠哉。

在原野的一隅有三、四處搭著帷幕。穿著短衣的和尚們有人吃柏樹葉包的便當、有人喝湯，好不悠閒。

「助九郎。」

「是。」

「我們也找個地方吃便當吧！好像還很多時間。」

「請等一下。」

助九郎尋找合適的地點。

這時，丑之助跑過來。

「兵庫先生，請坐在這裏。」

他不知從何處找來一張蓆子，鋪在地上。

這小孩眞機伶！

兵庫很欣賞他，他認爲丑之助將來必定會成大器。

2

主從三人坐在蓆子上，打開竹葉便當。

裏面是糙米做的飯糰。

飯糰裏包著梅子和味噌。

「好吃。」

兵庫在藍天下享受野餐的樂趣。

「丑之助。」

助九郎叫著。

「在。」

「真想給兵庫先生一碗清湯啊！」

「我去向和尚們要一碗來。」

「嗯！你去要一碗來……但是可別對寶藏院的人說柳生家的人來了。」

兵庫在一旁提醒。

「要是他們知道了鐵定會過來打招呼，那可就囉嗦了。」

「我知道了。」

丑之助從蓆子上站起來，就在此時。

從剛才遠處便傳來說話聲。

「奇怪？」

有兩名遊客正四處張望。

「我的蓆子不見了，蓆子不見了。」

離兵庫等人約一百公尺的地方，有很多浪人、女人以及商人零星坐在地上，卻不見這兩名遊客遺失的蓆子。

「伊織，算了吧！」

其中一個人找累了。

那名男子臉圓圓的，全身肌肉發達有如銅牆鐵壁，手上拿著一支四尺二寸的樫木杖。

他是夢想權之助，跟伊織同行而來。

「算了吧！別找了。」

權之助又說了一遍，但伊織仍不死心。

「到底是哪個傢伙拿走了？」

「算了吧！只是一張蓆子。」

「雖然是一張蓆子，可是被人偷走著實令人生氣。」

「……」

權之助已經不管他。坐在草地上拿出小帳冊，記下今天早上花掉的旅費。

他在這趟旅行期間會如此清楚地記下帳目，是受了伊織的影響。伊織比一般小孩早熟，對生活的打點非常細心，不浪費東西，講究整潔乾淨。因此，很自然地對每一碗米飯、每一天的氣候都心存感謝。

也因此養成他不輕易原諒別人的怪癖。這個怪癖從他離開武藏身邊，在人羣中生活之後，越來越明顯。也因此對於有人無故拿走他的草蓆一事，伊織相當反感。

「啊！是那些傢伙拿的。」

伊織終於找到了。

他看到遠方三人正悠哉地坐在權之助一路隨身攜帶的蓆子上，吃著便當。

「喂！」

伊織跑過去，在離蓆子約十步左右處停下了腳步。他想好抗議之辭，正巧迎面碰上要去拿湯的丑之助。

「幹嘛？」

丑之助回答。

3

伊織十四歲，丑之助十三歲，可是丑之助看起來比伊織年長很多。

「你說幹嘛，是什麼口氣？」

伊織責備丑之助的無禮。丑之助瞧對方不像當地人，又是個小孩，不覺氣焰更高。

「我哪裏說錯了？你叫我們，我才回答的啊！」

「你沒說一聲就拿走別人的東西，等於是小偷。」

「小偷？這傢伙竟然說我們是小偷。」

「沒錯，你沒說一聲就拿走我同伴的蓆子。」

「是那張蓆子嗎？那張蓆子剛才掉在那兒，我才會撿來的，幹嘛爲了一張蓆子——」

「一張蓆子對旅人而言，也是遮風避雨的必備之物。你還給我。」

「還給你也行，但是你那種口氣讓我很不舒服，而且你還罵我是小偷，你必須道歉我才還給你。」

「我要回自己的東西，爲什麼還要向你道歉？要是你不還，可別怪我不客氣。」

「你試試看，我可是荒木村的丑之助啊！我才不會輸給你呢！」

「好大的口氣——」

伊織也不服輸，他聳著小小的肩膀。

「我也是兵法家的弟子喔！」

「好，等一下到那邊去。現在你仗著人多勢衆，口氣如此狂妄。看你離開人羣之後還敢不敢如此囂張。」

「你說什麼？你給我記住。」

「你有膽來嗎？」

「到哪裏？」

「興福寺的塔下，可別帶打手來啊！」

「沒問題。」

「我向你招手，你就過來，好好記住喔！」

一番爭吵之後，兩人分開了，丑之助直接去拿湯。

過不久，他用陶瓶提了一罐湯回來。那時，原野中央已經揚起一陣塵埃，和尚們的比武已經開始了，羣衆圍成一個大圈，一旁觀看。

丑之助提著陶瓶走過羣衆後面。與權之助並肩觀看比賽的伊織，回頭看到丑之助，丑之助以眼神挑戰。

（等一下過來！）

伊織也以眼示意。

（我一定去，你給我記住！）

本來瀰漫著一片春色的內侍草原，比武開始之後，氣氛爲之一變。在偶爾揚起的黃色塵埃中，羣衆對著武者大聲吶喊。

誰勝？誰負？

比賽就是求勝。

不，時代也是如此。

這些吶喊也反映在兩名少年的心裏。他們生長於這個時代當中，假使氣勢薄弱的話，就無法成爲一個強者。因此，從十三、四歲開始，他們已養成不屈服的個性。一張草蓆已非問題癥結所在。

但是，伊織和丑之助都有大人隨行。因此，他們和大人們暫時觀看野地上的比賽。

4

原野中，從剛才就有一名和尚拿著一把長槍站在那裏。

剛才有幾位已經跟這名和尚比過武，大家都被他打敗，這會兒沒有別的敵手。

「快上來挑戰啊！」

和尚催促其他人上場。

但是，誰也不敢輕舉妄動。

大家都明白，這種時刻不出場才是聰明之舉。聚集在東西兩邊的羣衆，只能屏氣凝神，呑著口水，聽和尚說話。

「如果無人出來挑戰，在下就退場。我要宣布，今天的野地比賽是十輪院的南光和尚拔得頭籌。各位有無異議。」

和尚對著四面八方宣布成績。

十輪院的南光和尚從第一代胤榮，直接承襲寶藏院的流派。後來自創一派，稱爲十輪院槍法，現在竟然與二代胤舜反目成仇。

胤舜不知是害怕還是爲了避免爭鬥，並未出現，理由是生病。南光和尚已然踩在寶藏院門人的頭上，非常驕傲，所以將直立的槍橫握在手上。

「如果無人向我挑戰，我就退場。」

如此說著。

「等一下。」

有一名和尚斜拿著槍走了出來。

「我是胤舜的門下，叫做陀雲。」

「喔！」

「我向你討教。」

「就位。」

兩人腳邊揚起一陣塵埃。雙方跳開的同時，槍矛已像活物般互相對峙了。

「我以為比賽已經結束了呢！」

本來已經無精打采的羣衆，頓時瘋狂歡呼。

但是羣衆立刻又鴉雀無聲。因為剛才的鏗鏘一聲，羣衆以為是兩支槍打在一起，沒想到陀雲的頭已被南光和尙的槍打落在地。

陀雲和尙的身體像被風吹倒的稻草人一般，直挺挺地躺了下去。旁邊有三、四名和尙跑出來，本以為他們是要找南光和尙吵架，結果是來搬陀雲的屍體。

這下子南光和尙更是耀武揚威。

「看來似乎還有不少有骨氣的人——想挑戰就快一點，一起上我也不怕。」

就在此時。

羣衆中有一名山僧放下背包，兩手空空地走到寶藏院羣衆面前。

「是不是只有院中的子弟才能參加比賽呢？」

寶藏院的人異口同聲地回答：

「不限院方弟子。」

本來他們在東大寺前，以及猿澤的池邊，都掛著告示牌，呼籲有志於武學的道友都能參加比賽，共襄盛舉。但是寶藏院的人表示，由於寶藏院和尙槍法高明，無人敢說：

「我要挑戰！」

因為這樣只會讓自己丟人現眼，甚至斷手缺腳的——所以沒有人敢貿然嘗試。

山僧聽了，便對在座的和尙們行禮。

「那麼，這次就讓我當個傻瓜吧！請借我木刀。」

5

兵庫夾在人羣中觀看這場比賽。

「助九郎，越來越有趣了。」

他回頭對助九郎說。

「有一名山僧出來挑戰了。」

「沒錯，我已經看出他們的勝負了。」

「那一定是南光和尙占優勢。」

「不，南光和尙不會跟他過手。要比的話，恐怕南光和尙無法得手。」

「眞的？」

助九郎無法理解兵庫的話。

兵庫非常瞭解南光和尙的實力，可是爲何說他會輸給這位山僧呢？

助九郎本來無法理解，現在他也瞭解兵庫的意思了。

因爲這時候——

山僧拿著借來的木劍，走到南光和尚面前。

「喝！」

山僧準備挑戰。助九郎看見他的外表，才瞭解箇中含意。

這名山僧年約四十左右，可能是大峰人或是聖護院派的人，不得而知。他的身手矯健，看來平日精於鍛鍊，但更像是在戰場上訓練出來的體魄。

現在他已經將生死置之度外了。

「請多指教。」

山僧語氣平緩，目光平和。

「你是外地來的嗎？」

南光和尚看到這名新對手，問道。

「是的，我是臨時參加。」

山僧解釋道。

「等一下。」

南光和尚把槍立起來。似乎知道自己已無法取勝。他認爲在技巧上自己可以贏得對方，卻沒把握自己能全身而退，再加上最近很多山僧隱姓埋名，不願意暴露身分，所以還是避開這場比試比較好。

「我不跟外地人比武。」

南光和尚搖頭拒絕。

「但是，我已徵得寶藏院的首肯。」

山僧冷靜地解釋自己參加比賽並無不當，而南光和尚卻說：

「別人是別人，我是我。我的槍法並非爲求勝利，而是要鍛鍊身體。此乃修佛之法，我不喜歡跟院外的人比賽。」

「哈哈！」

山僧苦笑。

他似乎還有話要說，但當衆人面前有點不好開口便作罷。他將木劍還給場邊的和尚，轉身便離去。

南光和尚也退場。其他的和尚與看熱鬧的羣衆，都認爲南光和尚膽小，趁機逃跑。不過，南光和尚對此並不在意。逕自帶著兩、三名弟子，像一位凱旋而歸的勇將，驕傲地回去了。

「怎麼樣，助九郎？」

「被您料中了。」

「的確如此。」

兵庫又說：

「那名山僧可能是九度山的人，如果他脫掉頭巾和白衣，換上盔甲，可能是一名鼎鼎有名的武士呢！」

羣衆漸漸散去。比賽已經結束。助九郎環顧四周。

「咦？上哪裏去了？」

他自言自語地說道。

「什麼事？助九郎？」

「丑之助不見了。」

童心未泯

1

他們約好只有兩個人比賽。

丑之助趁大人觀看比賽時，以眼神向伊織示意。

（過來！）

伊織也瞞著權之助從人羣中溜出來。

同時丑之助也趁兵庫和助九郎不注意時，偷偷跑到興福寺塔下。

「嘿！」

「幹什麼？」

寺塔下兩名小武士怒目相視。

「你死而無悔嗎？」

伊織說著。丑之助答道：

「你別高興得太早。」
他沒有帶刀，隨地撿了一根木棒當武器。伊織帶著刀，他一拔出刀便大喊：
「你這傢伙。」
並向丑之助砍過去。
丑之助往後一跳。伊織認爲他是膽小害怕，追了過去。
丑之助將伊織當成痲肧子，一腳踢中伊織的臉。
「哇！」
伊織單手捂住耳朵。踉蹌一下，又立刻站起來。
伊織站妥之後，再次揮刀，丑之助也舉棒還擊。
伊織情急之下，把武藏和權之助教他的招式全都忘光了。他一心認爲自己如果不先發制人，就會被對方打敗了。
眼睛——
平常武藏對伊織耳提面命，必須用眼睛注視。
可是伊織全忘光了，閉著眼睛盲目地砍向對方。丑之助等伊織攻過來，身體一閃，立刻用木棒將伊織打倒在地。
「哎喲……」
伊織痛得爬不起來。手仍握著刀，趴在地上。

「我贏了。」

丑之助很高興，但看伊織動也不動，有點擔心，立刻往山門方向跑去。

「喂！」

背後突然響起呼叫聲，聲音之大彷彿響自四方的林子。隨著聲音出現的是一支四尺長的木杖，迎風直飛過來，正好打在丑之助腰上。

「好痛啊！」

丑之助撲倒在地。

一個人隨著木杖飛奔過來。不用說，他就是來找伊織的夢想權之助。

「站住。」

那聲音更加接近了，丑之助顧不得腰痛，如脫兔般跳了起來。跑了將近十步左右，迎面撞上從山門進來的人。

「這不是丑之助嗎？」

「啊？」

「你怎麼了？」

丑之助一看是助九郎立刻躲到他身後。這一來，追趕丑之助的權之助與助九郎一言未發，怒目相視，形成對峙局面。

2

四目相交。

兩人之間一觸即發。

助九郎手握著刀，權之助手握木杖。但是——

兩人皆具有敏銳的觀察力，他們知道事出必有因。

「朋友，我不知道詳情，但是你一個大人爲什麼要欺負小孩子呢？」

「這正是我想問你的。你看倒在塔下的那個小孩，傷得很重，已經昏迷過去了。」

「那名少年是你帶來的嗎？」

「正是。」

權之助說完後立刻反問：

「這小孩是你的僕人嗎？」

「不是僕人。是我主人在照顧他，他叫丑之助。喂！丑之助，你爲何打傷那位小孩？」

他回頭望著丑之助。

「你老實說來。」

助九郎質問丑之助，未等丑之助開口，倒在塔下的伊織已經醒過來了。

「我們在比武啊！」

伊織大聲說著。

伊織忍著痛站起來，邊走邊喊。

「我們比武我輸了，不是他的錯，是我技不如人了。」

助九郎看見伊織坦承自己輸了，心中好不感動。

「哦！你們是按照比武規矩，事先約好的嗎？」

他微笑地望著丑之助。

而丑之助也有點不好意思地說：

「我不知道那張草蓆是他們的，沒問一聲就拿走了，是我不好。」

他說明事情的原委。

伊織現在精神也恢復了。原來只是小孩之間的糾紛。若是剛才權之助和助九郎不分靑紅皀白就打起來的話，恐怕現在已經血染塔下了。

「哎呀！眞是失禮。」

「彼此，彼此。是我們對不起你。」

「我主人還在那邊等我，就此告辭。」

「後會有期！」

他們相視而笑，一起走出山門。助九郎帶著丑之助，權之助則帶著伊織離去。

四人來到興福寺門口，一方要向右走，一方要向左走。正要分手時，權之助忽然想起一件事。

「啊！請問到柳生庄該怎麼走？是不是這條路直直走去就到了？」

助九郎聽了，問道：

「你要到柳生庄的哪裏？」

「柳生城。」

「咦？你要到城裏？」

助九郎聽了停下腳步，又走向權之助。

3

事情一說開來，彼此也清楚對方的身分了。

柳生兵庫久等助九郎和丑之助不到，也找到這裏來。聽完事情原委之後，頻頻嘆息。

「哎呀！哎呀！太可惜了。」

他望著這兩位老遠從江戶城來到大和路的權之助和伊織。

「如果你們早來二十天就好了。」

兵庫不斷地重複說著。

助九郎也一直說：

「可惜，可惜！」

如今，他們要找的人不知身在何處了？

夢想權之助帶伊織來到此地，當然是要來找柳生城中的阿通。

權之助來找阿通並非爲了自己的事。前一陣子在北條安房守的宅第裏曾聽澤庵說過，伊織的姊姊便是阿通。所以權之助才會帶著伊織來此找她。

可是——

很不湊巧阿通已在二十天前便離開柳生城，到江戶找武藏去了。更糟的是，權之助離開江戶之前，聽說武藏也已經離開江戶，連他身邊的人都不知他的去向。

「似乎大家都迷路了。」

兵庫自言自語。

他想起前幾天自己曾經快馬追趕阿通，在往宇治的途中又折回一事。現在回想起來，眞有點後悔。

「阿通還要熬過多少不幸的日子啊？」

兵庫心中對阿通的淡淡戀情，使他陷入往事的回憶中。可是，這裏還有一個更可憐的人，那就是伊織，他在一旁聽著大人講話。

那是他從未謀面的姊姊。

可能因爲如此，伊織並不覺得特別寂寞。

她還活在世上。

有人告訴她：

「你的姊姊在大和的柳生城。」

自從知道這消息後，就像在海上漂流看到一塊陸地般，激起他對骨肉的思慕之情。爲了找尋姊姊，甚至連累了權之助。他一直夢想能與姊姊重敍天倫之樂。

「……」

伊織快哭出來了，卻沒掉下眼淚。

要哭的話，也要到無人之處哭個痛快。權之助和兵庫一直在談論江戶的話題。伊織望著路邊的花草，想偷偷地離開大人。

「你要去哪裏？」

丑之助從後面走過來搭著他的肩，安慰他說：

「你哭了嗎？」

伊織搖搖頭，眼淚卻忍不住掉了下來。

「我才不哭呢！我根本沒哭。」

「哎呀！這裏有地瓜葉子，你知道怎麼挖地瓜嗎？」

「當然知道，我的家鄉也有地瓜啊！」

「那我們來比賽挖地瓜吧！」

丑之助這麼說著，伊織找到地瓜藤，兩人開始挖了起來。

4

兵庫聽權之助談到叔父宗矩的近況和武藏之事。

除此之外，還有江戶街頭的改變，也聽說小野治郎右衛門失蹤的事。

他們愈談愈起勁。

兵庫很難得地能在這大和的野外遇見江戶來的人，談論江戶新社會的點滴。

不知不覺中，他們已談論良久，兵庫和助九郎說道：

「請到城裏盤桓數日吧！」

權之助誠摯地道謝並婉拒美意。

「既然阿通姑娘不在，我們也不便打擾。」

他希望能盡快踏上旅途。

他本來就是雲遊四海，到處修行。但是，他母親在故鄉木曾去世時的遺髮和牌位，現在仍隨身攜帶，雖然這一趟經過大和路時平安無事，但他希望能將母親的遺髮和牌位供奉在紀州的高野山或河內的金剛寺。

「你心裏想必一直掛念著這件事吧！」

兵庫見極力挽留也是枉然，正要與權之助告別時，突然發現丑之助不在身邊。

「咦?」
他看到權之助也在找伊織。
「喔!他們在那裏,不知道在挖什麼?」
兵庫指著他們。伊織和丑之助蹲在地上,正在挖土。
大人們會心一笑,站到他們背後。
兩人專心挖著地瓜,他們拉出地瓜藤,小心翼翼地怕弄斷地瓜,現在已經挖了一個大洞。
「啊!」
丑之助注意到背後有人,回頭看他們。伊織也笑了。
知道大人在看,兩個人挖得更加起勁。然後,丑之助突然大叫。
「我挖到了。」
他將長長的一串地瓜抛到地上。
伊織還在挖洞,連肩膀都埋進洞裏了,權之助看他還不死心,便說:
「還沒好嗎?我要走了。」
聽他這麼一說,伊織像老人般捶著腰。
「不行,不行。這個地瓜可能要挖到晚上呢!」
他依依不捨地拍拍衣服上的泥土。
丑之助看看他。

「怎麼？挖這麼深了還挖不出來。這地瓜可眞難纏，我幫你挖吧！」

他正要出手幫忙。

「不行，不行。會折斷的。」

伊織拒絕丑之助的幫忙，本來已經挖了八分左右，現在他又把土埋了回去。

「那麼再見了。」

丑之助得意洋洋地把地瓜扛在肩上。但是他的地瓜並不完整，而是斷了頭，正流出白色的乳汁。

「丑之助，你輸了。剛才的比武你雖然贏了，可是挖地瓜你可是輸了。」

兵庫用力壓了一下丑之助的頭，就像要壓回他鋒芒太露的頭角一般。

大日如來佛

1

吉野的櫻花已經謝了。道路兩旁開滿了薊花，雖然走點路就會全身發熱，但是空氣中瀰漫著一股牛糞的氣味，令人懷念以往寧靜的小徑以及川流不息的盛況，因此不會令人覺得疲倦。

「大叔、大叔。」

伊織拉扯權之助的衣袖，不斷地告訴他。

「昨天的山僧跟過來了。」

他小聲地說。

權之助故意裝作沒聽到，直直地向前走。

「別看。假裝不知道。」

「可是，好奇怪喔！」

「爲什麼？」

「昨天我們跟柳生庄的兵庫先生們在興福寺分手後，那人就一直跟在我們後面。」

「這很正常啊！人們愛走哪條路就走哪條路嘛？」

「可是，他連客棧都跟我們選同一家呢！」

「不管他，反正我們身上沒什麼錢，不必擔心。」

「可是，我們有生命，不能說空空如也啊！」

「哈哈哈！我會好好地保住自己的生命，伊織，你也會吧！」

「當然。」

越是說不要看，伊織越好奇想往後瞧。他的左手一直握著刀。

權之助也不太舒服。他見過這名山僧。也就是昨天在寶藏院比武時，被拒絕的那名山僧。但是權之助怎麼想也想不出這個人會纏上自己。

「哎呀！不知何時他不見了。」

伊織再一次回頭，權之助也回頭看。

「大概跟膩了吧！這下子解脫了。」

當天晚上，他們住在葛木村的民家。翌日清早，他們進入南河內的天野鄉，沿著溪流，兩旁盡是低矮的屋簷。

「有一位姑娘叫做阿安。從木曾的奈良井嫁到這裏的釀酒商杜氏，有沒有人知道？」

他們邊走邊找。

阿安姑娘是權之助在故鄉時認識的。聽說她嫁到天野山的金剛寺附近。如果能找到她，就可以託她將亡母的牌位和遺髮供奉在金剛寺。

如果沒找到這位姑娘，他準備到高野去。高野是貴人的供奉所，供奉的都是一些赫赫有名的大家族。權之助雖然是個貧窮的旅人，但是，如果這兒不行，他只好送到高野山去了。

他正這麼想的時候。

「啊！你要找阿安姑娘嗎？阿安姑娘人在杜氏家裏。」

很快地，他們打聽到了消息。

門前街的一個老闆娘很親切地告訴他們：

「進入這個門之後，右邊第四家就是杜氏的藤六先生家。藤六便是阿安的丈夫。」

2

本來寺廟裏是不准吃葷喝酒的，但是天野山的金剛寺竟然在釀酒。

這些酒並未賣到市面上，據說豐臣秀吉最喜歡喝這寺裏釀的酒。在諸侯之間，大家都知道「天野酒」之名。秀吉死後，這股遺風已經廢止，但是，寺裏仍然每年釀造，分送給施主。

「因爲這個緣故，我和其他十個人都被雇到這裏來釀酒。」

阿安姑娘的丈夫杜藤六，當天晚上解開了權之助的疑惑。

聽到權之助的請託，藤六說：

「這事情很容易。難得你有這分孝心，明天我幫你向住持請求。」

第二天起床的時候，已經不見藤六蹤影。過了中午，藤六出現了。

「住持很快就答應了，請跟我來。」

權之助跟在藤六後面，伊織則緊跟著權之助。這裏四周幽靜，青峰翠谷環繞，景色怡人，白色的山櫻花已經開始飄落，七堂伽藍位於天野川溪流環繞的山谷中，他們經過一座土橋，到了山門，望見橋下流水漂著櫻花的花瓣。

伊織不覺拉緊衣領。

權之助也縮著身子，山嵐之氣比較寒冷，而神社的莊嚴更增添這股寒意。

雖然他們有點緊張，卻聽到本堂上傳來和氣的聲音。

「要供奉母親遺物的，是你們嗎？」

那位和尚長得肥胖高大，有一雙大腳。本來他們認爲住持一定身穿鑲著金線的袈裟，威風十足，沒想到這位住持竟然戴著破斗笠、拄著舊楞杖，即使站在世人面前，也不覺有何不妥。

「是的，要拜託的人便是他。」

藤六在堂下匍伏著代替權之助回答。看來這位的確是住持。

「……」

權之助也與藤六一樣，正要磕頭拜託，住持的大腳已經穿上階梯下的髒草鞋。

「那麼，請跟我到大日佛堂去。」

他說著，拿著念珠走在前面。

他們經過五佛堂、藥師堂、食堂，繞過堂塔間的寮房，來到金堂和多寶塔附近。

有幾位和尚弟子從後面追過來。

「要開門嗎？」

他們問著。住持點點頭，這些弟子拿著大鑰匙，打開金堂的大門。

「請坐。」

權之助和伊織兩人坐在偌大的寺院中，抬頭一看，面前一尊一丈餘高的金色大日如來佛與天花板齊高，面露微笑。

3

過了不久，住持穿著袈裟從裏面出來，然後坐在佛前開始誦經。

這名和尚剛才看來像名貧窮的山僧，現在一坐到佛前，背影凜然，絲毫不輸給運慶所雕的佛像。

「……」

權之助合掌，回憶亡母生前慈祥身影。

他腦海中飄過一朵白雲——腦中浮現鹽尾山和高野山的草原——武藏在風中拔刀，自己則手拄木杖與他對峙。

老母親像地藏王菩薩般坐在一棵杉樹下。

母親眼中流露擔心的神色，她的眼光似乎要跳到劍與木杖之間。

這是疼愛孩子的眼神。權之助並憶起當時母親在情急之下，給他指點的「導母杖」。

「……母親大人，現在您在九泉之下一定也能看到我的前途。請您放心，武藏先生答應了我的要求，教我武術。現在離我成家之日尚早，我發誓無論世局如何混亂，一定要當個頂天立地的人。」

權之助專心默禱，漸漸地他覺得高聳在面前的大日如來佛，長得就像自己的母親，連微笑都栩栩如生。

「啊！」

等他回過神來，發現住持已經誦完經離開了。身旁的伊織呆呆地望著佛像，權之助把他叫醒。

「你爲什麼看得發呆？」

伊織這才清醒。

「這大日如來佛長得很像我姊姊啊！」

權之助不禁大笑，伊織從沒見過阿通，又怎能知道她的長相。何況，大日如來佛就是大日如來佛，在這世上，無人能長得像他如此慈悲圓滿。而且這尊佛像是獨一無二的雕刻名匠運慶以精湛的技術在偶然的機緣下刻出的奇蹟。絕非一般凡俗人的臉孔。

權之助這麼一說，伊織仍然堅持說：

「可是，可是……」

他強烈地抗議。

「有一次我送信到江戶的柳生城，半夜迷路時，曾經遇見阿通姑娘。那時我還不知道她就是我姊姊，而剛才住持在念經的時候，我合掌聆聽，突然感到大日如來佛好像變成姊姊的面孔，她的表情彷彿有話要對我說似的。」

「嗯……」

權之助不再否定。他也喜歡這裏，很想永遠待在這金堂下。

山谷裏天黑得早。太陽已西沈，籠罩了山嵐的多寶塔屋頂，映著燦爛的夕陽，看起來像是鑲了五彩繽紛的珠寶一般。

「啊！死去的母親，我已經不能再孝養您了。今天我過得非常有意義……血腥味的凡塵似乎遠離了我們。」

他們兩人坐在屋簷下，欣賞美麗的暮靄斜陽。

4

不知何處傳來沙沙的聲音，好像有人在掃落葉。

「哦？」

權之助抬頭仰望右邊的懸崖。看到上面有一座古雅的觀日亭和廟宇，是室町時代的建築物。狹窄的石階長滿了苔蘚，沿著這條石階可以登上蒼翠的山嶺。

一位氣質優雅的老尼姑在那裏。

另外有一個比較肥胖、年約五十歲左右的男人，身著棉衣，外罩一件背心，腳穿皮革襪和新草鞋，腰上佩著一把短刀，看起來不像武士也不像商人，不知從哪裏來的，只覺得是個頗有風格的人，正拿著竹掃把站在那裏伸懶腰。

老尼姑頭上罩著白絹頭巾，手上也拿著竹掃把。

「乾淨多了。」

他回頭望著掃過的山路。

這裏人煙罕至，無人問津。地上常有積雪和腐朽的落葉，還有小鳥的屍骸，有如農家的堆肥一般，毫無春天的氣息。

「母親，您累了吧！天也快黑了，剩下的由我來掃，請您先回去。」

肥胖的男子如此說著。

原來老尼姑是那名男子的母親，她聽了兒子的話感到好笑。

「我在家裏也閒不住，我一點也不累。你這麼胖，又沒做過這種粗活，你看你的手都已經長水泡了。」

「母親您說的沒錯，我今天掃了一天，手掌長出了水泡。」

「呵呵呵……這是個好禮物。」
「雖然如此，今天過得非常有意義。我們母子做這種奉獻，天地有心，神明一定會瞭解的。」
「反正我們今天還要在廟裏住一個晚上，剩下的明天再做，該回去了吧！」
「天快黑了，您走路請小心……」
兒子攙著母親的手，從觀月亭的小路走回權之助和伊織正在休息的金堂。
老尼姑和兒子本以爲此地無人，然而在黃昏下，瞧見有人坐在屋簷下。
「誰？」
他們嚇了一跳並停下腳步。但是老尼姑隨即露出一臉笑意。
「你們是來拜拜的嗎？今天過得可好？」
「是的。我是來安奉母親骨灰。此地夕陽迷人，一片靜謐，我都看得出神了。」
權之助也回禮。
她看對方是旅人，先打招呼。
「難得你有這分孝心。」
老尼姑說著，又看著伊織。
「這個小孩長得眞好……是你的弟弟嗎？」
她撫著伊織的頭，對自己的兒子說道：
「光悅，我們帶來的餅乾，剛才在山上吃了一些，應該還有剩。拿給這位小孩吧！」

古今逍遙

1

名叫光悅的兒子，從袖口拿出一包餅乾給伊織。

「這是吃剩的，眞不好意思，如果你不介意就送給你。」

伊織拿在手上不知如何回答是好。

「大叔，我可以拿嗎？」

他問權之助。

「可以。」

權之助替伊織向對方道謝。老尼姑又說：

「聽你們說話，不像是兄弟。好像是從關東來的，你們要去哪裏？」

「我們沒有特別的目的地。就像您所說的，我們雖非親手足，卻一起學習劍法，雖然年紀相差懸殊，但我們情同手足。」

「你們學習劍法嗎？」
「是的。」
「師父是誰？」
「宮本武藏。」
「啊……武藏先生。」
「您認識他嗎？」
老尼姑幾乎忘了回答。
「哦……」
她只是睜大眼睛，似乎陷入往事的回憶中，看來她認識武藏。
老尼姑的兒子聽到武藏的名字，也很懷念，他走了過來。
「武藏現在在哪裏？不知可好？」
他問了很多問題，權之助也盡自己所知回答。母子兩人在聽權之助說的時候，不斷地點頭。
這回換權之助問道：
「請問閣下大名？」
他這麼一問。
「啊！我忘了自我介紹。」
對方抱著歉意說：

「我住在京都的本阿彌街，叫做光悅，這是我母親妙秀。六、七年前我們與武藏先生認識，來往密切，有什麼事都找他商量。」

光悅回憶起當時的情景，順便提了兩、三件事。

權之助在刀法上聽過光悅的名字。而且也曾經在草庵的爐邊聽武藏提起過光悅。卻沒想到會在他鄉相逢。權之助也頗爲驚訝！

更令他吃驚的是，京都本阿彌光悅和其母妙秀尼也算是赫赫有名的世家。這對母子怎麼會跑到荒郊野外的寺廟來參拜呢？而且還拿著竹掃把去掃無人打掃的落葉呢？

也許他們只是臨時起意要幫忙。

朦朧的月亮已經高高地掛在多寶塔的塔頂上空，景色怡人。即使是過客，也會迷戀這樣的夜晚，權之助也捨不得離開。

「兩位好像一整天都在打掃上面的落葉，是不是上面有你們親人的墳墓，還是只是順手之勞呢？」

權之助問道。

2

「不是，不是。」

光悅搖搖頭回答：

「在這嚴肅的聖地裏，如果分心了是很可惜的。」

雖然權之助不知情，但光悅怕被他誤解，努力地想要解釋自己並非只是隨意打掃而已。

「你是不是第一次來這金剛寺，而且還沒聽和尚談過這山的歷史。」

權之助老實回道：

「沒錯。」

權之助不認為這會損及武士的顏面。

於是光悅說道：

「雖然我不是很清楚，但可以代替這裏的和尚為你介紹。」

說著，環顧四周。

「剛好藉著明亮的月光，從這裏可以清楚地看到上面有寺院的墳墓、祖先祠堂、觀月亭。那邊有求聞持堂、護摩堂、大師堂、食堂、丹生高野神社、寶塔、樓門等等，在這裏幾乎可以一覽無遺。」

光悅用手指著，同時也沈醉在美麗的月光下，繼續說道——

你看，那裏有松樹，有石頭。雖然是草木，卻與我們人類一樣抱著不屈不撓的節操，姿態高雅，彷彿要對來訪的人訴說一般。光悅認為草木有心，希望能替草木傳情。

那就是——

從元弘、建武時代開始，整個正平年間處於亂世之下，這座山有一時曾經是大塔宮護良親王戰勝時祈願的地方。當時設了大爐灶，架著帷幕，做為秘密商量之處。後來有一段時間，楠正成等人忠誠守護此地。後來又成爲京六波羅的賊軍大舉進攻的目標，接著，足利氏篡位之後，整個時局一片混亂，現在想起來眞令人害怕。而後村上天皇，從男山逃出來之後，到處逃亡，輾轉各地，最後來到這金剛寺，便在此居住，猶如他的行宮，有一陣子跟山僧過著同樣不自由的生活。

還有，比這時代還要更早以前。

光嚴、光明、崇光三個皇帝經常駕臨這座山，因此山上布滿了守護的武士和公卿，防止賊軍侵襲，並貯備兵馬糧食。但是，歲月一久，糧食日益短缺，目睹當時情況的禪惠法師記載了當時情形。

山上房子裏的糧食都吃光了。

無法估算損失狀況。

當時，皇上把寺裏的食堂當政務廳，寒天不烤火，夏天不休息，專心處理政務。

光悅談及此，聲音些微哽咽。

「這一帶便是那時的食堂所在地，叫做摩尼院。每一個地方都是當時留下的遺跡。在這上頭有皇室的陵墓，供奉著光嚴院法皇的骨灰，是個聖地。但足利當政之後，墳墓圍牆倒塌，被腐朽的樹葉所掩埋，荒涼倍至。今天早上，我與母親談及此事，並決心打掃天皇陵墓和附近的山路——這就是我們打掃的原因。」

說到這裏，光悅露出了微笑。

3

權之助聽得入神，對光悅更是倍加尊重，重新正襟危坐仔細聆聽。而伊織聽了這席嚴肅的話，面色凝重地望著光悅的臉。

「因此，從北條氏到足利氏這漫長的亂世當中，這裏的一草一木維護著正統天皇的安全。石頭可說是護國的圍牆，樹木提供天皇使用的柴火，雜草則是官兵的溫床。」

光悅看到對方眞誠聆聽自己說話，更將心中情懷一吐爲快。光悅不忍離去，望著夜空，環顧四周寂靜的景象。

「當時與賊軍作戰，也許有些官兵就站在此處啃草根，保護皇上；有的僧兵握著降魔之劍，爲軍隊效力……今天我們母子在打掃陵墓時，看到草叢中有一塊石頭，上面刻了一首詩，可能是當時的官兵或和尚刻上去的，那首詩是這樣的——

百年的戰爭毫無休止　春天已經不再來了
百姓們啊　心中可不能失去了歌聲

當我看到這首詩的時候，非常感動。戰爭持續了幾十年，竟然還有如此雅興，這可能是源於堅強的衛國信念吧！大楠公曾經說過，即使自己七次轉世投胎，也要保護這個國家。他這種忠心耿耿的熱忱，連一個無名小卒都會被他感動，再加上此地景致優雅，令人心曠神怡，所以即使歷經百年爭戰，這裏的佛堂、寶塔仍然屹立在黃土之上，的確非常珍貴。」

權之助聽完後，大嘆一口氣。

「噢！我這才明白這座山是珍貴的戰爭遺址。請原諒我剛才唐突的問題。」

「不，別放在心上……」

光悅搖著手。

「老實說，我正渴望能交個朋友。這一兩天我心中鬱悶，正想找人聊天呢！」

「我還有一個問題想請教。光悅先生，您在這寺裏已經逗留很久了嗎？」

「今天是第七天了。」

「是因爲您信佛嗎？」

「不，我母親喜歡來此附近旅行。而我也喜歡到這寺裏。因爲在這裏可以觀賞到奈良、鎌倉以後的繪畫、佛像、玉器等名作。」

朦朧的月光下，光悅和妙秀尼，權之助和伊織，兩組人不知不覺已從金堂走到食堂。

「我想明天早上離開。若是你遇到武藏先生，請你轉告他，歡迎他再度光臨我們京都的本阿彌街。」

「我一定會轉告，那麼就在此與您告別了。」

「晚安……」

他們在月光照不到的山門下道別，光悅與妙秀尼回到廟裏的寮房。權之助與伊織則出了山門。

在土牆外有一條溪流環繞，像一條自然形成的護城河。當他們走到土橋上的時候，有一個白色的東西，從陰暗處正欲襲擊權之助。伊織還來不及發出叫聲，已嚇得滑落土橋下了。

4

——噗通！

伊織掉到水裏，濺起一片水花，他立刻站起來，雖然水流湍急，卻很淺。

到底那是什麼東西啊？

事情來得太突然，連自己怎麼落水都不知道。伊織抬頭仰望土橋，原來是有人把自己推下橋。

那白色的東西正要攻擊權之助。現在伊織知道把自己推下橋的就是那穿著白衣的人。

「啊！山僧？」

伊織心想該來的終於來了。雖然原因不明，但這個人便是從前天就一直跟蹤在後的山僧。

山僧手上拿著木杖。

權之助也拿著木杖。

山僧突然攻擊權之助，權之助移動位置，山僧也趕緊堵住土橋出口，權之助背對著山門，大聲斥喝。

「你是誰？」

權之助大聲叫道。

「你可能認錯人了。」

「……」

山僧一聲不吭。一副不可能認錯人的表情。他背上背著竹簍，看來有點笨重，但是他的腳卻穩穩地踩在地上。

權之助眼見對方並非泛泛之輩，便鼓足全身力氣，把木杖拿在背後，又問了一次。

「你是誰？不報出名來，就是懦夫。為何要攻擊我夢想權之助？快說出理由來。」

「……」

那山僧像個聾子似，炯炯有神的眼中燃燒著令人窒息的火焰。他剛強地站著，腳趾頭像蜈蚣的背一般一點一點地移向權之助。

「哼！我已經忍無可忍了。」

權之助已經按捺不住。他的身體雖然矮胖，卻充滿鬥志，看到山僧逼近自己，他也逼向對方。

——咔嗞一聲，山僧的木杖被權之助打成兩半，飛到半空中。

但是，就在這時，山僧用剩下的半截木杖拋向權之助的臉上，木杖快打到臉的那一瞬間，權之助趕緊拔出佩刀，像飛雁一般跳了出去。

這個時候，山僧叫了一聲。

「啊！」

同時伊織在溪水裏也大罵一聲畜牲，山僧嗒嗒嗒地往土橋盡頭退了五、六步。

伊織扔了一塊石頭，正好打中山僧的臉。似乎是打到左眼。山僧沒料到會受到突如其來的襲擊，加上心裏一慌，連忙沿著溪流飛也似地逃往城裏。

伊織跳上岸。

「等一等。」

他手中還握著石頭，正要追趕，被權之助阻止。

「走著瞧！」

說完恨恨地將石頭丟向無人的夜空。

5

回到杜藤六的家裏，不久兩人上了牀，卻難以成眠。

夜晚的山風呼呼地吹著房子，夜愈深聽得愈清楚。

權之助半睡半醒，腦中盤旋著光悅所說的話。心中念著建武、正平時代，然後思緒又回到現世界。從應仁之亂以來，室町幕府的崩潰、信長的大業、掌管大權的秀吉，以及時勢的變化。秀吉亡後至今，關東和大坂這兩地，霸權盤踞，隨時都有發動戰爭的可能。現在的世界與建武、正平年間有多大的差別呀！

他繼續想著——

北條足利危害國家的大根基，最令人痛恨。在這個時代裏，楠氏一族仍然效忠國家，另外一些諸侯還是尊重王室，可說都是眞正的日本武士。可是，現在的武門呢？現在的武士道呢？

這樣下去可以嗎？

老百姓眼見掌有天下大權的信長、秀吉、家康互相爭名奪利，完全無視於天皇的存在，國家統一之日遙遙無期。

不管是武士、商人以及農人——眼中只有武家的霸權，完全忘記要對天皇盡臣民的本分。

雖然社會比以前更加繁榮，個人的生活也更多彩多姿，然而一國的根本之道，從建武、正平年間開始，並無多大進展。整個社會距離大楠公所抱持的武士之道及理想，還非常地遙遠。

躺在被窩裏，身體漸漸暖和起來，河內的山風以及金剛寺的草木，夜半的狗吠聲，似乎全都出現在他夢中。

而伊織也想著自己的心事——

剛才的山僧到底是誰？

那白色的影像無法從腦海中撇除。

他擔心明天的旅程會出差錯。

眞可怕啊！

伊織自言自語。此時山風吹來一股涼意，使伊織下意識蓋緊被子。

因爲心裏害怕，所以夢中根本不見大日如來佛的微笑，也未夢見姊姊的倩影——一大早他便醒來了。

兩人一早出發，所以阿安姑娘和藤六也趕早爲他們準備便當。當他們要離開時——

「這個你們帶在路上吃吧！」

他們還特別爲伊織烤了釀酒剩的豆餅，用紙包著遞給他。

「謝謝你們的照顧，後會有期了。」

他們走到門外，望見朝霞已照在山峰上，白色的山嵐從天野川的方向直飄向天際。

這時突然有一名身著輕裝的商人，從一戶人家裏跑出來，走在權之助和伊織後面。

「喲！你們這麼早就上路了。」

對方精神飽滿地對他們打招呼。

繩子

1

他們不認識這個男人，權之助禮貌地回禮，伊織聯想到昨晚的事，不敢吭聲。

「兩位客人昨夜好像住在藤六先生家。我也長年受藤六先生的照顧。他們夫妻眞是一對好人。」

這名商人好像打算與他們同路，話越說越多。

權之助姑且聽之，那商人又說：

「木村助九郎先生也曾經召見我，所以我也經常出入柳生城。」

他試圖引起話題。

「既然你們來過高野的金剛寺，一定也要去爬爬紀州高野山。那路上已無積雪，要爬的話，現在正是時候。你們今天最好先爬天見、紀伊見等山嶺，晚上就住在橋本或是學文路好好休息——」

權之助好像被對方說中心事，好不納悶。

「你是做什麼的？」

「我是賣繩子的。你看我的行李。」

說著，他把背上的小包袱給權之助看。

「我帶著繩子的樣品四處託售。」

「哦！你是賣繩子的？」

「藤六先生和金剛寺的施主們，常常照顧我的生意。老實說，昨天本來按照往例要住在藤六先生家，但是，藤六說有兩位客人，所以叫我到附近人家家裏去住。哦！不不，你們別以爲是你們的緣故，但是如果住藤六先生家，就可以享受美酒，所以我的目的不是想住那裏，而是想喝那些美酒……哈哈！」

權之助覺得這些話並無不妥之處。繼而一想，也許這名男子瞭解附近的地理風俗，說不定可以向他討教，增長見聞。因此，他邊走邊詢問附近的地形情勢。

他們來到天見高原，從紀伊山可以仰望高野大峰。就在此時——

「喂！」

後面傳來呼叫聲。回頭一看，有一名與賣繩子的商人同樣裝扮的人追了過來。

「杉藏，你太過分了。」

他氣喘吁吁地說著。

「本來說好，今早出發時你來找我，所以我在天野村的入口等你，怎麼不說一聲就走了。」

「啊！是源助啊！眞對不起！我碰到住在藤六先生家的客人。一聊開了便將此事忘得一乾二淨。

哈哈哈！」

他抓抓頭。

「我跟這位先生聊得太起勁了，才會忘記。」

說著，他望著權之助的臉又笑了。

看來，這個人也是做繩子買賣。一路上，這兩名男子不斷談論著繩子的生意經。

「啊，危險！」

兩人同時停下腳步。

前面有一處很早以前大地震所造成的斷層，現在上面架著兩支圓木。

2

「什麼事？」

權之助趕上他們，如此問道。

杉藏和源助說：

「朋友，請等一下。這裏的獨木橋壞了，搖搖晃晃的。」

「懸崖會崩落嗎？」

「沒那麼嚴重。因為融雪之後，石頭掉落在上面，沒有人修理，為了行人安全，我們把它架穩，請你稍微休息一下。」

說著，兩人立刻蹲在斷崖旁邊，他們用石頭和泥土架在木橋下。

——眞難得他們這麼好心。

權之助非常感動。同樣是在外旅行的人，比較能夠瞭解旅途辛苦。然而，很少有人能如此照顧他人。

「兩位叔叔，我來幫忙撿石頭吧！」

伊織看到兩人的善行，立刻自告奮勇幫忙，搬來更多的石頭。

斷層的懸崖非常深，約有兩丈多。因爲是在高原上，所以底下沒有流水，只有一些灌木長在山谷裏。

過了不久。

「好像可以了。」

商人源助站在腐朽的木橋邊，用腳試踩後，對權之助說：

「我先過去。」

他故意搖搖晃晃快步走過去。

「請，請。」

杉藏請兩人先走，權之助和伊織一起過橋。

他們才踏上橋走沒幾步路，正踩在斷層谷底的正上方。

伊織和權之助突然驚叫，互相抱住對方的身體，嚇得僵在原地。

「哎呀！」

「啊！」

原來，先過橋的源助拿出預藏在草叢中的長槍，頂端白色的刀刃刺向權之助。

——是不是上了賊船？

權之助心中一驚，回頭一看，不知何時杉藏也拿出一把長槍，指著伊織和權之助的背後。

「糟了！」

權之助咬緊牙根，對這飛來的橫禍，嚇得毛髮悚立。

腹背受敵。

他的身體因爲害怕而顫抖不已，現在在這斷層上支撐他的只不過是兩支朽木。

「大叔、大叔。」

伊織不斷地大叫，抓著權之助的腰部。權之助護著伊織，閉上眼，一副聽天由命的樣子。

「你們兩個鼠輩，早就計畫好了，是嗎？」

「住口。」

這聲音很粗，不是舉著刀槍的源助和杉藏說的。

「咦？」

權之助猛一抬頭，看到對面的山崖上，有一名左眼上方紅腫的山僧。兩人看到那塊淤青，立刻想起昨晚伊織從金剛寺的河流裏，用石頭擲他的情形。

3

權之助溫柔地對伊織說著，然後又換另一種口氣罵道：

「不要驚慌。」

「畜牲。」

權之助露出敵意，炯炯眼光望著橋前橋後。

「原來是昨夜那個山僧的詭計。你們可眞卑鄙，想要謀財害命。」

站在橋頭橋尾的兩個人拿著長槍，堵住權之助和伊織。

他們只是擋住去路，由於朽木橋非常危險，他們不跨上橋來，也不說一句話。

權之助和伊織站朽木橋上，動彈不得。任憑他們死命地喊叫，山僧只是在一旁的懸崖上冷眼旁觀。

「什麼盜賊？」

山僧語氣尖銳，責備權之助。

「你以爲我們想要向你搶錢啊？像你這種眼光短淺的人怎麼有資格到敵人的陣地當密探。」

「什麼？密探？」

「關東人！」

山僧大喝一聲。

「把你的棒子和刀全部東西丟到谷底，乖乖地束手就縛吧！」

「啊！」

權之助鬆了一口氣。不再戒備森嚴、鬥志高昂。

「等一下。現在我知道了，你們一定弄錯了。我的確是從關東來的，但絕對不是密探，我叫夢想權之助，以夢想流劍法四處遊學。」

「少囉嗦，密探不會自稱是密探的。」

「不，我說的是眞的。」

「我不想聽你說。」

「那麼你們一定要帶我走嗎？」

「我們把你綁好，再好好問供。」

「我不想造成傷亡。我再問你們一次，爲何你們說我是密探？」

「我們在關東的人向我們通報，說你舉止怪異，帶著一名男童，並接受江戶城的兵法家北條安房的秘密使命，潛行到京城來。而且來此之前，還有人看到你們偷偷地與柳生兵庫以及他的家臣們秘密會合。」

「這根本就是無稽之談。」

「現在不論有無，先到目的地再說。」

「目的地在哪裏？」

「去就知道了。」

「如果我不去呢？」

這時候——

站在橋兩頭堵住去路的杉藏和源助，舉槍對著權之助。

「那我們只好殺了你。」

「什麼？」

權之助突然用力推伊織的背。由於橋上只容得下一個人站立，這一推，伊織直往後退。

「哇！」

隨著他的叫聲，伊織已經掉到兩丈深的斷崖下了。

突然——

「喝！」

權之助大叫一聲，用力揮舞他的木杖，掀起一陣風，向橋頭跳了過去。

4

想要刀槍運用自如，必須抓準時間和距離。

雖然杉藏有所準備。

但是權之助這突如其來的舉動，令他措手不及。

杉藏只是空喊一聲，他的槍撲了個空。接著，權之助整個身體撞在他身上，使得杉藏噗通一聲，整個人跌坐在地上。

「殺——」

兩個人在地上滾動之時，權之助已經將木杖換到左手。等杉藏要跳起來的時候，他的右拳重重地打在杉藏的臉上。

「哇！」

杉藏滿臉是血，露出牙齦，整張臉凹了下去。權之助踩著他的臉，一個跳躍，站在平地上。然後，他怒髮衝冠地說著：

「來吧！」

他又掄起木杖，準備對付下一個。他以為已經離開了死亡的陰影，不料，下一個瞬間，死神正在等著他。

從草叢中飛來了兩、三條繩子。有一條繩子綁著一把刀，另外一條繩子綁著一把帶鞘的刀，兩條繩子齊飛過來，纏住權之助的腳和脖子。

本來權之助看杉藏被自己打敗之後，準備對付過橋而來的源助和山僧。不料，他的木杖和手全被繩子纏住了。

「啊！」

他像一隻被蜘蛛網困住的昆蟲，全身不斷掙扎。這時，又來了五、六名武士，把他團團圍住。這些人綁住權之助的手和腳之後才鬆手。

「這個人的確有兩下子。」

他們擦著汗水，這時權之助已經被五花大綁，躺在地上無法動彈。

綁住他手腳和身體的繩子，在這附近的鄉里中廣被使用。由於好用而聲名遠播。這些繩子都是用木棉製的，叫做平打繩、九度山繩，或是眞田繩。由於繩子商人四處兜售，所以無論到哪裏都可以看到這種繩子。

剛才從草叢偷襲權之助，把他推入陷阱的六、七個人，也全都是繩子商人。只有山僧裝扮的男子跟他們不一樣。

「有沒有馬？」

山僧問道：

「離九度山還很遠，要拖著他走，非常麻煩。最好把他綁在馬背上，再蓋上蓆子，如何？」

「就這麼辦吧！」

「最好先趕到天見村。」

大家都無異議，便帶著權之助急忙離開，走向黑暗的路上。

懸崖上涼風颼颼，崖底傳來人聲，飄盪在高原的天空。那是掉落谷底的伊織發出的求救聲。

春雨綿綿

1

鳥啼聲因地因時，又因人的心情，聽起來都不相同。

高野的深山長滿了高野杉樹，在這裏有一種天鳥會發出天籟之聲，聲音非常淸脆。俗稱的百舌鳥、白頭翁等各種雜鳥，也與天鳥一樣能夠發出美妙的聲音。

「縫殿介。」

「是。」

「世事無常啊！」

一名老武士帶著隨從縫殿介，站在迷悟橋上。

這名老武士看來像是位鄉下武士。因爲他身上穿著粗布衣裳，一副旅行裝扮。但是他身上所佩戴的大小二刀，卻是寶刀。隨從縫殿介雖年輕，卻長得眉淸目秀，不同一般打雜人，看來他的氣質是從小培養的。

「你看到了嗎？織田信長公、明智光秀、石田三成以及金吾中納言等人的墓碑，都已經長了青苔，還有從源家到平家的墳墓，全都布滿了青苔。」

「在這裏，已經沒有敵我之分。」

「無論什麼結局，最後大家都與草木同朽，只是一塊寂寞的石頭罷了。上杉、武田的盛名就像是一場夢一樣。」

「這讓我覺得怪怪的。」

「你現在是什麼心情？」

「難道世上所有的事都是虛假的？」

「你是指此處虛假？還是世間是虛假的？」

「我不知道。」

「是誰取的名字？裏院和外院之間的這座橋，竟然就叫做迷悟橋。」

「這名字取得眞好啊！」

「迷是實、悟是眞，這是我自己的感想。若是認爲這世界是虛假的，那就不可能有世間的存在。不，侍奉主君的武士不應該有虛無觀。因此我的禪是活禪、娑婆禪、地獄禪，要是受無常觀的影響，厭惡世間，哪能成爲一個奉公的武士？」

老武士說著。

「我要過橋了。趕快回到眞實的世界吧！」

說完，急忙走在前面。

雖然年事已高，腳底卻非常穩健。他的脖子上還留著穿盔甲的痕跡。今天，他已走訪過山上的勝地，以及佛堂寺廟，也參拜了後院，現在他要直接趕下山。

「喔！你們來了。」

來到下山口的大門時，老武士皺著眉，從老遠便自言自語著。

原來是本山青巖寺的住持帶著二十幾名年輕和尚，在大門口列隊等候他歸來。和尚是來給老武士送行的。老武士爲了避免送行的繁文縟節，今早離開時已經在金剛峰寺與大家道別。現在看到大夥又在此送行，雖然感謝他們的好意，對於他微服之身反而添增不少麻煩。與大家道別之後，眼望著九十九谷，趕緊下了山來，終於鬆了一口氣。而爲了修行，他所謂的娑婆禪和地獄禪——所必須具備的俗界氣味以及人間的心垢，不知何時已經回到他內心。

「啊！您是不是？」

他來到山路的轉角處。

迎面碰到一名身材高大，皮膚白皙的年輕武士。雖然稱不上是美少年，看起來倒還順眼。

2

老武士和年輕人縫殿介聽到對方如此一問，停下腳步。

「你是哪一位?」

「我在九度山奉父親之命前來參見您。」

年輕武士恭敬地行禮之後,又說:

「如果我認錯人,請您原諒。尊台是不是來自豐前小倉細川忠利公的老臣、長岡佐渡大人呢?」

「咦?你說我是佐渡——」

老武士一臉驚愕。

「到底你是誰?為何能在此地認出我——我的確是長岡佐渡。」

「那我並未認錯人。剛才沒對您稟報我的名字,我是住在九度山的隱士月叟的兒子,叫做大助。」

「月叟?……奇怪。」

老武士想不起來,大助望著他的臉。

「我父親很早以前就隱姓埋名。關原之戰時,他叫做眞田左衛門佐。」

「啊?」

老武士愕然。

「眞田先生?就是那位幸村先生嗎?」

「正是。」

「你是他的兒子嗎?」

「是的。」

大助身材雖然高大，卻非常靦覥。

「今早有位青巖寺的和尚來父親的住處。他提到您上山來了，而且微行途中，可能會路經此地。因此我便在路上等候，寒舍雖然沒什麼好招待的，但我們準備了一些粗茶淡飯，期待您能光臨。」

「哦！原來如此。」

佐渡瞇眼露出笑容，對縫殿介說道：

「他們一番好意，你認為如何？」

他徵詢縫殿介的意見。

「這個嘛！」

縫殿介不敢做主，大助接著又說。

「雖然天色還早，如果您不介意，家父希望您能住上一宿。」

佐渡思考之後，心中有了決定，便點著頭說道：

「那麼，我們就先去打擾，是否過夜到時候再決定。阿縫，我們就去喝杯茶吧！」

「好！」

主從兩人相互點個頭，便跟著大助走了。

不久，來到九度山的村莊。在靠村莊郊外的地方，有一棟倚山而建的房子，四周圍著石牆，石牆邊還堆了一些柴火。

住家像土豪的房子，但是圍牆和門都很低矮，不失風雅。不愧是個隱士的住家，到處充滿閒雅之趣。

「父親已經到門前等待了。就是那棟草屋。」

大助讓客人走在前面，自己尾隨在後，走進自己家門。

3

土牆內種了一些蔬菜，足夠用來煮早晚的清湯，另外還種了一些葱和青菜。

這棟房子背對懸崖，從這裏可俯瞰九度山的民家以及學文路上的客棧。走廊轉角處，旁邊是青翠的竹林子以及清澈的溪流。竹林的一端還有兩棟屋子。

佐渡來到一間雅致的房間坐下來，隨從縫殿介則坐在門口的走廊上。

「這裏眞幽靜。」

佐渡自言自語，靜靜地環顧室內。剛才在大門口已經見過主人幸村。

但是進門之後，還沒看到他出來打招呼，或許他還會出來跟客人寒暄一番吧！這時有人端茶來，大概是大助的妻子，她溫和地放下茶具便馬上退出去。

等了一會兒……

佐渡臉上並無不耐之色。

因爲客廳所有的擺設都令客人感到賓至如歸。從這裏可以眺望庭院裏的花草樹木，雖然看不到流水，卻可聽到潺潺的流水聲，屋頂上還開滿了苔蘚花。

另外在客人身邊並無華麗的擺設。眞不愧是上田城，領糧三萬八千石的城主眞田昌幸的次男。薰香所用的香木，氣味高雅，不是一般民間所用的種類。房間的柱子很細、天花板很低，破舊的牆壁前，擺著小茶几，上面揷了一枝蕎麥和梨花。

梨花一枝春帶雨

「……」

佐渡觸景生情，想起白樂天的詩句，也想起《長恨歌》中楊貴妃與唐明皇的戀情，沈吟於詩中境界。當他一張眼，突然看到眼前掛著一行字。上面寫了五個字。粗筆濃墨，運筆大方。卻充滿天眞無邪的氣息。上面寫著：

豐國大明神

旁邊還寫了一行小字「秀賴八歲書」。

佐渡原來背對這行字而坐，現在他恭敬地向旁挪了一下位子。這家主人在這神位前，經常薰染檀香木，早晚擦拭乾淨，並奉上神酒，連牆壁和門都沾著檀香味道。

「哦！幸村的心境，眞的跟傳說中的一樣。」

佐渡又想起了一件事。九度山的傳心月叟氏，也就是眞田幸村，是個不容忽視的男子漢。世上很多人都在談論，說他是個大騙子，牆頭草，喜歡見風轉舵，卻也是深淵裏的蛟龍……這些佐渡早有耳聞。

「這個幸村……」

佐渡不由得猜測主人的用意，本來這幅字應該收藏起來的，爲何掛在客廳這麼明顯的地方——這裏本來可以掛著大德寺的墨跡才對。

這時佐渡感到有人走到房門口，便不動聲色地移開視線。剛才在大門口默默出來迎接客人的瘦小男子，現在穿著無袖上衣佩著一把短刀，腰彎得很低，說道：

「剛才失禮了。請原諒我如此無禮，差遣兒子將您們迎接到這裏。」

4

這裏是隱士的閒宅，主人是個浪人。

按照一般禮節，主客之間必須尊重社會地位。現在，客人長岡佐渡是細川藩的老臣。傳心月叟雖然是更改過的名字，但他是此家的主人，叫做幸村，是眞田昌幸的嫡子。他的哥哥信幸，現在是德川家的諸侯。

幸村有此背景，卻如此恭敬地彎腰行禮，令佐渡感到惶恐萬分。

「請您平身吧！」

佐渡不斷地回禮，並說：

「沒想到今天能與您相見。我經常聽到有關您的傳說，現在看您健康如昔，眞令人欣慰。」

幸村示意客人不必拘謹。

「您也是老當益壯。」

幸村接著又說：

「聽說您家主人忠利公最近從江戶回國了。雖然相距遙遠，但我還是祝福他。」

「沒錯，今年剛好是忠利大人的祖父幽齋公，在三條車街的別館去世之後的三周年紀念。」

「已經過這麼久啦？」

「每個人都該辭官歸鄉了。我這個佐渡侍奉幽齋公、三齋公還有剛才說到的忠利公三代君主，都快變成老骨董了。」

談到這裏，主客盡歡，似乎已經遠離紅塵瑣事。剛才在半路迎接他們的大助與客人是初次見面，但幸村與佐渡似乎是舊識。他們談到四方山的時候，幸村問道：

「最近有沒有跟和尙見面？就是那個花園妙心寺的愚堂和尙。」

「不，完全失去音訊。……對了，我就是在愚堂和尙的禪室第一次跟幸村大人見面的。當時我是您父親昌幸大人的侍衛。那時我奉命要重新修建妙心寺內的春浦院，所以經常拜訪那裏……唉！已經是很久以前的往事了。當時您尙年少呢！」

佐渡懷念著往事，幸村也道：

「那時有很多粗暴的人，經常到愚堂和尚的禪室去反省。和尚也不分諸侯、浪人、長者、年輕人……都一視同仁。」

「他尤其照顧世上的浪人和年輕人。和尚經常說：浮浪之徒只不過是個流浪漢。眞正的浪人，應該胸懷大志、堅守節操，不求名利，不昧於權勢，爲政不爲己私折腰，見義而忘私心，身如白雲，行動如雨下，甘心過窮困的生活，且不怨天尤人……」

「您記得可眞清楚啊！」

「可是，眞正的浪人猶如滄海明珠，少之又少。雖然如此，翻閱以往的歷史，不知有多少沒沒無聞的浪人，國難當頭的時候，摒棄私心、捨身救國。這麼說來，在這個國土當中，無數的無名浪人死後的白骨，才是整個國家的支柱……可是，您看當今的浪人又如何呢？」

佐渡邊說邊直視著幸村的臉，但是幸村無視於他的眼神，說道：

「是的，聽您這麼一說，我也想起一件事。那時愚堂和尚的膝下，有一名聽說是作州浪人叫做宮本的年輕人，您老人家是否還記得他？」

5

「作州浪人宮本？……」

佐渡念著這個名字。

「您指的是武藏嗎？」

「對，對。叫做宮本武藏。」

「他怎麼了？」

「當時他雖然未滿二十歲，卻非常穩健，經常穿著骯髒的衣服來到愚堂和尚的禪室。」

「哦！那個武藏啊？」

「您想起來了嗎？」

「不、不。」

佐渡搖了頭說道：

「我想到的是，這幾年聽說他人在江戶。」

「他現在在江戶嗎？」

「老實說，我也奉主人之命在尋找他，但一直找不到他的下落。」

「愚堂和尚說過，他是個可造之才。我也有同感，一直在注意他。然而，有一天他突然離去，已經好幾年音訊杳然。聽說他到處比武，在一乘寺的下松那場決鬥，使得他名聲大噪，和尚的確沒有看錯人。」

「然而我聽到的卻非他的功夫盛名，而是他在江戶期間，曾經在下總的法典草原開墾荒地，幫助農民開墾荒蕪的園地。當時，我曾經想見他，等我去找他時，他已離開那裏。後來我才聽說那個人就是宮本武藏。到現在，我都還耿耿於懷。」

「就我所知，他才是和尚口中眞正的浪人，也就是滄海中的一顆明珠。」

「您也如此認爲嗎？」

「剛才我們提到愚堂和尙，才會讓我想到這件事。這個人的確讓人印象深刻。」

「老實說，我曾經想將他推薦給主君忠利公。但是，這顆滄海明珠很難尋覓。」

「我也認爲武藏值得推薦。」

「雖然如此，像這種人物要任官職，一定不只求得俸祿，他還會有他自己的抱負。也許，他並沒有在等待細川家的招募，而在等待九度山的招募呢！」

「咦？」

「哈哈哈！」

佐渡開口大笑。

雖然佐渡不經意地說出這番話，卻是有其用心。

也許他只是想要試探這家主人的虛實罷了。

「您眞會開玩笑。」

幸村並未收起笑容。

「現在我們連一個年輕人都招攬不到。更別說要招攬鼎鼎有名的浪人到九度山來，想來這個年輕人是不可能會來此地的。」

幸村明知道會越描越黑，但還是道出自己的心聲。佐渡趁此機會說道：

「不，不。您一定有所隱瞞。在關原大戰時，細川家支持東軍與德川對峙，這是顯而易見的。再加上，對您而言故太閤的遺孤秀賴公是您唯一能依賴的人，這是世人衆所皆知之事……看您牆上掛的東西，也可看出您平日的用心。」

佐渡回頭望著牆上秀賴親筆所寫的字。戰場歸戰場，在這裏他們可以敞開胸懷，坦誠相對，無所不談。

6

「您這麼一說，我幸村實在是無地自容。」

幸村對佐渡所說的話感到非常爲難，他說：

「秀賴公是因爲思念太閤才寫了這幅字，而且是大坂城的朋友特地送給我的。我很珍惜，所以才掛在牆上……如今太閤已經不在人間了。」

幸村低著頭，聲音有點哽咽。

「世事變化多端，大坂的運勢如何？關東的威勢又能持續多久？雖然賢能的智者能看清時勢，但是，由於它瞬息萬變，導致我幸村窮途末路，無法侍奉二君，請別見笑。」

「不，不。雖然您這麼說，但世人可不相信。我可以說得更淸楚一點，您這裏每年從淀殿和秀賴君那裏收到碩大薪餉，另外以九度山爲中心，只要您一聲令下，隨時有五、六千名浪人供您驅使——」

「哈哈哈！根本沒這回事……佐渡大人，世上沒有比出賣自己更痛苦的事了。」

「但是也難怪世人如此認爲。您從年輕的時候便在太閤身邊，比一般人更親近太閤，倍受重用。而且，大家都認爲眞田昌幸的次男幸村，號稱當代的忠臣楠先生或諸葛孔明，倍受各方矚目。」

「別再說下去了，聽得我非常惶恐。」

「難不成這些都是謠言？」

「我現在只希望能在此頤養天年。雖然我不夠風雅，至少能在此種植田地，含飴弄孫。秋天吃新鮮的蕎麥麵，春天又有新鮮蔬菜可食，希望充滿血腥的戰爭隨風而逝，使我能夠長命百歲。」

「這是您的眞心話嗎？」

「最近我有空就讀老莊的學說。覺悟到人生在世，必須即時行樂，要不然就不能叫人生……您該不會輕視我吧！」

「哦！」

佐渡表面上假裝信服，故意露出發楞的表情。

這樣又過了半刻鐘。

主客談話之間，大助的妻子進來倒了幾次茶，殷勤招待。

佐渡拿了一塊糕點。

「我們談得忘了時間了。縫殿介，差不多該告辭了。」

佐渡吩咐縫殿介。

「哎呀！再多待片刻！」

幸村挽留他們。

「我媳婦他們好像在擀麵條了。山居沒什麼好招待，而且太陽還這麼高，到學文路投宿之前時間寬裕得很，您就再多留一會兒吧！」

此時，大助過來說道：

「父親大人，請到這邊來。」

「好了嗎？」

「好了。」

「坐墊也準備好了嗎？」

「我已經擺好了。」

「是嗎？那我們就過去……」

幸村站在屋簷下引導客人。

佐渡也接受主人的美意，心情愉快地跟在後面。此時，忽然從後面竹林裏傳來奇怪的聲響。

7

那聲音像紡織機發出來的，但聽起來又似乎比紡織機還大，調子也不同。

面對著竹林的席位上，麵條已經端到主客面前。

另外還擺著酒瓶、杯子。

「沒什麼特別的好茶。」

大助說著，便用筷子夾菜，他的妻子羞澀地勸酒：

「請喝杯酒。」

他拿著酒瓶，對著佐渡。

「酒，我不喝。」

佐渡蓋著杯子，只吃麵條。

大助和妻子並未勉強。不久兩人退了下去。這期間仍可聽到竹林方向傳來織布機的聲音。佐渡問道：

「那是什麼聲音？」

幸村這才注意到那聲音吵到了客人。

「喔！那聲音嗎？說起來有點慚愧。為了討生活，我們全家和僕人一起經營繩子工廠，那聲音是從製造繩索的機器發出來的……這是我們的工作，早已習慣這種聲音，客人也許覺得刺耳……我叫人去把機器關掉吧！」

他拍了一下手，正要叫大助的媳婦。

「不，用不著如此。這樣反而妨礙你們的工作。算了，算了。」

佐渡阻止他。

這個小客廳離正廳很近。可以聽到人們出入的聲音，廚房的切菜聲和數錢聲——這裏與廂房大不相同。

奇怪！他們竟然落魄到必須辛勤工作才能吃飯？

佐渡感到納悶，即使這家人未領大坂城方面的薪餉，即使是一個落魄的大將軍，也不至窮困到這地步吧！看來，這個家族人口衆多，不習慣於工作，以致坐吃山空了。

佐渡左思右想，一邊吃麵一邊感到不解。但是，從麵條的味道，無法揣摩幸村的個性。總之，他對幸村的感覺是——

悠哉的男子漢。

這種感覺與十年前自己在愚堂和尙那兒看到幸村的印象完全不同。

但是剛才自己孤軍奮鬥，與幸村經過一番口舌辯論，也許幸村從自己口中已經探知細川家的意思和近況。然而，令人不解的是，幸村竟然未問自己任何問題。

即使不問敏感問題，難道他不想知道佐渡爲何來到高野山嗎？關於此點，幸村提都未提。

佐渡是奉主人之命來登此山。故人細川幽齋公在太閤在世時，曾經陪伴太閤來到青巖寺。那時，久居山上，幽齋公曾經題過詩歌以及著書，因此青巖寺一定還保存著當時幽齋公親筆所寫的文物和墨寶遺物。而爲了整理並領回這些文物，以迎接幽齋公三周年的忌日，自己特地從豊前小倉來到這裏。

對這件事，幸村根本不問。就像去迎接自己的大助所說的，幸村表裏如一，他請客人到屋內喝茶，是出自一片好意，別無他心。

8

隨從縫殿介從剛才便恭敬地坐在門邊，他很擔心主人到後面房間之後的安全。

不管對方表面上如何款待，這裏畢竟是敵人的家。對德川家來說，是不能大意且必須加以留意的大人物。

紀州的領主淺野長晟，爲此緣故，奉德川家之命特別監視九度山。由於對方幸村是個難以捉摸的大人物，監視工作相當棘手。

「剛才要是早一點動身就好了。」

縫殿介開始忐忑不安。

他無法確定這家人是否有何詭計。即使沒有，要是被負責監視的淺野家發現，向德川報告細川家的藩老曾微服拜訪幸村，這件事可能會影響德川對主人的印象。

關東和大坂的情勢極爲險惡，佐渡先生對此事相當清楚，竟會如此大意。

縫殿介一直窺探著屋內的動靜。突然，屋簷旁的連翹花和山吹花被風吹得搖搖擺擺，天上烏雲密布，幾滴雨打落在屋簷上。

縫殿介心中立刻有了主意。

「這是個好機會——」

他沿著走廊，繞過花園，尋找招待佐渡的房間，從外面大喊。

「主人，快下雨了。趁雨還沒下，趕快回去吧！」

佐渡打從剛才便一直想起身告辭，現在聽到縫殿介的聲音，心中很感激他的機伶。

「喔！是縫殿介啊……什麼，快下雨了？現在走的話還不會被淋溼，我趕緊告辭吧！」

說完，向幸村道別，急著要趕路。幸村本來希望能留他住上一宿，但知道主從二人都急著走，便不再勉強，他叫大助和媳婦過來，吩咐道：

「幫客人準備簑衣。大助，你送客人到學文路。」

「是。」

佐渡從大助手中接過簑衣，告辭而去。

烏雲盤旋在千丈谷和高野峰的上空，卻未下一滴雨。

「請多保重！」

幸村家人在門口送客。

佐渡也殷勤回禮，並對幸村說：

「改天無論刮風下雨，我會再來拜訪，請多保重。」

幸村微笑地點點頭。

也許現在雙方都憶起昔日騎馬拿槍的英姿吧！圍牆上的杏花隨風飄落，送行的主人望著客人披著簑衣離去，此情此景點綴著晚春的景象。

大助在送行的途中，說道：

「這種天氣不太可能下雨。但是正逢晚春，山上一天總會刮起一次疾風。」

烏雲自他們身後節節逼近，使他們不得不加快腳步。最後來到學文路的客棧入口，迎面正好碰到一名穿著白衣服的山僧，身邊還拉了一匹馬。

9

馬背上蓋著粗草蓆。原來馬背上綁著一個體格強健的男子，兩側還馱著柴火。

山僧走在前面，另外還有兩名像是旅行商人同行。其中一人拉著韁繩，一人拿著細竹子，打著馬屁股疾馳而來。雙方快要碰面了。

大助假裝沒看見，故意和長岡佐渡說話，但那名山僧卻沒看到大助的眼神。

「喔，大助先生。」

他高聲地叫著。

即使如此，大助仍佯裝沒聽到。可是佐渡與縫殿介卻面露訝異，停下腳步。

「大助先生，好像有人在叫你喔！」

說著，轉向聲音的來源。

大助迫不得已只好開口。

「噢！是林鐘和尚啊！您要去哪裏？」

他故做輕鬆狀，山僧回答：

「我們從紀見嶺過來。正要趕往您山上的家。」

山僧站在原地與他高聲談話。

「我們據報得知有一名詭異的關東人，剛才我們在奈良發現他，好不容易才在紀見山上將他生擒。這個人看來比一般人優秀，充滿陽剛之氣，我們打算將他帶到月叟大人那裏，逼他說出內情，也許可以從他口中探知關東方面的反間諜機密……」

即使大助不問，對方口若懸河，全盤托出，因此大助立刻說道：

「哎呀！林鐘和尚，您說什麼我完全聽不懂啊！」

「您看，馬背上綁的那個傢伙就是關東來的密探。」

「你在說什麼傻話！」

大助忍無可忍，心想以眼神和表情已無法制止對方，便大聲說道：

「在這路上，你竟然狂言亂語。你可知我身邊這位客人是誰？他就是豊前小倉細川家的老臣長岡佐渡大人，你竟敢在此胡言。」

「啊！」
林鐘和尚這才注意到大助身邊的客人。
佐渡和縫殿介佯裝沒聽見，環顧四周。這時，烏雲快速越過他們上頭，豆大的雨點隨風飄落，打在佐渡的簑衣上。他的簑衣像鷺鷥的毛一般，被風吹得鼓鼓的。
——他就是細川家的人？
林鐘和尚一陣愕然，因意外而張口結舌，斜著眼端詳了對方之後，低聲詢問大助。
「……爲什麼他跟您在一起？」
大助跟他三言兩語小聲說話，然後跑回客人身邊。
長岡佐渡趁此機會，說道：
「請送到此留步，你再送下去，我反而更加惶恐。」
他要求大助不要再送了，在此與他告別。
大助雖然堅持送他，最後還是站在原地目送他兩人離去。最後大助的眼光回到馱馬和山僧身上。
「你太大意了！」
大助責備他。
「你眼睛要睜大一點，說話得先注意地點和對象，這件事若是傳到父親耳中，那可就沒完沒了了。」
「是。我太不小心了。」
山僧一臉狼狽。他是眞田的隨從，叫做鳥海弁藏，在這一帶是無人不知的響叮噹人物。

港口

1

伊織經常陷入這種恐怖狀態。有時他從地面上的積水看到自己的臉。

我是不是瘋了？

我的臉沒變。

他這才有點放心。

從昨天他就在路上漫步。他甚至不知道自己是怎麼走過來的。

那天從懸崖下爬上來後，便一直是如此。

「有種你過來！」

有時發作起來，他會突然對天空大喊。

「畜牲！」

有時他望著地面，無精打采地用手擦拭眼淚。

「大叔啊！」

他在叫權之助。

他認爲權之助可能已不在人世。一定是被那些人殺了，尤其伊織看到權之助的東西散落一地，更讓他深信不疑。

「大叔啊！大叔……」

少年多愁善感的心，雖然明知無濟於事仍不斷地呼喚著。從昨天找到現在，他絲毫未感覺疲倦。他的手腳、臉上、耳朵都沾滿血跡，衣服破裂，但是他一點也不在意。

「到底在哪裏啊？」

有時他回到現實時，感到強烈的饑餓感。雖然吃了東西，但老是記不得吃了什麼。

前天晚上他在金剛寺住了一晚，之前，也曾經到過柳生庄，那時他走路有目的地。可是，現在伊織腦海裏根本記不起跌落谷底以前的情形。

他只知道一件事。

自己還活著。

死裏逃生之後，他拚命尋找生存之道。

啪嗒啪嗒——像彩虹般的東西突然闖進他的眼睛。仔細一看，原來是一隻雉雞。還有散發香味的山藤，伊織坐了下來。

這是哪裏？

他找到一個目標。微笑的大太陽。太陽不管在雲端或在山峰、谷間，都不會改變位置，因此，他坐在地上合掌祈禱。

他又想了一次。

太陽啊！請指引我一條明路。

他閉眼祈禱。

過了不久，他抬頭望見羣峰之間，隱約可見海洋，藍色的水氣薄薄地飄在海面。

「少年……」

有兩名婦女從剛才一直站在伊織背後看著他怪異的行爲。她們是一對母女。身上都穿著旅裝，打扮得非常美麗，並無男僕同行，想必是住在附近的老百姓出來拜拜或是踏青。

「什麼事？」

伊織回頭看那對母女，眼神依然恍惚。

女兒對母親輕聲地說：

「這少年不知怎麼了？」

母親歪著頭，走到伊織旁邊，看到他手上、臉上的血跡，皺著眉頭。

「痛不痛？」

她問伊織。

伊織搖頭。母親對女兒說：

「看來他的意識還很清楚。」

2

你從哪裏來？

你是哪裏人？

叫什麼名字？

坐在這裏到底在拜什麼？——母親和女兒不斷地問伊織這些問題。伊織這才漸漸地恢復了意識，表情也慢慢恢復正常。

「我的朋友在紀見山上被人殺了。我從懸崖的縫隙裏爬了上來。從昨天一直走到現在，不知道該往哪裏去？後來我想到膜拜太陽也許有用。後來…就看到那邊出現了海面。」

本來那位女兒覺得伊織舉止怪異，聽完伊織的陳述，反而比母親更加地親切、更加地同情他。

「哎呀！可憐的孩子。母親，我們帶他一起到堺鎮吧！也許能在店裏幫忙。」

「這個方法不錯，但他願意來嗎？」

「你會來吧！……是不是？」

伊織點點頭。

「那我們走吧！可不可以幫我拿這個行李。」

「……好的。」

雙方並不熟悉，所以即使走在一起，伊織也保持距離，不管對方問什麼，他都只是點頭或搖頭回答。

這情況並未持續很久。他們下了山，來到村子馬路的盡頭，最後來到岸和田街上。剛才伊織在山上看到的海，便是和泉海岸。走在人多的街上，伊織也漸漸習慣與這對母女相處了。

「伯母，請問您家在哪裏？」

「在堺鎮。」

「堺鎮？是這一帶嗎？」

「不，在大坂附近。」

「大坂的哪裏？」

「我要從岸和田坐船回去呢！」

「什麼？坐船？」

這對伊織來說，是個意想不到的樂事。由於太高興了，別人沒問他，他便自顧講了很多事。他說，從江戶到大和的路上，曾經搭過幾次渡船。但是，還未坐過海上的渡船，自己的出生地下總雖然濱海，自己卻從未坐過船。所以現在伊織心想，要是能搭船，那該多好啊！

「伊織。」

那女兒已經記住伊織的名字。

「你稱我母親為伯母，聽起來很奇怪。你還是叫我母親老闆娘，叫我小姐就可以。從現在起就得養成習慣。」

「嗯！」

伊織點點頭。

「說『嗯』也很奇怪喔！不可以回答『嗯』，必須好好地說『是的』。」

「是的。」

「對，對。你眞是個乖孩子。你要是在店裏好好工作，我一定升你為正式的伙計。」

「伯母的家……啊！不對，老闆娘您家是開什麼店？」

「是堺鎮的船運行。」

「船運行？」

「你不可能知道的。我們有很多船，如果中國、四國、九州的大官想要乘坐，我們就為他們服務，為他們載貨物，分送到各個港口……簡單地說，就是商人。」

「原來是商人啊！」

伊織輕蔑的口吻說著。

3

「什麼原來是商人啊！你這小孩說話太不客氣了。」

女兒看了一眼母親的臉。本來自己好意在半路上撿回伊織，現在看著伊織小小的身子，心中湧起一陣憎惡。

「呵呵呵！商人就是一些賣餅、賣衣服，精打細算的人吧！」

那老闆娘對於小孩子的話一點也不在意，甚至認為他可愛。可是，女兒認為站在堺鎮商人的立場，必須向伊織說明：

船運行位於堺鎮的唐人街。面臨海岸，大約有三間倉庫，幾十艘的船隻。

而且店面不只堺鎮，連長門的赤間關、讚岐的丸龜，還有山陽的飾磨港，也都有他們的分店。

另外，船運行也會從小倉的細川家承攬藩裏的船務，因此不但有通行無阻的船隻通行證，還有苗字帶刀（譯註：有此種刀可以通行無阻），因此一提到赤間關的小林太郎左衛門，中國、九州地區無人不知曉。

「雖然到處都有商人，但是船運行就不太一樣了。如果天下突然發生戰亂，薩摩藩的細川家光靠藩裏的船隻還是不夠用的。因此，雖然我們是普通的船運行，只要一打仗，我們就會被招募，派上用場。」

小林太郎左衛門的女兒阿鶴不斷地解釋著。

老闆娘是阿鶴的母親，也是太郎左衛門的妻子，名叫阿勢。現在伊織瞭解情況，也覺得自己說得太過分了，便說：

「阿鶴姊姊，妳生氣了嗎？」

阿鶴和阿勢同時笑了。

「我沒生氣，只是你這隻井底蛙還這麼伶牙利嘴，我們看不過去罷了。」

「對不起。」

「店裏面有很多工作的年輕人，而且船隻一靠岸也會有很多水手和年輕人出入店裏，你若是太調皮，可能會被他們修理喔！」

「知道了。」

「呵呵呵！本來以為他很調皮，看起來倒蠻老實的。」

阿勢也逗著伊織玩。

從街道轉個彎，迎面海水味撲鼻。這是岸和田的碼頭，一艘五百石的船隻正載著各式當地的物產。

阿鶴指著它說：

「我們要坐那艘船回去。」

她告訴伊織。

「那艘船也是我家的。」

阿鶴有點得意。

有三、四個人從茶館裏看到阿鶴三人，便立刻跑過來。他們是船長和小林店裏的僕人。

「您回來了。」

「我們一直在等您。」

大家過來迎接他們。

「很不巧剛好貨物很多，沒有好的座位。但是我們爲您們準備了一個位子，請趕緊上船。」

說完，那個人便走在前面，上了船去。仔細一瞧，原來在船頭的地方圍了一個帷幕，裏面舖了紅地毯，桌上還擺著桃山繪杯子和一桌的酒菜，像個奢華的小飯館，倒不像是在海上。

4

船隻一路上並未停留，當天晚上便到達堺鎮的港口。小林老闆娘和阿鶴姑娘在船隻抵達川尾之後，立刻走到對岸的店門口。

「您回來了。」

「回來得眞早。」

「今天眞是個好天氣。」

兩人在老掌櫃和年輕人的相迎下，進到屋內。

「對了，掌櫃的。」

走到店裏之後，老闆娘回頭看老掌櫃佐兵衛。

「你看到那個小孩了嗎？」

「是您帶回來的小孩嗎？他全身髒兮兮啊！」

「我們在岸和田的路上撿回來的小孩，我看他聰明伶俐，就讓他在店裏做事吧！」

「剛才我還在納悶這小孩怎麼跟了進來，原來是您們在路上撿到的。」

「也許他身上還有跳蚤呢？快點讓他梳洗乾淨，換件新衣服，先讓他睡一覺吧！」

店的中堂有個門簾，區別店面和屋內。如果沒有掌櫃的同意是不能任意入內的。何況伊織是被撿回來的小孩，從那天晚上就被安置在店裏的角落，有好幾天沒看到老闆娘和阿鶴。

「這個家眞令人討厭。」

雖然有救助之恩，但是伊織對於商家的作風，事事覺得不自由，感到非常不滿。

大家開口閉口都叫他小鬼、小鬼的。

甚至支使他做這個做那個的。

從年輕人到老掌櫃，大家都把他當狗一樣的指使。

可是，這些人一面對老闆娘或是店裏的客人，又變得卑躬曲膝，幾乎要五體投地了。

這些大人從早到晚每天口中念的都是錢錢錢，腦中想的都是工作工作，被工作逼得喘不過氣來。

「眞討厭，逃走吧！」

伊織好幾次都想這麼做。

他懷念藍天。也懷念躺在地上時小草的芳香。

每次這麼想的時候，伊織的腦海中總是想起師父武藏鼓勵他磨練心志的話。他非常想念武藏和分手的權之助。

5

眞討厭，逃走吧！

同時，腦海中也浮現素昧平生的親姊姊阿通。

他日夜思念這些人。然而，一個少年對於泉州堺鎮港口絢爛的文化以及充滿異國風味的街道，船舶的色彩，和此地人豪華奢侈的生活等等也感到好奇。

竟然有這種世界啊！

他心裏好不訝異。

他對這種世界充滿了憧憬、夢想和慾望，日子在不知不覺中消逝了。

「喂！阿伊。」

老掌櫃佐兵衛在櫃枱叫他，伊織正在淸掃門口和倉庫前的空地。

「阿伊啊！」

沒聽到伊織的回答，佐兵衛從櫃枱站起來，走到店門口的黑櫸木欄杆旁，大聲斥責。

「新來的小鬼，我在叫你，爲何不回答？」

伊織回過頭來。

「喔！在叫俺嗎？」

「什麼叫做『俺』，你應該說『我』。」

「嗯！」

「不是『嗯』，要說『是的』，而且要行禮。」

「是——的。」

「你沒長耳朵嗎？」

「我有耳朵啊！」

「那爲何不回答？」

「可是，你阿伊阿伊的，我不知道是在叫我啊！我的名字叫伊織。」

「伊織不像個小鬼的名字，所以我才叫你阿伊啊！」

「是嗎？」

「前幾天我不是告訴過你，不可以把刀子戴在身上，你現在又戴在腰上了。」

「是。」

「不可以戴這種東西。商家的小孩竟然帶著刀。笨蛋！」

「……」

「交給我。」

「……」

「你嘟著嘴幹嘛?」

「這是我父親的遺物,我不會交出去的。」

「你這小鬼,我叫你給我。」

「我才不想當什麼鬼商人。」

「你說什麼鬼商人。世上如果沒有商人,行嗎?不管信長公有多偉大,攝政大臣有多厲害,如果沒有商人,聚落和桃山城是建不起來的。也不可能從國外輸入那麼多東西。再加上堺鎮的商人做生意的地點甚至遠至南蠻、呂宋、福州、廈門等各地區,做的都是大買賣。」

「這我知道。」

「你怎麼會知道。」

「這鎮上有綾街、絹街、錦街等等大紡織店。高台上還蓋著像呂宋城般的別館,海邊還有大倉庫。跟這些比起來,老闆娘和阿鶴姑娘引以爲傲的這家店也不算什麼了。」

「你這個野孩子。」

佐兵衛跳到門口,做勢要打他。伊織丟了掃把,拔腿就逃。

6

「年輕人啊！把那小鬼抓住。把他抓住！」

佐兵衛從屋簷下大叫。

在河邊搬貨的店裏的年輕人說道：

「啊！那不是阿伊嗎？」

他們追過去，一把抱住伊織，並拖到店門口。

「這小鬼眞棘手。不但口出惡言，還罵了我們一頓。今天可要好好地懲罰他。」

佐兵衛脫下鞋子坐到櫃枱旁又說：

「還有，先把阿伊身上的刀拿過來。」

他吩咐店裏的人。

店裏的年輕人拿走伊織腰上的刀。然後將他兩手反綁在後，在店前的貨物堆旁，像猴子般綁起來。

「就綁在那裏讓人恥笑吧！」

大家說完便離開了。

伊織最重視羞恥心，武藏和權之助也時常告訴他要知恥。

——綁在那裏任人恥笑。

他一想到這裏，少年的血液也開始沸騰。

「放開我。」

他大叫。

「我以後不敢了。」

他道歉。可是對方不聽，於是伊織又口出惡言。

「笨掌櫃、臭掌櫃。我不待在這家裏了，快解開我的繩子。把刀子還給我。」

他又大叫。

佐兵衛這回走了下來。

「你眞囉嗦。」

他用一塊布塞住伊織的嘴。伊織趁機咬了他的指頭。

佐兵衛又叫來年輕人。

「把他的嘴封起來。」

伊織再也喊不出任何聲音了。

路上的行人走過時，都會回頭看他一眼。

尤其是在這個川尾地區和唐人鎮的河邊沿岸，有很多搭船的旅客，以及商人、妓女，人潮擁擠。

「臭……臭……」

被封住嘴巴，伊織無法出聲，只好拚命扭動身體，搖幌著頭，最後淚眼汪汪地哭了起來。

這時，在他身邊有隻馱著貨物的馬匹在那裏撒尿，尿水一直流到伊織身邊。

我不再帶刀了，也不再任性了，請你快點幫我鬆綁吧！伊織在心中吶喊，卻無法出聲喊叫。

就在此刻——

夏天日正當中時，一名戴著斗笠，拄著細竹杖，身穿麻質旅裝、裙子拉得短短的女子，從那匹馬旁經過。

啊！哎呀！

伊織的眼神隨著瞟過去，一直盯著那張白皙的面孔。

他心裏一驚，全身發熱，幾乎要窒息了。然而，那張白皙的面孔目不斜視地經過店門前，只能看到她的背影。

「姊……姊姊——阿通姊啊！」

伊織伸長脖子，在心裏大聲吶喊。可是他根本發不出聲音，那個背影也壓根沒有聽到他的呼嚎。

十

7

一陣痛哭之後，伊織已經無法出聲，只有肩膀不停地抽搐哽咽著。

伊織無法出聲，但是他的淚水沾溼了口中的塞布。

——剛才走過的一定是我的親姊姊阿通。

——本來可以與她相認的，卻無法見到，姊姊也不知道我在這裏。

——她要去哪裏呢？

他腦中一片紊亂，心中哭泣焦躁，卻無人理他。

店前載貨物的船隻已經到達，因此漸漸吵雜了起來。下午的街上瀰漫著燥熱的塵埃，人們的腳步也不斷地加快。

「喂、喂，佐兵衛，爲什麼把這個小鬼綁在這裏，像一隻猴子讓路人觀看呢？簡直太不人道了，豈有此理！」

主人小林太郎左衛門並不在堺鎮的店裏。他的堂兄弟也就是南蠻屋的主人——他的皮膚黝黑，看起來很嚴肅，有點恐怖，但是經常來店裏串門子，每次來都會給伊織糖果。現在這個南蠻屋的主人非常生氣。

「把小孩綁在店前任路人恥笑，如此懲罰他，有辱小林家的名譽。快點把他解開。」

掌櫃佐兵衛雖然對伊織的調皮非常生氣，但也沒辦法，不得不遵從。

「是。」

他解開繩子，但也向南蠻屋的老闆打了小報告。可是南蠻屋的老闆卻說：

「如果這個小鬼這麼調皮，我把他帶回去吧！今天我向老闆娘和阿鶴姑娘說說看。」

說完也不聽對方解釋，便到屋裏。佐兵衛一聽到要告訴老闆娘，感到非常恐懼。因此對伊織特別好，伊織雖然不哭了，但是解開繩子之後，仍然因爲哭泣而不停地抽噎。

大門關了——

店已經打烊，夕陽也西下。南蠻屋的老闆從屋裏面走了出來，好像喝了點酒，臉上有點醉意，正心情愉快地準備要回去，忽然看見伊織在牆角。

「我本來向老闆娘要求帶你回去，可是老闆娘和阿鶴小姐說什麼都捨不得你離開。他們說你很可愛，所以你稍微忍耐一下。從明天開始，他們會對你比較好的，也不會讓你再受到同樣的委曲……好嗎？哈哈哈！」

他摸摸伊織的頭，回去了。

果然像他所說的，南蠻店的老闆走了之後，第二天，伊織就被送到附近的私塾去讀書。除了讀書之外還允許他佩刀，店裏面的人再也沒人敢拿他的刀子。佐兵衛以及其他的僕人，也不敢再虐待他。

但是——

從那時候開始，伊織的眼睛總是無法安定下來。他開始注意店前路上的每個行人。只要讓他看到相似阿通姊姊的人影，立刻臉色大變，甚至跑到路上去攔截。

八月過了，現在已經是九月初了。

伊織從私塾回來，站在門口。

「咦？」

他非常驚訝。這次他的臉色也產生了很大的變化。

熱茶

1

這一天——

一大早，小林太郎左衛門的店前和河岸前一片混亂。從淀川送來堆積如山的貨物，在這裏又送上郵政船，開往門司關。

貨物上寫著：豊前細川家某某。

或者：

豊前小倉藩某組。

幾乎全都是細川家家臣的行李。

話說剛才伊織從外面回來，站在屋簷下，不禁臉色大變，因爲他看見從寬敞的泥地間到門口的椅子上，坐滿了穿著旅裝的武士，有人搧扇子，有人喝麥茶，其中一個正是佐佐木小次郎。

「掌櫃的。」

小次郎坐在行李上，搧著扇子，回頭看掌櫃佐兵衛。

「在這裏等待開船，實在令人熱得受不了。郵務船還沒到嗎？」

「不，不。」

忙著寫送貨單的佐兵衛，隔著櫃枱指向河岸。

「您要搭的巽丸號已經靠岸了，但是，乘客好像比貨物還多，我已經交代船東趕緊準備座位了。」

「同樣是等待，在水上可能比較涼快。快點讓我上船去吧！我想休息。」

「是，是。我再去催他們快點，請您忍耐一下。」

佐兵衛來不及拭汗，立刻跑出馬路，斜眼看見伊織正站在屋簷下。

「這不是小伊嗎？這麼忙你竟然還慢吞吞地站在那裏，快點替客人端麥茶、打點冷水來。」

佐兵衛責罵之後便離開了。

「是。」

伊織假裝回答，跑到倉庫邊的露天煮水間，又停下來。

他的眼睛死盯著佐佐木小次郎不放。

你這傢伙！

伊織直盯著小次郎看。

小次郎絲毫未察覺。

小次郎自從受細川家招攬之後，便住在豊前的小倉，他的外表和容貌越來越從容有度。在短短的時間內，浪人時的銳利眼神，也收斂許多，白皙的面孔比以前豐腴，說話不像以前那麼會挖苦人。整體看來，他變得沈穩，體內所涵養的劍法氣勢，也變得人性化了。

因爲這個緣故，他身邊的家士們對他非常尊敬，稱他爲：

巖流先生。

或者是：

師父。

雖然是新來的師父，卻無人敢怠慢。

小次郎這個名字雖然沒有廢掉，但由於擔當重任，且已經不符他的年齡，因此到細川家之後，便改名爲巖流。

2

佐兵衛擦著汗從船隻那邊回來。

「讓您久等了。船夫座位還沒整理好，請您再等一下，坐船頭的人可以先上船了。」

坐在船頭的是一些後輩和年輕武士，這些人各自扛著行李，對小次郎說道：

「我們先走了。」

「巖流師父，我們先走了。」

一羣人陸陸續續離開了店門前。

店裏只剩下巖流佐佐木小次郎和六、七名武士。

「佐渡先生還沒來嗎？」

「可能快到了吧！」

留下來的都是中年人，從服裝看來似乎是藩裏擔當要職的人。

這羣細川家的人，上個月經由陸路從小倉出發到京都逗留在三條車鎮的舊藩邸。爲紀念病歿的故幽齋公三周年紀念，與一些生前與幽齋公來往親近的公卿或知己打招呼，並整理故人的文物或遺物。結束後，昨天搭淀川的渡船下來，準備今天在船上過第一個夜晚。

今年晚春，從高野山下來到九度山去的長岡佐渡主從兩人，爲了八月分的事務，繞道京都，靠著以往的經歷和良好的舊關係，很快地就辦好公務，今天正好也來到此地。

「太陽快下山了。各位以及巖流先生，請到屋內休息，慢慢等待。」

佐兵衛回到櫃枱，對客人婉言相勸。此時夕陽照著巖流的背部。

「好多蒼蠅啊！」

他用扇子趕走蒼蠅。

「口好渴，剛才喝的熱麥茶再給我一杯。」

「是，是。喝熱茶反而更熱，我叫人去打點井水來吧！」

「不，我在路上絕對不喝水。給我茶吧！」

「來人啊——」

佐兵衛坐在櫃枱伸長脖子對著煮水間說道：

「「在那裏的不就是小伊嗎？你在幹什麼？快點給巖流先生倒杯熱茶來，也倒給其他的客人。」

說完，佐兵衛又埋頭塡寫送貨單，沒聽到伊織的回答，正要開口問，頭一抬正好看到伊織用托盤端著五、六杯茶，眼睛注視杯子，慢吞吞地走進來。

佐兵衛看了一眼又繼續塡寫送貨單。

「請喝茶。」

伊織端到一名武士面前，行了禮，又說：

「請用茶。」

「不，我不喝。」

有武士不喝。他的托盤裏只剩兩杯熱茶。

「請用。」

最後伊織走到巖流面前，把托盤對著他。巖流並未抬頭看伊織，只是把手伸向杯子。

3

啊！」

巖流突然縮回手。

並非杯子太燙。

他正要伸手拿杯子的時候，正好與端著茶盤的伊織四目相交，那一剎那，雙方眼中都迸出了火花。

「啊！你是……」

巖流瞠目結舌，而伊織正好相反，本來緊咬住嘴唇，現在有點放鬆了。

「叔叔，以前我們在武藏野見過面。」

伊織笑了一下，露出帶著稚氣的小虎牙。

這個小鬼伶牙利嘴。

「什麼？」

巖流不禁發出帶點稚氣的聲音，正要開口時——

「你還記得吧？」

伊織搶先說著，並將手上端的茶盤連同熱茶一起擲到巖流臉上。

「啊！」

巖流轉過臉，立刻抓住伊織的手，同時叫道：

「好燙！」

他閉著一隻眼憤然站起來。

茶杯和茶盤飛到後面，打在門前的柱子上，熱茶潑在巖流臉上、胸前和褲子上。

兩個人的喊叫聲和茶碗的破碎聲交織成一片，其他人也都嚇了一跳，同時，伊織的身體被巖流用腳一踹，像隻小貓般翻了一個筋斗。

「你這小鬼。」

「好燙。」

正要起身。

「哼！」

巖流用腳踩住伊織的背。

「掌櫃的。」

巖流摀著一隻眼睛，大聲吼叫。

「這個小鬼是你們店裏的人嗎？雖然他是個小孩，但要原諒他很難。把他給我綁起來。」

佐兵衛見狀嚇壞了，還來不及跳下櫃枱阻止，便看見趴在巖流腳下的伊織拔出刀來。

「想幹什麼？」

不知他是如何拔出刀來的。而這把刀便是佐兵衛禁止他佩戴的那一把。他拿著刀從下方攻擊巖流的手臂，巖流又大叫一聲。

「啊！你這傢伙！」

說時遲那時快，伊織被他一踢，身體像個球滾到牆邊，同時巖流往後退了一步。

佐兵衛尖叫一聲：

「笨蛋！」

並且飛奔過來。幾乎在同時，伊織也跳了起來，像發狂一樣地大叫：

「幹什麼？」

並用力甩開佐兵衛的手。

「你給我等著瞧！混蛋！」

他對著巖流破口大罵，罵完一溜煙地逃到屋外。

但是——

伊織才跑不到四公尺，突然向前仆倒在地。原來巖流從屋內找到一個秤錘，遠遠地正好打在伊織的腳上。

4

佐兵衛和幾個年輕人合力將伊織抓住，並拉到倉庫前的煮水間。

巖流走到那裏，讓僕人用毛巾擦拭肩膀和褲子。

「怎麼可以如此無禮。」

「我怎麼向客人道歉啊！」

「請您寬宏大量……」

店裏的人包括佐兵衛在內，不斷向客人道歉。然而巖流卻充耳不聞，也不看他們，拿著僕人擰乾的毛巾擦臉，面無表情。

伊織被年輕人兩手反綁在後，押在地上，痛得大叫：

「放開，快放開我。」

他扭動著身子大叫。

「我不逃跑，我也是武士的兒子，才不會逃跑呢！我早有覺悟，絕不會逃跑的。」

巖流在一旁整理衣冠之後，看著伊織。

「把他放開。」

他的語氣非常平穩。

大家感到意外。

「咦？」

佐兵衛等人對客人如此寬宏大量，感到十分意外。

「可以放開他嗎？」

「可以是可以，不過……」

巖流又補充說道：

「如果讓這小孩認為做錯事只要道歉即可，可能對他的將來有害。」

「是的。」

「小孩犯錯，本來就微不足道。我巖流不親自動手，如果你們認爲不能就此了事，爲了處罰他，就舀一杓熱水淋他的頭。反正也要不了他的命。」

「啊？用熱水澆他？」

「如果你們認爲可以就此原諒他，那也沒關係……」

「……」

佐兵衛和年輕人互相看著對方。

「怎麼能這樣就了事。這個小鬼平常就很難纏，何況對客人做了這種事，怎麼能原諒不處罰他呢……小鬼，這可是你自找的。可別怨我們喔！」

大家異口同聲說道。

大家認爲伊織一定會粗暴地反抗，所以用繩子綁住他雙手和膝蓋，伊織卻甩開他們的手。

「你們要幹什麼？」

說完坐在地上。

「我不是說過我早已覺悟，絕不會逃走嗎？我用熱茶潑那名武士是有理由的。如果想用熱水燙我，對我報仇，那你們就做吧！也許一般的商人會道歉了事，但我絕不道歉。因爲我是武士的兒子，才不會爲這種小事而哭呢！」

「這可是你說的。」

佐兵衛捲起袖子，用大杓子舀了一杓熱水，端到伊織頭上。

唔！……

伊織咬緊嘴唇，睜大眼睛，等待處罰。

——就在此時，有人叫道：

「伊織，閉上眼睛，要不然眼睛會瞎掉。」

5

伊織來不及看清誰講話，便聽話地閉上眼睛。

在等待熱水淋頭的時候，拋開一切意識——他想起有一天晚上，武藏在草庵談到快川和尚的事。那和尚原本是甲州武士，後來皈依佛門，是個禪僧。當織田和德川的聯軍打入山中，火燒寺廟時，快川和尚站在樓上靜靜地等待大火焚身。

——滅卻心頭火亦涼。

和尚說完這句話後，便被燒死。

伊織閉著眼睛想：

一杓熱水又算什麼！

再想：

不！我連這個都不能想，這樣子會分心的。

他意識到這一點後，努力讓自己從頭到腳，徹底進入虛無的境界，免除迷惑與煩惱，達到忘我。

可是，伊織辦不到。

因爲他心裏一直想著，若是自己再年幼一些也許能辦得到。也許再年長一些才能辦得到。就這樣，他有過多的思慮，擾亂了他的心思。

——要澆了吧……要澆了吧！

伊織甚至以爲額頭上如雨下的汗水是澆下來的燙水。才短短的時間卻彷彿已過百年之久，伊織等得不耐煩很想張開眼睛。

就在此時，巖流說話了。

「喔，是老前輩啊！」

拿著湯杓正要澆到伊織頭上的佐兵衛和四周的年輕人，突然聽到路上有人喊叫：

「伊織，閉上眼睛。」

大家視線全都投向那名路人，所以沒將熱水倒到伊織頭上。

「好像發生大事了。」

巖流口中的老前輩——正從對街走過來。他身邊帶著年輕隨從縫殿介，身穿茶色麻質窄袖上衣，一條冬夏皆宜的粗布褲，滿頭大汗，看來是比別人更容易出汗。他並非別人，正是藩老長岡佐渡。

「哎呀！讓您撞見這種場面。哈哈哈，我正在處罰人。」

巖流心想：藩裏的老前輩可能會認爲自己不夠成熟，便以笑聲來掩飾自己。

佐渡盯著伊織看。

「嗯!懲罰他啊……只要有正當理由，就任憑你處置吧!快快!我佐渡也在此觀看。」

佐兵衛手持熱水杓，看著巖流的臉色。巖流敏感地意識到，對方只是個少年，自己這麼做可能有失立場，便說：

「好了，懲罰夠了。佐兵衛，把熱水杓拿開。」

伊織張大眼睛，望著大人的臉。

「啊!我認得您。您是不是曾經騎馬到過下總的德願寺?」

「伊織，你記得我啊?」

「當然……我怎麼可能忘記，在德願寺您還拿糖果給我呢!」

「你師父武藏近況如何?……最近怎沒與師父在一起?」

伊織聽到對方的問話，突然鼻子一酸，眼淚汪汪地流了下來。

6

佐渡竟然認識伊織，巖流感到非常意外。

長岡佐渡在自己到細川家任職之前，曾經推薦宮本武藏擔任自己目前的職位，之後還說要履行與主公的約定——只要有空，便尋找武藏的下落。

他是透過伊織才認識武藏？還是為了尋找武藏才認識伊織的？總之，可能就是這個緣故吧！

巖流心中如此猜測。

但是巖流並未追問：

「您是如何認識這個少年的？」

他不想因為這個話題而與佐渡談論到武藏的名字。

即使巖流不喜歡如此，卻暗自推測自己將來一定會跟武藏碰面。從他自己與武藏的經歷來看，此事的可能性很大。不只如此，主公忠利和藩老長岡佐渡也有相同的期待。

當巖流擔任豐前小倉的官職之後，才知道中國、九州的民間，以及各藩的劍士們都抱持著相同的期待，令巖流深感意外。

這可能與故鄉有密切的關係。因為武藏的出生地和巖流的出生地同樣都是在中國地區，而且武藏和自己在江戶的名氣竟然超乎自己想像之外，在故鄉和西國一帶早成為人們口中的話題。

因此，細川家的本藩和友藩裏，有人對武藏的評價比較高，有人則認為新任的巖流佐佐木小次郎比較厲害，這種對立是必然的。

另外，介紹巖流到細川家的人，就是同一藩內的藩老岩間角兵衛。由於這層關係，更引起天下武士們的興趣，主要是這件事蘊釀了藩老岩間派和藩老長岡派的對立。

然而，無論如何——

巖流心裏對佐渡總覺得有個疙瘩。而佐渡對巖流並無好感也是很明顯的。

「座位準備好了，船艙中間座位的旅客請上船吧！」

巽丸號的船長出來迎接。巖流見機連忙說：

「老前輩，我先走一步。」

他對佐渡說著，與其他隨從急忙上船去了。

佐渡留在原地。

「黃昏開船嗎？」

「是的。」

掌櫃佐兵衛仍然對這件事情的始末戰戰兢兢，在店門口走來走去，不知所措。

「這麼說來，我休息一下再上船也還來得及。」

「當然來得及，請喝杯茶吧！」

「用湯杓喝嗎？」

「這、這怎麼行？」

佐兵衛搔著頭，好不尷尬。正巧這時候，阿鶴從門簾露出臉來。

「佐兵衛，來一下……」

她小聲地呼叫。

7

佐兵衛領著佐渡，從店前繞過住家的大門，來到內院的一個房間。

「是你們老闆娘想見我嗎？」

「她說想要向您致謝。」

「謝什麼？」

「大概是……」

佐兵衛搔搔頭，惶恐地說：

「伊織的事，因爲您的出現才能化險爲夷。所以老闆娘代老闆向您致謝。」

「喔，你說到伊織，我有話跟他說。叫他過來。」

「遵命！」

庭院非常寬廣，不愧是堺鎮的豪商住宅。庭院與店面隔著一間倉庫，卻不像店面那麼炎熱和吵雜，別有一番天地。園裏流水潺潺，打在泉石和樹枝上，令人心曠神怡。

內院有一個房間，地上鋪著毛毯，備有茶果和烟草，火爐裏還燒著檀香，老闆娘阿勢和女兒阿鶴在此招待客人。

長岡佐渡說道：

「我滿身塵土又穿草鞋，請原諒我的失禮。」

他坐下來喝了一杯茶。

阿勢說道：

「剛才多虧您出面相助──」

她為店員的無禮而道歉，也為伊織之事道謝，佐渡說道：

「不，這沒什麼，以前我就認識這個小孩。能在此相遇，我很高興。對了，為什麼他會在府上呢？這件事我還沒問伊織呢……」

老闆娘告訴佐渡，自己是在大和的途中遇到伊織而把他帶回來的。佐渡也與老闆娘談到，這幾年來一直在尋找伊織的師父宮本武藏。

「剛才熱水快淋到伊織頭上的時候，我在羣衆中一直觀察他。他雖然身處險境，卻神色自若，讓我好生佩服。他這種個性的小孩，若是在商家長大，未免糟蹋了。所以，可不可以把他交給我，讓我帶回小倉親手栽培他。」

佐渡提出要求。

「這是求之不得的事……」

阿勢同意佐渡的說法，阿鶴也感到高興，趕緊站起來去叫伊織，而伊織似乎從剛才便躲在樹下偷聽他們的談話。

「不願意去嗎？」

大家問伊織的意思。伊織說：怎麼會不願意，一定要帶我去小倉。

船快要開了。

阿鶴趁佐渡喝茶的時候，爲伊織準備衣物、斗笠和綁腿，就像爲自己的弟弟準備行李一般。伊織有生以來，第一次穿上所謂的褲裙，正式地成爲武士的隨從，一起上了船。

在夕陽燦爛的雲彩下，船隻揚起黑色的帆，向豊前的小倉前進。

阿鶴姑娘的臉……

老闆娘擦了白粉的臉……

佐兵衛的臉，以及很多送行的臉孔。還有堺鎮，都一一地遠去……

伊織不斷揮著手上的斗笠。

無可先生

1

這裏是岡崎的魚店街。

有一塊空地上立著一塊木板，看來是閒居的浪人所寫：

啓蒙學館
指導讀書寫字
無可

這大概是一所私塾。

不過老師所寫的字並不工整。識字的人看了，可能還會苦笑呢！但是無可先生並不感到羞恥。

「我也跟小孩一樣，都在學習當中。」

每次他都如此回答。

空地的盡頭有一片竹林。竹林的一端是馬場。天氣好的時候，灰塵滿天飛。三河武士的精銳，也就是本多家的家臣們都在此練騎馬術。

現在塵埃揚過來了。

無可先生爲了擋塵埃，在屋簷下掛了一面門簾，擋住光線，使得原本狹窄的屋子更加昏暗。

他本來就孤伶一人。

看來他剛剛午睡起來，井邊傳來吊桶的聲音，不一會兒——

啊！

竹林裏傳來巨大的聲響，是伐竹的聲音。

一株竹子應聲倒地。無可先生認爲拿它來做簫未免嫌粗了點，便把它削去一節，從竹林中走出來。

他頭上包著灰色頭巾，穿著灰色衣服，腰上佩著一把刀。看來還很年輕，雖然穿得很樸素，但看起來不超過三十歲。

他把竹子削去一節之後，拿到井邊清洗乾淨，走進室裏，這個房間沒有壁龕，只在牆壁的一角放了一塊板子，木板上掛著一幅不知何人畫的祖師像，無可先生把那節竹子放在木板前。

原來是當花瓶用。

他又摘了一些雜草和牽牛花插在裏頭。

不錯——他靜靜地欣賞。

然後，無可先生坐在書桌前，開始練字。桌上有褚遂良的楷書範本，還有一些書法大師的拓本。

住到這裏之後，已過一年多。也許是無可先生勤於練字，他現在的字寫得比招牌上的字還要漂亮了。

「……」

「隔壁的老師！」

「是。」

他放下筆。

「是隔壁的伯母嗎？今天很熱啊！進來坐坐吧！」

「不，不，我不進去……剛才我聽到很大的聲音，不知是什麼？」

「哈哈，是我在惡作劇。」

「您是教導小孩的人，怎麼可以惡作劇呢？」

「老實說啊……」

「您剛才在做什麼？」

「我去砍竹子。」

「要是這樣就好了。我還以爲又發生事情，嚇了一大跳。我丈夫說的也許不盡可靠，但是我聽他說，這附近經常有浪人出沒，可能是要取您的性命……」

「沒關係，我的頭根本不值三文錢。」

「瞧您說得很輕鬆。也許以前曾經與人結仇，自己不記得……您還是小心一點。我是無所謂，但要是您被殺了，附近的年輕姑娘可能會爲您哭泣呢？」

2

鄰居是製筆商人。

丈夫和妻子都很親切，尤其老闆娘經常指導這位單身的無可先生料理食物的方法，有時甚至幫他洗襪子，縫補衣物。

有一件事讓無可先生非常爲難。

「我認識一位好姑娘可以介紹給您。」

她經常爲他說媒。

「您到底爲何不娶妻室？難道您討厭女人？」

她打破沙鍋問到底，經常讓無可先生不知如何回答是好。

但這不是她的錯，無可先生自己也不好。

我是播州的浪人，沒有家室之累，想要多學習知識學問。在京都和江戶看了不少，來到這裏，希望開一所好私塾，在此地落腳。

他也曾經告訴隔壁的太太自己的經歷。鄰居夫婦看他也到了論嫁娶的年紀，人品又不錯，人也非常老實，因此除了主動爲他打點三餐之外，當然會聯想到他的終身大事，這是無可厚非的。再加上無可先生有時走在外面，很多姑娘看見他，都向製筆商夫婦透露，希望能嫁給無可先生。

任何祭典、舞蹈、彼岸日的拜拜——雖然這裏的生活圈很小，但人們過得既忙碌又熱鬧。甚至連充滿悲傷氣氛的出殯儀式，和照顧病人的事，大家都同心協力來完成。

這便是住在後街的溫馨。

一個人孤寂地住在這熱鬧的後街裏。

眞有趣啊！

無可先生坐在小桌前，希望能向凡間多學習人生的道理。

可是，不只無可先生，在這世上根本無法預知會有何種人住在這裏。因爲現在的時局動盪不安，人，也形形色色。

一直到前一陣子，大坂的柳馬場後街，住進一個剃光頭，叫做幽夢的手工匠。經德川家手下調查的結果，原來那個人是前土佐鎭的太守，叫做長曾我部宮內少輔盛親。這件事立刻引起一陣騷動，附近的人知道此事時，一夜之間他便消失了蹤影。

另外，在名古屋的街上有一個卜卦的男子。德川家見他行動詭異便展開調查，結果那個人竟然是關原的殘黨毛利勝永的臣下，叫做竹田永翁。

像九度山的幸村，以及漂泊的豪士後藤基次這些人對德川家來說，是必須密切注意的人物，必須隱姓埋名，小心地不引人注意，這是他們的生存原則。

世間隱姓埋名的不只是這些大人物，還有一些沒沒無聞的小人物。這些大、小人物龍蛇雜處，混居一處，令人無法分辨，此乃後街的神秘色彩。

至於無可先生，最近也有人傳言他不叫無可，而是叫武藏。

「那個年輕人叫做宮本武藏，他所經營的私塾只是一個幌子。他曾在一乘寺村的下松與吉岡門下比武而大勝，是個有名的劍士。」

不過，人們並未受人慫恿而四處宣揚此事。

「怎麼可能？」

有人這麼說。

「是嗎？……」

也有人表示懷疑。經常有人偷偷窺視無可先生。附近的居民甚至趁夜裏，從竹林或空地秘密地窺視他。鄰家的太太也經常提醒他——有人準備取他的性命。

3

對於身陷危境，無可先生自己似乎也已有察覺。

我早就知道了。

因此，雖然今天鄰家的太太又來提醒他。到了晚上——

「鄰家的夫婦，我要外出了，請你們幫我注意門戶。」

他打了招呼之後便出門了。

製筆商夫婦家裏門戶敞開，正在吃晚餐，從屋內可以看到正要離去的無可先生。

他穿著一件灰色的單衣，頭戴斗笠，出門時雖然有佩戴大小二刀，卻沒穿褲裙，只穿一般的樸素衣服。

如果再披上袈裟和布施袋，看起來就像個苦行僧了。

筆店的老闆娘嘖嘖稱奇，說：

「他到底要去哪裏？早上教小孩，中午睡午覺，到了晚上像隻蝙蝠似地出門去了……」

她的丈夫笑著說：

「他可是單身漢啊！沒辦法。你連別人夜遊都要管，那就沒完沒了了。」

走出空地，可望見岡崎的夜色。雖然白天的暑熱未消，夜晚的燈火已經滿街亮起。人影晃動之中，可聽到簫聲、蟲鳴聲和叫賣西瓜和壽司的聲音。也有一些旅客穿著涼爽的衣服，出來散步。這裏與新開發的江戶那種熱鬧氣氛不同，穩定之中還帶著邊城鬧區的風情。

「哎呀！老師走了。」

「無可老師。」

「不看我們一眼就走了。」

城裏的姑娘們互使眼色，小聲地說著。其中也有些姑娘向他行禮。無可先生的去處已經變成他們的話題。

但是他的腳步依然往前走。在很早以前，這一帶專門製造弓箭。有很多客棧、妓女在此招攬客人，直到今日，岡崎女郎在東海道上還頗有名氣。然而無可先生卻不爲所動。

過了不久，他來到城的西邊。黑暗中，傳來嘩啦嘩啦的流水聲，令人聽了倍覺涼快，那裏有一座大約三百八十公尺長的橋，藉著星光可看到第一個橋柱上寫著：

弓箭橋

橋上有一個削瘦的和尚，兩人似乎早就約好在那裏等待，對方先開口說道：

「是武藏兄嗎？」

無可先生回答：

「是又八嗎？」

兩人笑臉相迎。

沒錯！另一位正是本位田又八。他就是在江戶的奉行所前，被笞打了一百大板，遭到放逐的又八。

無可是武藏的假名。

兩人站在弓箭橋上，星光下，兩人之間已經沒有舊恨。

「禪師在哪裏？」

武藏問道。

「出去旅行還沒回來，也毫無音訊。」

又八回答。

「好久了。」

雙方喃喃自語，並肩走過弓箭大橋。

4

對岸有一個長滿松樹的山丘，山丘上有一間古剎。因為附近有一座八帖山，因此古剎又名八帖寺。

「又八，禪寺的修行很辛苦啊！」

他們來到山門，登上黑暗的坡道，武藏如此問。

「的確辛苦。」

又八老實地垂著頭回答：

「有好幾次我都想逃走。如果一定要這麼辛苦才能修練成人，我甚至曾經想過，不如上吊算了。」

「你尚未得到禪師的許可，還不算正式弟子。現在才只是修行的第一步。」

「可是——託你的福，最近我也鞭策自己不可以太過於懦弱。」

「光是這樣也可以看出你修練的成果了。」

「痛苦時，我總是想起你。我相信你做得到的事，我也能做得到。」
「沒錯，我做得到的事，你不可能辦不到。」
「除了想起你之外，也想到我這條被澤庵救回來的性命，加上在江戶被打一百大板的懲罰時，那種椎心之痛，經常讓我咬緊牙關，早晚不懈，激勵自己繼續修行。」
「等你克服這一路的辛苦之後，一定可以嘗到無上的快樂。痛苦和快樂在人的一生當中，經常與我們朝夕相處，刻不離身。這兩股波浪不斷地互相搏鬥，如果只選擇其中的一種，只求安閒度日，那就不叫人生，也無法體驗生存的快樂。」
「……我慢慢瞭解這個道理了。」
「光拿打哈欠來說吧！潛心在苦中修練的人所打的哈欠，和懶人所打的哈欠，完全不同。有很多人生在這世上，卻無法眞正地體會打哈欠的滋味，甚至很多人只是像蟲一樣毫無價値地死去。」
「在寺裏能夠聽到周遭人所談的道理，讓我感到很快樂。」
「我眞想早點遇見禪師，將你託給他。我也有關於『道』的問題想要請教禪師。」
「我不知道他何時回來，因爲已經一年沒有他的音訊了。」
「別說是一年，有很多修禪的人，兩、三年都像一朵飄泊的白雲，居無定所。這是常有的事。你好不容易在這塊土地落腳，最好覺悟就算等上四、五個年頭也值得。」
「在這一段期間，你也會留在岡崎嗎？」
「是啊！我住在後街，接觸世間最底層的世界，也是一種修行。我並非只是無所事事地等著禪師回來，我也是爲了修行才會住在城裏。」

山門談不上金碧輝煌，只是一個茅草門，本堂看來也頗簡陋。

又八和尙領著他的朋友走到廚房旁的小屋裏。

又八還未正式成爲這寺裏的人，因此寺裏安排他住在這裏，一直到禪師回來。

武藏經常來此找他，一聊就聊到半夜才回去。當然，他們兩人已經重拾舊日情誼。

至於又八又是如何捨棄一切牽絆，達到現在這個境界，也有一段故事——這故事必須從他離開江戶時談起。

無爲之殼

1

話說去年武藏在柳營仕宦的希望破滅以後，在官邸的屏風上留下一幅「武藏野之秋」便離開江戶，之後行蹤，無人知曉。

武藏時而露臉，時而消失，像一朵悠遊的白雲，居無定所。

他四處遊走，行蹤飄忽不定，令人難以捉摸。

而武藏本身心無旁鶩，直往前走。旁人看來覺得他自由自在，隨心所欲，走走停停，率性而爲。

他經過武藏野西郊來到相模川，再投宿於厚木，翻過大山和丹澤等山峰。

之後，有一段時間，無人知曉他在何處生活。

大約經過兩個月之後，他蓬頭垢面地從山上下來。看來似乎想要解開心中之謎才到山上修行。然而，山上冬天的積雪逼他不得不下山來。他的表情卻比上山前更加痛苦和迷惘。

無法解開的謎題，不斷侵蝕他的內心。解了一題又來一題，最後，連劍法和心靈都處於空虛的狀態。

「我終究是不行的。」

他甚至自暴自棄，想放棄一切。

「乾脆……」

他想像與平常人一樣過著安逸的生活。

他又想到阿通。

跟阿通一起過著安逸的生活是很容易的事。另外要找到一百石或兩百石，足以餬口的官祿也唾手可得。

然而，他又想回來。

這樣我就滿足了嗎？

他問自己，知道自己絕對不可能過這種生活。

「懦夫，你迷失了自己。」

他罵自己，好像面對難以攀爬的高峰，更想奮勇向前一般。

有時，他也會陷入孤獨膚淺的煩惱裏。有時內心又會變得非常清澈，宛如山巔一輪明月，獨自享受孤高的情趣。他早晚心情不斷地變化，時而混濁時而澄明，他的心靈由於血氣方剛，多情又多恨，也容易急躁。

在這種明暗不定的心靈世界裏，表現於外的劍法始終未能達到自己的理想。這條道路非常遙遠，自己也尚未熟練，他非常瞭解自己的程度。因此，迷惘和苦悶，強烈侵襲著他的內心。

他到深山裏，內心越是澄靜，越是思念鄉里，思念女人，年輕的血液幾乎要發狂了。

他吃野果，在瀑布下修行，鍛鍊自己的肉體，然而還是夢到阿通，還是非常思念她。

在山裏住了兩個月便下山了。他來到藤澤的遊行寺住了數日，又到鎌倉，不料在這個鎌倉禪寺裏，竟然碰到一個比自己更受煎熬的男人，那便是他的舊友又八。

2

又八逃離江戶來到鎌倉，主要是因爲他聽說鎌倉有很多寺廟。

他也受苦惱的煎熬。他絕不容許自己再怠惰下去。

武藏對他說：

「你現在努力還來得及。重新面對世人，如果你自暴自棄，那你的人生就僅於此了。」

武藏鼓勵他之後，又補充說道：

「雖然我這麼勸你，老實說以前我也經常碰壁，經常懷疑自己是否能力不足，受困於虛無之境，對任何事都提不起勁，這是一種無爲之病。我有時三、兩年會發作一次，每當這時，我常常自我鞭策，自我鼓勵，踢掉無爲之殼，破殼而出，再展開一個新的旅程，對準下一個目標向前進。有時過了三年或四年，又再碰壁，然後又會生一場無爲之病……」

武藏誠實地對又八告白：

「然而這次我生的無爲病，病情較往日嚴重，始終無法衝破。天天掙扎在殼裏殼外的盲闇痛苦中……後來我想起一個人，想要借助他的力量，才會下山到這鎌倉打聽他的消息。」

武藏在十九、二十歲時，血氣方剛，像一隻無頭蒼蠅摸索著自己的目標。那時候他曾在京都的妙心寺碰到他的啓蒙大師，也就是住在前法山的愚堂和尚，和尚還有一個法名叫做東寔。武藏所說的人便是他。

又八聽了，說：

「有這麼好的和尚，你一定要介紹給我，並拜託他收我爲弟子。」

武藏剛開始也懷疑又八是否眞心。但聽了又八說他自己離開江戶之後所遭遇到的苦難，便答應拜託那位和尚收又八爲弟子。之後，他們兩人來到鎌倉的禪門，到處尋找，卻無人知曉和尚的去處。因爲愚堂和尚在幾年前已經離開妙心寺，從東國往奧羽的方向去旅行，行蹤不定。他曾蒙受主上後水尾天皇寵召，在清涼的法莚上傳授禪道。有一陣子則帶一名弟子到鄉下過著淸閒的生活。

「你到岡崎的八帖寺去問看看，他經常在那裏落腳。」

有很多寺廟如此告訴武藏。又八與武藏來到岡崎，還是沒遇見愚堂和尚。但是，八帖寺的人說去年曾經看過和尚的蹤影，後來又到陸奥去了。不過，和尚說回來時還會經過這裏。

「即使等上幾年，也要等到他回來。」

於是武藏在城裏找到一戶人家，住了下來。又八就借住在寺廟廚房旁的小房間裏。兩人同時等待愚堂和尚歸來。一等等了半年多了。

3

「屋裏蚊子可眞多啊！」

又八雖然不斷燒火燻蚊子，但還是受不了。

「武藏兄，我們到外面去吧！雖然外面也有蚊子，至少比較舒服一點……」

又八說著揉了揉眼睛。

「嗯！到處都是蚊子。」

武藏先走了出來。武藏每次去找又八，只要對又八的心靈世界有所助益，就覺得很安慰。

「我們到本堂前面去吧！」

此刻已是深夜，本堂前一個人也沒有，大門也關著，晚風吹來，涼快無比。

「這裏讓我想起七寶寺。」

兩人坐在屋簷下，又八喃喃自語。每次兩人見面，無論談到花草樹木，都會立刻想起他們的故鄉。

「嗯！」

武藏也同樣思念故鄉。但是之後兩人都默不作聲，不再重提往事。

因爲只要一提起故鄉，兩人同時都會想到阿通、又八母親的事，還有很多不愉快的記憶都會影響兩人的友誼。

又八害怕提到這件事，武藏也三緘其口。

但是，這一天晚上又八似乎想要談得更深入。

「七寶寺的山比這裏還要高。山腳下也有一條像矢矧川一樣的吉野川……只是這裏沒有千年杉。」

又八望著武藏的側面，突然說道：

「武藏，我一直想對你說一件事，卻老開不了口。這件事希望你能夠理解，能夠聽我說明。」

「什麼事？你說說看。」

「關於阿通的事。」

「嗯！」

「阿通……」

還沒說出口，又八已經有點哽咽，快哭出來了。

武藏臉色微變。因爲又八突然提出兩人都不想觸及的話題，武藏在猜測又八的心意。又八說道：

「你我兩人，現在已經能互訴心聲，有時還會談上一整夜，但是，阿通現在不知如何了？也不知她的將來會變成怎麼樣？最近我一直在想這件事，心中好過意不去。」

「……」

「我有一段很長的時間讓阿通受苦。有一陣子則像鬼魅般地追著她，還把她關在江戶的一戶人家裏，她心裏一定不會原諒我的……本來阿通像一株開在我家枝葉上的花朵，可是自從我參加關原之戰後，阿通便離枝落地。現在的阿通已經從別的土地的枝葉上長出新的花朵了。」

「……」

「喂！武藏。不，武藏兄……拜託你娶阿通為妻。只有你能救阿通。如果我是以前的又八，絕對不會向你拜託這件事，但是為了補償以往我犯過的錯，我決定皈依佛門。我已經完全覺悟了。唯獨對阿通仍放不下心。拜託你找到阿通，幫我完成她的心願。」

4

當天晚上，他們一直談到丑滿時刻的深夜才分手。

武藏默默地走在松濤吹拂的黑暗裏，從八帖寺的山門下了山麓。

他雙臂交叉抱胸。

低著頭。

無為和空虛的苦惱纏住他的腳步。

剛才在本堂分手的又八所講的話，繚繞在他腦海裏，揮之不去。

「拜託你，照顧阿通。」

又八真誠的聲音懇求他。

又八在向自己說出這些話之前，一定痛苦了好幾個晚上。

可是，武藏也不否認自己的痛苦和迷惘遠超過又八。

拜託你——

又八幾乎是合掌拜託武藏。想必又八在說出口之前，一定日夜受到煎熬，一旦說出口，則全身解脫，終於泣不成聲，陷於悲傷與喜悅兩種極端的情緒中。現在又八一定像個新生嬰兒，尋找自己生存的意義。

當又八向武藏說出這些話的時候，武藏無法斷言：

「不可能。」

他也無法說：

「我無意娶阿通爲妻。因爲她是你的媳婦。你應該對她懺悔，抱著誠摯的心與阿通重修舊好。」

這種話他更是說不出口。

那麼他該說什麼呢？

武藏始終都未開口。

因爲不管說什麼都是謊言。

他在心底檢討自己，實在無法回答又八。

今夜又八不斷地哀求他。

又八說，如果阿通的事不解決，即使自己當了佛門弟子，也無法專心修業。

然後又說：

你也勸我修身養性，你要是眞的把我當成朋友的話，一定要救阿通，因爲這樣等於也是救了我。

又八用小時候在七寶寺時代的口吻說著，最後忍不住哭了起來。

武藏望著他的神情。

我從四、五歲便與他交往，從未想過他是這麼個純情男子。

武藏的心被又八的哀求打動了。

我也非常醜陋。我也非常迷惘……

武藏覺得自己充滿了羞愧。

當他們分手的時候，又八抓著武藏的袖子，做最後的努力。武藏這才說道：

「我會考慮……」

又八要武藏給他肯定的答案。

「讓我考慮看看。」

武藏爲了一時的脫身，丟下這句話，便走出山門。

「懦夫！」

武藏罵自己。眼見自己越來越無法從無爲的黑暗中跳脫出來，更加覺得自己可憐。

5

如果沒有陷入無爲的苦悶當中，是無法瞭解無爲之苦的。安樂是人人所追求的，但這又與安樂、安心的境界有很大的差異。

想要有所作爲，卻無能爲力。全身血液爲之沸騰，不斷地掙扎，頭腦和眼睛卻陷於呆滯。這是一種精神病，在肉體上卻沒什麼不同。

這種感覺就像頭碰着牆壁，進退兩難。猶如被束縛在毫無止境的空間裏。最後導致自我猜疑，自暴自棄，只能獨自哭泣。

自己太膚淺了。

武藏感到憤怒。不斷自我反省。

但是都無濟於事。

在武藏野拋棄了伊織，與權之助分手之後，又在江戶辭別所有的知己，像一陣風飄然逝去，當時他已微微感到，這種症狀即將來臨。

再這樣下去不行。

他極力想從這個軀殼中破殼而出。

然而過了半年之久，本來應該突破的殼，依然包圍著空虛的自己。他幾乎喪失所有的信心，像個空蟬殼子的身影。今夜也在晚風中，心不在焉地走著。

阿通的事。

還有又八的話語。

連這種事情他都找不到解決之道。再如何思索也理不出頭緒。

矢矧川的水漸漸映入眼簾。來到這裏已近黎明。四周呈現微微的亮光，風咻咻地吹過他的帽緣。

此時好像有東西——咻的一聲穿過強風，掠過武藏身旁，貫穿他身後約五尺的距離。但是，武藏的身影比那聲音更快，已經不在原地了。

「砰！」

從矢矧川傳來槍炮的聲音，火力非常強大。因爲從子彈打出來，到聲音傳來之間，大約是吸兩口氣的功夫。

武藏迅速跳到矢矧橋墩下，整個身子像隻蝙蝠般貼在橋下。

「……」

他腦中浮現隔壁夫婦經常掛在嘴邊的話。然而武藏無法相信他在岡崎還會有敵人，他想不出是誰？對了。

今夜可要好好瞧瞧對方是誰。他緊貼著橋墩，屏氣凝神。

過了不久，有兩、三個男子從八帖山丘方向像被風吹掃的毬果般跑了過來。不出武藏所料，那幾個人正在剛才武藏所站的地方左顧右盼、四下張望。

「奇怪了。」

「沒看到人。」

「是不是在橋的那一頭？」

對方似乎認定他們的目標已被打死。所以只帶了槍砲過來，並未帶火繩。

那把槍枝閃閃發光，用在戰場上不失威風。帶著槍枝的男子和其他兩名武士臉上都蒙著黑巾，只露出一雙眼睛。

紡輪

1

誰？

武藏望著那兩、三個人影，想不出到底是誰。他隨時隨地都在提防別人偷襲。

不只武藏，目前局勢下的生存者，經常要提高警覺。

充滿殺伐之氣的時代，毫無秩序可言，戰亂的餘風尚未根除。人們處於陰謀和密探之間，更是要處處留意，連妻子都得戒備，骨肉之情也遭破壞——社會的惡瘤沈澱在人們心底。

再加上——

直到今日曾有不少人死於武藏刀下，或者因爲武藏的緣故而失去社會地位、身敗名裂，失敗者連同門下以及家族，加起來人數非常可觀。

本來這些都是正當的比武，而且錯也不在武藏，但比武的結果——如果從失敗者眼光來看，一定將武藏視爲敵人。又八的母親便是活生生的例子。

因此，在這種時局下，凡是有志於此道的人都經常有生命的危險。除去一個危險之後，又有另外一個危險，製造出另外一個敵人。但是，對一個修行人來說，危險有如砥石，敵人在某方面而言，反倒是最好的老師。

武藏身陷危險當中，磨練出連睡覺時也不敢掉以輕心，不斷以敵人為師。而且在劍道上經常抱著一個心願，能夠活化人心，治理世界，將自己提昇到菩提境界，與衆人分享生命的喜悅——在這條充滿崎嶇不安的路途當中，疲憊不堪的結果，陷於虛無飄渺之間，承受著無為之苦——就在此時，阻撓在前的敵人，突然暴露了蹤影。

在矢矧橋墩下。

武藏緊貼著地面。這一瞬間，連日來的惰氣、迷惘霎時從他的毛細孔消失得無影無蹤。暴露在眼前的危險中，反使得他心中感到一陣清涼。

「奇怪？」

武藏屏氣凝神，故意將敵人引近，好看清敵人是誰。不料那些人影好像沒找到武藏的屍體，似乎也察覺到武藏的動靜，因此躲到黑暗處，窺伺著無人來往的橋頭。

他們的動作非常敏捷。

雖然身穿黑衣，但從佩刀和綁腿、草鞋看來，不像是一般浪人和野武士。

如果他們是這附近的藩士，應該屬於岡崎的本多家和名古屋的德川家，無論哪一方都沒有危害武藏的理由。很奇怪，也許是對方認錯人了。

也不像認錯人，因爲他們打從剛才便窺伺空地，並且從竹林裏搜尋自己，連隔壁筆店的夫婦都察覺到了。想來對方一定知道他是武藏，並伺機下手。

「哦……橋那邊還有他們的人。」

武藏仔細一瞧，發現躲在黑暗處的三人正點燃火繩，不斷向對岸揮動，打著暗號。

2

對岸有人拿槍躲著，橋的另一頭也有敵人的同伴。看來對方是有備而來，而且正摩拳擦掌。今夜一定要抓到武藏。

武藏經常到八帖寺，而且一定會通過這座橋。敵人想必早已摸清附近一帶的地理位置，做了萬全的準備。

武藏不敢大意地從橋墩下離開。

只要他一出來，準會有子彈射過來。若無視於敵人的存在，強行過橋，更是危險。雖然如此，一味躲在橋下也非上上之策。因爲敵人與對岸的同伴一直以火繩打暗號，所以在時間上、空間上，武藏皆處於不利的下風。

在這一瞬間武藏想到解決的辦法。他的方法並非根據兵法的理論，所有的理論只適用於一般的事件，實際上要使用的時候，一定要有瞬間的判斷能力。這不是根據理論來思考，而是根據人的直覺判斷。

一般的理論仍然包括直覺的成分。可是，這種理性反應卻比較遲緩，碰到緊急狀況，無法配合，所以往往會失敗。

直覺在智能較低的動物也會存在，所以人們往往會把它與無知性的本能混爲一談。一般而言，有智能以及受過訓練的人會跨越理論的界限，發揮理論的極致，在瞬間能夠當機立斷。

在劍法上尤其如此。

武藏現在的情況亦是如此。

武藏趴在地上，大聲地對敵人說：

「別躲了，我已經看到你們的火繩，再躲也無濟於事。如果有事找我武藏，就走過來，我就在這裏。」

河面上的風勢強勁，無法確定對方是否聽到武藏的聲音。代替他們回答的竟然是第二顆子彈，它打向武藏剛才出聲的地方。

武藏已經不在原來的位置。他早已沿著橋墩離開約九尺遠的距離，正好與打過來的子彈錯身而過，黑暗中，他的身體已經跳向敵人躲藏的地方。

對方根本來不及裝下一顆子彈，更別說上火了。因爲武藏已竄到他們身邊，這三個人好不狼狽。

「哎喲！」

「唔，唔。」

三人立刻揮刀攻向武藏，但是從他們迎戰的吃力程度看來，可知他們之間尚未取得默契。

武藏殺入三名敵人當中，對著迎面而來的敵人，大刀一揮，人順勢倒下。接著，武藏左手拔出短刀，砍倒左側的男子。

最後一個人慌慌張張地逃走，像隻無頭蒼蠅般跌跌撞撞地爬上矢矧橋。

3

武藏以平常的步伐沿著欄杆走過橋，沒有發生任何事。

他停住腳步，等待下一個攻擊的人，結果，毫無下文。

他回家睡覺了。

第二天。

他以無可先生的身分繼續出現在私塾教導學生練字，自己也拿著筆在桌前寫字。

「對不起。」

有兩名武士從屋簷下叫門。由於門口擺滿了小孩的鞋子，他們繞到後門，站在屋簷下。

「這裏是無可先生的家嗎？我們是本多家的家臣，今天奉主人之命，前來拜訪。」

武藏坐在一羣孩子當中，抬起頭來說：

「我就是無可。」

「無可是您的假名，您的眞名是宮本武藏吧！」

「是的。」

「是否有隱瞞之事？」

「我的確是武藏，請問有何貴事？」

「您可認識藩裏的武士統領亘志摩先生？」

「不認識。」

「他卻對你知之甚詳。請問閣下是否曾經在岡崎的俳句詩歌集會上露過兩、三次面。」

「是朋友帶我去參加的。無可不是我的假名，而是我參加俳句詩歌集會時突然想到的名字，是我寫俳句的名號。」

「啊！是你的俳名嗎？那無所謂，我家主人亘先生也喜歡詩歌，家中吟友也不少。他希望找一天能與你好好暢談一番，不知閣下是否能前來？」

「如果要談詩歌，應該還有其他更適合的風流雅士。雖然我的朋友曾帶我參加此地的詩歌會，但是，我的個性天生就是個野人，不懂風雅之事。」

「哎呀！並非是要邀請閣下來吟詩作詞。亘先生對您一淸二楚，他主要的目的是想與您見面，想跟您談有關武林間的事。」

來此練字的學生們，全都放下筆望著老師和門外的兩名武士。

武藏默不吭聲，望著屋簷下的使者，心中似乎有了決定。

「好的。我就接受你的好意，前去拜訪。日期呢？」
「如果你不介意，今晚如何？」
「亘先生的宅邸在哪裏？」
「如果您答應，我們會派轎子來迎接。」
「若是如此，我便在家裏等待。」
「那麼——」
兩名使者互看一眼，點頭說道：
「在下告辭了。武藏先生，打擾你上課，眞是失禮。那麼，今晚請及早準備。」
說完便回去了。
隔壁筆店的老闆娘很不安地從隔壁廚房探出頭來。
武藏等使者回去，便環視臉和手都沾滿墨汁的學童，笑著說：
「哎呀！哎呀！光聽別人講話，手竟然停了下來。這樣不行的。嗨！大家繼續練習。老師也要練習喔！現在大家專心一志，耳朵中不可以聽到別人的說話聲，也不能聽到蟬聲。要是小時候偷懶不好好學，就會像老師一樣，長大了才要練字，這樣不行的。」

4

黃昏時刻——

武藏準備出門。

他穿上裙褲。

「最好別去，說個理由拒絕他們吧！」

隔壁老闆娘走到屋簷下，勸阻武藏不要前去，就差沒哭出來。

不久，迎接武藏的轎子來到空地上。那不像一般街上的轎子，而像神轎似地裝飾得美侖美奐。除了早上的兩名武士之外，還有三名隨從。

到底發生了什麼事？住在附近的人都瞪大了眼睛，還有人走到轎子旁圍觀。當武藏隨著武士們的迎接坐上轎子的時候，大家都說私塾的老師可眞偉大啊！

小孩子更聚在一起，說：

「老師好威風哦！」

「那種轎子不是偉大的人可沒辦法坐的。」

「不曉得要去哪裏？」

「是不是不回來了？」

抬轎的武士拉起轎門。

「喂，讓開，讓開。」

武士趕開人羣，命令轎夫：

「上路。」

在這個小城裏，流言立刻被渲染得有如晚天的夕陽一般通紅。人羣散開後，隔壁老闆娘立刻拿出瓜種和飯粒，用水攪拌後灑在門前，藉以避邪。

此時有一位帶著年輕弟子的和尚來到這裏。從他的法衣便能知道他是禪門雲水和尚。他的皮膚黝黑如油蟬，兩眼凹陷，眉骨高聳，一雙眼眸卻閃閃發光。年約四十至五十歲。但一般人是很難分辨出家人的年齡的。

他的身軀短小，瘦骨如柴，聲音卻亮如洪鐘。

「喂，喂。」

他回頭對著長得像白瓜一樣的弟子說道：

「又八啊！又八。」

「是。」

邊走邊窺視路邊房子的又八，立刻跑到有著油蟬臉的雲水和尚跟前，恭敬地低著頭。

「還沒找到嗎？」

「我正在找。」

「你沒來過嗎？」

「是的，每次都是他上山找我。」

「你到那邊去問看看吧！」

「遵命。」

又八才走幾步路，便又折了回來。

「愚堂和尚！」

「嗯！」

「找到了。」

「找到了嗎？」

「前面空地上的那棟房子掛了一個招牌。上面寫著『啓蒙學館，指導讀書寫字——無可』。」

「嗯！那裏嗎？」

「我去問看看，愚堂和尚，請您在此等待。」

「什麼話？我也要去。」

前天夜裏，又八與武藏談過話之後，兩人便分手。因此又八一直在擔心，不知武藏這會兒如何了？

而今天有一件事讓又八非常高興。

因爲又八與武藏兩人引頸等待的東寔愚堂和尚，已經風塵僕僕地回到了八帖寺。

又八立刻向他稟報武藏的事，和尚對武藏記憶猶新。

「我要見他，你去叫他來。喔，不，他現在也是一名堂堂的男子漢了。我去找他吧！」
說完，愚堂和尚在八帖寺歇息片刻，便帶著又八來到城裏。

5

在岡崎的本多家裏，大家都知道亘志摩是重臣之一。可是武藏對他卻一無所知。
到底爲何接我來此呢？
對於這個疑問，武藏也找不出頭緒來。也許是自己昨晚在矢矧橋邊砍了兩名黑衣武士，看來像是本多家的家臣，因此現在要拿此事來爲難自己。
還有一個可能——
平常就有人躲在暗處想要襲擊自己，也許他們就是亘志摩的手下，受他幕後指使，如今想與武藏正面相對，才布下這個陷阱。
無論怎麼說，都不會有好事。而武藏既然來了，心中早有覺悟。
到底有什麼覺悟呢？
如果有人這麼問，他一定用一句話來形容，那就是——
臨機應變。
不入虎穴焉得虎子。在這種情況下，絕不能依賴兵法上的理論，只有當機立斷才是最好的辦法。

這種變化會在中途發生，抑或是到達目的地才會引發？

敵人是會以柔相待，還是以剛相迎？

這也是未知數。

武藏的轎子猶如在海上漂泊般搖搖晃晃。外面一片黑暗，只有松濤聲。岡崎城的北郭到外郭一帶，有很多松樹，想必現在正通過松樹林。

「……」

從外表上看不出武藏暗中已有戒備。因爲他半閉著眼睛，在轎子裏睡著了。

開門的聲音響了。

轎夫們放慢腳步，接著傳來家臣們的輕聲細語，到處都點著柔和的燈光。

「已經到了。」

武藏走出轎子。家臣和隨從們殷勤相接，大家都默不作聲，將他引至一間寬廣的客廳。門簾捲著，四面門戶大開，風吹松濤之聲盈耳，令人忘了炎夏的暑熱，房內燭光搖曳，忽明忽滅。

「我是亘志摩。」

主人出來。

他年約五十，外表剛健、穩重，是典型的三河武士。

「我是武藏。」

武藏彬彬回禮。

「請別拘禮。」

志摩說完，道貌岸然地說道：

「聽說昨夜我家的兩名年輕武士在矢矧大橋被殺……這是事實嗎？」

對方開門見山。

武藏不加思索，也不想隱瞞此事。

「是事實。」

接著，武藏凝視志摩的眼睛，想要讀出他會如何走下一步棋。燭光閃爍，照在兩人的臉上。

「關於這件事，」

志摩語重心長地說著。

「我必須向您道歉。武藏先生，請您原諒。」

說完，低下頭。

不過，武藏並未接受這分道歉。

6

「我今天才聽到這件事。」

亘志摩繼續說著：

「有人到藩裏報告說，家臣中有人在矢矧橋被殺了。我派人調查，得知對方是閣下。我早已久仰閣下大名，但在這之前，我並不知道您住在城郊。」

看來，志摩的話並無虛假。武藏相信了，繼續聽志摩說著。

「後來，我派人調查爲何他們要偷襲閣下，才知道我家的食客當中，有一些是東軍流的兵法家三宅軍兵衛的手下，他的門人，以及藩裏四、五個人私下計畫了這件事。」

「咦？」

武藏一臉疑惑的表情。

但是聽了亘志摩的話之後，才慢慢開始瞭解。

原來三宅軍兵衛的直屬弟子當中，有幾位曾經是京都吉岡家的門人。還有，本多家的弟子當中，也有幾十人是吉岡的門下。

在這些人當中，流傳著一件事——

最近在城邊有一名浪人，化名爲無可，他就是過去在京都的蓮台寺野以及三十三間堂、一乘寺村等地相繼砍殺吉岡一族，最後將吉岡家逼上滅絕地步的宮本武藏。

此事傳開之後，至今還對武藏抱著深仇怨恨的人，心中更充滿了怒火。

「看他就礙眼。」

也有人說：

「難道殺不了他？」

最後大家決定：

「把他幹掉！」

他們謹慎的計畫，等待時機，沒想到昨夜下手卻慘遭敗北。

吉岡拳法之名，至今仍然流傳各地，走遍諸國，無人不知曉。可知在吉岡全盛時期，他的門下一定遍布各地。

光是本多家裏，學過吉岡刀法的也有數十人。武藏相信這是事實，也瞭解那些怨恨自己的人的心情。然而這種情感卻不是站在武門的層次，而是人間單純的情感。

「今天我在城裏，已經嚴厲地責備這些卑鄙可恥的傢伙。我的客人三宅軍兵衛先生因爲自己門人也參與這件事，所以感到非常抱歉，希望能見您一面，向您當面道歉。不知您意下如何？如果沒給您添麻煩的話，我請他過來，介紹給您認識。」

「軍兵衛先生如果不知此事就罷了。對於武士而言，前夜之事只是雞毛蒜皮的事。」

「不，話不能這麼說。」

「根本不必道歉，如果要談論有關武士道之事，我曾經聽過三宅先生的大名，見個面也無妨。」

「老實說，軍兵衛先生也期待如此。我這就去請他來。」

亘志摩立刻命令家臣傳達意旨。

三宅軍兵衛早已在隔壁房間等待。聽到家臣的通報，立刻帶著四、五名弟子來到客廳。當然，他身邊的弟子都是大有來歷的本多家家臣。

7

看來危機已經解除了。

亘志摩將三宅軍兵衛及其他弟子介紹給武藏，軍兵衛說道：

「前夜之事，請多多包涵。」

他為門人所犯的錯誤致歉，雙方氣氛融洽地談論武術及世事。

武藏問道：

「東軍流的流名，在世上很少看到相同的流派，莫非閣下是創始人？」

「不，我不是創始人。」

軍兵衛回答：

「我的師父是越前的川崎鑰之助，曾經隱居上州白雲山，開啓流派的先跡，傳書上雖然這麼寫著，實際上他是向天台的東軍和尚學得東軍流的技巧。」

說完，他重新打量武藏。

「以前我聽你的名字，以為你年紀一定很大，沒想你竟如此年輕，令我感到非常意外。我希望能藉這分機緣，請你稍加指導。」

他的語氣帶有脅迫之意。

武藏說道：

「以後還有機會……」

他輕描淡寫帶過。

「這裏我不熟，可否派人爲我帶路。」

他正要向志摩辭行，軍兵衛又說道：

「天色尚早，你回去時，我會派手下送你到街口。」

他挽留武藏，又繼續說道：

「老實說，當我聽到我的門下有兩個人在矢矧橋被你砍殺時，我曾跑去驗過屍體。兩具屍體的位置，以及致命的刀痕都不一樣，讓我感到非常奇怪……因此，我問了逃回來的門人，他說黑暗中看不清楚，但可看到您兩手同時持刀。果眞如此的話，你這種刀法，世上罕見。難不成叫做二刀流嗎？」

武藏微笑著說，自己從未意識使用二刀。平常都是一體一刀，自己也從未自稱是二刀流。

軍兵衛聽了，並不相信。

「不，您太客氣了。」

接著，他又問了很多有關二刀法的技巧，該如何練習？該用多少力量，才能自由使用二刀等等一些幼稚的問題。

武藏不堪其擾，只想回家。這些人光問問題是無法滿足的，也絕不會讓武藏回去。因此，當武藏看到臥房內有兩把槍，便徵求主人亘志摩的同意，借用那兩把槍。

8

主人許可之後，武藏拿起兩把槍，走到中間。

「他要幹嘛？」

在座的人面露狐疑之色看著武藏。看他拿著兩把槍要如何回答二刀流之事。

武藏左右手各握著槍枝中央，單膝跪地。

「二刀即一刀。一刀即二刀。左右手皆爲一體。世上一切的道理無二，理之極致，不分流派──我就在大家面前獻醜了。」

「失禮了。」

說完，拿著槍枝向大家展示。

話聲甫落，突然發出巨大聲響，那兩把槍開始轉動。

現場立刻捲起一陣淒厲的寒風，武藏手上的槍枝，猶如漩渦，就像快速旋轉的紡輪。

「……」

大家看得目瞪口呆，面色蒼白。

武藏停下來，把槍放回原位，並趁大家尚未回過神時，起身告退。

「剛才失禮了。」

他露出微笑，仍未說明二刀法就離開了。

大家看得目瞪口呆，渾然忘我。所以本來說好要派人送武藏回去，結果，根本無人送行。

武藏回頭望著大門。

在黑暗的松濤中，可看到客廳裏微弱的燈光，似乎在訴說無限的遺憾。

「……」

武藏鬆了一口氣。

今晚從虎口逃生，比殺出重圍更爲危險。面對不知底細的敵人，實際上他根本沒有應付的對策。如今，此地的人都知道武藏的身分，加上今晚的事件，更不能在岡崎久留，今夜連夜離開方爲上上之策。

「跟又八約好的事，不知如何了？」

他獨自走在黑暗的松樹林，想著這件事。走到街道盡頭，看到岡崎城裏的燈火時，耳畔突然傳來又八的聲音。

「武藏兄，我是又八。我正擔心你，才在此等待。」

他看到武藏安然無恙，語氣中洋溢喜悅。

「你爲何在此？」

武藏問又八。

不等又八解釋，他已看到坐在路邊屋簷下的人影，立刻趨身向前。

「這不是禪師嗎？」

武藏在他腳下磕頭。

愚堂和尚望著武藏的背，好一會兒才說：

「好久不見了。」

武藏也抬起頭來。

「好久不見了。」

他與愚堂和尚說同樣的話。

然而這簡單的一句話，卻使武藏百感交加。

對武藏來說，最近自己陷於無爲的空殼裏，能救自己的，除了澤庵之外，就只有日夜期盼的愚堂和尚了。因此，武藏仰望著愚堂的身影，猶如仰望黑夜中的一輪明月。

9

又八和愚堂今晚一直在擔心武藏能否安然歸來。運氣不好的話，武藏可能無法從亘志摩的宅邸走出來。他們非常擔憂，正想前去確認，才憂心忡忡地來到途中等待。

又八告訴武藏：

黃昏時，我們找到你家。不巧你已離開。隔壁筆店的老闆娘將你平常身邊的事，以及今日武士來訪一事，都一五一十地說給我們聽。
我們聽了之後，便決定到亘志摩宅邸附近，看看是否有因應之策。
武藏聽了之後說道：
「眞不好意思，沒想到讓你們掛心。」
武藏感謝他們如此親切。卻一直跪在愚堂和尚的腳下，並無起身之意。
最後，他才大聲地呼叫：
「大師！」
他仰頭望著愚堂的眼眸。
「什麼事？」
就像母親能讀孩子的眼神，愚堂和尚立刻察覺武藏求助的眼神，卻又問了一次：
「什麼事？」
武藏啪——的一聲，雙手伏地。
「我第一次在妙心寺的禪堂見到您以來，已經快十年了。」
「有這麼久了嗎？」
「我走過這十年歲月，卻不知自己踏過多少的土地。回顧起來，心中仍有很多疑慮。」
「還是老樣子。總是說些乳臭未乾的事。你不是已經瞭解了嗎？」
「我很遺憾。」

「爲什麼？」

「我尚未達到修行的顚峰。」

「嘴裏還念著修行的時候，的確是不行。」

「如果放棄了呢？」

「如果你放棄修行，那比起從未修行的無知者更糟糕，最後會成爲人間的殘渣。」

「如果我放手就會滑落下去，要登上去又無法攀爬。我現在正處於絕壁的途中，無論在劍法或自己的問題都是如此。」

「問題就在這裏。」

「大師，您可知道我是多麼渴望與您相逢之日，我該如何才能跳脫這種迷惑的無爲之殼呢？」

「這種事情我不知道，你必須自力救助。」

「讓我和又八跪在您膝前，再聆聽一次您的教訓吧！要不然，就給我們當頭棒喝，一棒敲醒我們離開虛無的夢中……大師，拜託您了。」

武藏五體投地，大聲地說著。

他的聲音哽咽，但未流淚。苦悶的哽咽聲充滿了悲痛，令人惻隱。

但是愚堂和尚根本不爲所動。他默不吭聲，正要離開小屋。

「又八，過來。」

他只說了這句話，便走了。

10

「大師！」

武藏起身追上去，抓住愚堂的袖口，請求愚堂給他一個答案。

這一來──愚堂一句話也不說地用手甩開武藏。武藏卻抓得更緊，愚堂便說道：

「空無一物。」

接著他又說：

「什麼都沒有。我不能再給你什麼或說什麼話了。有的就只是當頭棒喝了。」

說著舉起拳頭。

愚堂眞的要打下去。

「……」

武藏鬆開手，正要說話，愚堂卻頭也不回地快步離開了。

「……」

武藏茫然地望著他的背影離去。留在原地的又八趕緊安慰武藏說道：

「禪師不喜歡太囉嗦。我在寺裏遇見他時，已將我們兩人之事，以及自己的想法告訴禪師，希望他能收我們爲弟子時，他也沒仔細聽我說話。只說了一句『是嗎？那你先來幫我綁草鞋』……所以我說你最好別談瑣碎之事，他自然會出現在你面前。等他心情好些的時候，你再向他請教問題吧！」

這時，聽到遠方傳來呼叫聲。

原來是愚堂呼叫又八。又八大聲回答，又問武藏：

「我們就這麼辦，好嗎？」

說完，急急忙忙追上愚堂。

愚堂似乎很中意又八。武藏羨慕又八能成爲愚堂的弟子。

因爲又八的確比自己單純、老實。

「對了。不管愚堂說什麼，我都不能放棄。」

武藏的身體燃燒似地──面對愚堂和尙憤怒的拳頭，也是心甘情願地接受。可是即使如此，他還是沒得到愚堂任何一句教誨的話，下一次不知又要等到何日才能再相會。天地悠悠，綿延不斷幾萬年，在這當中，人生的七十年猶如閃電般短暫。在這短暫的一生中，能夠碰上難得一見的人，這個機緣是多麼的珍貴啊！

「我必須把握這珍貴的緣分。」

武藏熱淚盈眶，望著愚堂和尙的背影，心想自己即將失去這個大好機會了。

我要緊緊追隨著他。

直到求得一言之教爲止。

武藏往愚堂離去的方向追去。

愚堂知道？抑或不知道？

他並未回八帖寺。他的雙腳無意回八帖寺，他是行雲流水，隨遇而安，居無定所。走到東海道之後，便往京城的方向去了。

愚堂住在簡陋的客棧，武藏便睡在外頭屋簷下。

早上，武藏看到又八爲師父綁上草鞋時，也爲這個朋友高興。但是愚堂看到武藏卻連個招呼也沒打。

武藏還是不放棄。爲了不讓愚堂和尙覺得礙眼，他盡量保持遠距離，每天都跟在他背後——那一夜，他沒有再回岡崎的住家，桌上那一節竹瓶上的花朵、隔壁的老闆娘，以及附近的姑娘們期盼的眼神，還有藩裏人們的愛與恨，現在這一切，武藏都已經忘得一乾二淨了。

圓

1

越來越接近京都了。

想來愚堂和尚的目的地是京都吧！花園妙心寺的總堂就在京都。

然而——

禪師隨心所欲，根本不在乎何時會到達京都。有一次下雨天，他關在客棧裏足不出戶，武藏向內窺伺，看到禪師正在教又八針灸。

他們經過美濃。

在美濃的大仙寺住了七天，在彥根的禪堂又住了幾天。

如果禪師住在簡陋的客棧，武藏就在附近落腳。如果禪師投宿寺裏，他便睡在山門下，武藏到哪裏都可以睡。一心只期待禪師能授與一言之教，此乃武藏追隨禪師的目的。

一回，露宿湖畔寺院的山門下，武藏感覺到幾許秋意。

看看自己一身乞丐似地打扮。頭髮蓬鬆，任其滋長，他決定在得到禪師的教誨之前，絕不梳頭不入浴，不剃鬍鬚，衣服任憑風吹雨打，全身的肌膚鍛鍊得猶如松樹皮一般粗糙。

秋天的夜晚，滿天星斗，彷彿風一吹就要掉下來似的。

武藏躺在一張草蓆上。

「我這是何苦啊？」

他冷笑自己瘋狂的舉動。

到底自己是要瞭解何事？向禪師追求什麼？

難道非得如此苦苦追求才能生存嗎？

自己眞可憐啊！

連住在自己愚蠢身上的跳蚤都覺可憐。

禪師不但拒絕武藏的求教，並說：

「空無一物！」

對一個空無一物的人，勉強求教是太牽強了。無論武藏如何苦苦追隨，禪師視他如路邊野狗，看都不看一眼。然而武藏一點也不怨恨。

「……」

武藏從亂髮中望見明月。山門上，秋天的月色看起來特別皎潔。

而且，蚊子也特別多。

他的皮膚對蚊子的叮咬已無知覺，但是，全身到處都是紅紅的腫塊，猶如無數的胡麻粒。

「啊！我眞不明白。」

他的心中藏著一個連自己也不明白的疑問——只要能夠化解這個難題，停滯不前的劍法也能夠豁然開朗，可是現在他卻相當無奈。

如果自己的道業至此無疾而終，自己寧願死去。因爲已經失去生存的意義。這使得武藏輾轉無法成眠。

仔細說來，自己不瞭解的事物到底是什麼？劍的造詣？還是處世的方針？除此之外，還有阿通的問題。難道男人會受愛戀之苦，消瘦到如此地步嗎？

這些累積成了一個大問題。但從天地的觀點來看，這些又只不過是芝麻蒜皮的小事罷了。

武藏捲著草蓆像隻夜蟲般地躺在石頭上睡覺。又八不知睡得可舒服？想到又八不必受苦，而自己卻爲解脫痛苦，自找苦吃。他不禁羨慕起又八。

「……？」

武藏不知看到什麼，突然坐起身子，注視著山門上的柱子。

2

山門的柱子上懸掛著一副對聯。武藏目不轉睛的盯著。藉著月光可以清楚地看到上面寫著：

汝等請務其本
白雲感百丈大功
虎丘嘆白雲遺訓
先規如茲
誤摘葉
莫好尋枝

「……」

這文字想必是開山大燈的遺訓。

誤摘葉，莫好尋枝

光是此句就令人回味無窮。

枝葉——

對了，指的不就是一般世人的煩惱猶如枝葉那麼繁多嗎？

連自己也不例外。

武藏醒悟後，頓覺一身輕。

與身體合爲一體的劍法，爲何無法練就？爲何心有旁騖、無法專心呢？

爲這。

爲那。

爲一些事情左顧右盼。一心一意追求劍道，卻又爲身邊的諸多瑣事而分心。

雖然武藏覺悟到此點，但是就因爲自己專心一意，追求道業，才會如此分心。愚蠢的焦慮，內心倍受煎熬而飽受迷惑之苦。

如何才能打破這層繭？

自笑十年行腳事

瘦藤破笠扣禪扉

原來佛法無多子

喫飯喫茶又著衣

這是愚堂和尚自嘲之作。武藏現在想起這首詩偈。當時自己還年輕，第一次仰慕妙心寺愚堂和尚之名，前去拜訪時，愚堂突然問道：

「你有何見地？竟然要來拜訪愚堂門？」

就差沒把他踢出門，只是大罵一聲，把他趕了出去。之後也許自己在某些方面得愚堂和尚歡心，得到許可進入了妙心寺，然而只得到剛才那首詩偈，並受愚堂嘲笑。

你口中還說要修行的時候，就是尚未成才。

自笑十年行腳事——十年前愚堂用這首詩教自己，十年後，看到自己仍然躊躇於修道途上，他一定認爲武藏是個：

無法成就的蠢材。

武藏呆立在那裏。他無法再入睡，便繞山門一周。

突然——

在這半夜，有人從寺裏走出去。武藏跟蹤其後來到山門，仔細一看，原來是愚堂帶著又八。

愚堂健步如飛。

難道本山出事，才急著趕往京都？

他拒絕寺裏的人送行，直直地往瀨田大橋走去。

武藏直覺到——

趕不上他就糟了。

皎潔的月光下，武藏快步追趕前面的影子。

3

路旁一排房子，正沈醉在睡夢中。白天熱鬧的大津繪屋，以及混雜的客棧、藥房都大門深鎖。深夜的街道，毫無人影，皎潔的月光白得令人恐怖。

他們走到大津的街上。

在很短的時間內便走過這條街。

路開始上坡，三井寺和世喜寺所在的山上，籠罩著一層夜霧，一路上幾乎看不到人影。

最後他們爬上山嶺。

「……」

走在前面的愚堂停了下來，與又八說話，並仰望明月，稍作休息。

京都已在眼下。回頭可望見琵琶湖。除了一輪明月之外，霧海映著皎潔的月光。

武藏隨後爬上山嶺。沒想到愚堂與又八竟停下腳步，雙方靠得很近。而且愚堂也看著自己，使得武藏心中惶恐。

愚堂無言。

武藏也無言。

可是，他們能夠四目相視，這可是幾十天來頭一遭啊！

武藏突然想到。

現在正是好機會——

京都已在腳下。要是禪師又躲到妙心寺的禪洞裏，不知又要等上幾十天才能見到禪師。

「……禪師。」

武藏終於叫出口。

但是，他心頭一陣混亂，聲音卡在喉嚨，就像孩子欲對雙親陳述難以啓齒之事，心中好不惶恐，連腳都不敢向前。

「……」

愚堂不回答。

愚堂乾瘦的臉龐，眼睛瞪得斗大，銳利的眼神望著武藏。

「大師。」

第二次開口，武藏已不再瞻前顧後。而像一團火球般匍匐向愚堂腳邊。

「請賜教一言，請賜教一言。」

他只說出這兩句話，便整個人趴在地上。

武藏全神貫注，等待禪師的一句箴言。可是等待許久，仍無回音。

武藏實在無法再等下去，今夜他一定要把內心的疑慮全部澄清。正要開口。

「我在聽。」

愚堂第一次回應他。

「每天晚上我都聽又八談您的事情，我全都知道……包括女人的事。」

最後那句話像一盆冷水潑在武藏心頭，使得武藏抬不起頭來。

「又八，棒子拿過來。」

愚堂說著，拿過棒子，武藏閤上眼睛，等待挨三十大板。可是棒子並未打在他頭上，卻在他跪著的四周繞了一圈。

原來愚堂拿著棒子在地上畫了一個大圓圈——武藏就被圈在這個圓內。

4

「走吧！」

愚堂丟掉棒子。

愚堂叫又八走，自己也匆忙掉頭離去。武藏又被丟下。情形跟在岡崎時一樣，落到這種地步，武藏也感到非常憤怒。

這幾十天來，自己誠心求教，一路追隨，也一路吃盡苦頭，對於這樣的晚輩，愚堂竟然毫無憐憫之心，反而冷酷無情，簡直是在捉弄人。

「……臭和尚！」

武藏咬牙切齒瞪著愚堂和尚的背影。說什麼空無一物，說什麼讓頭腦處於眞空狀態才是眞正悟道，這些都是和尚們似是而非的口頭禪。

「好，咱們走著瞧。」

武藏決定不再依賴對方。他一直認爲這世上還有可以依賴的師父，這個想法是錯誤的，令他後悔萬分。自力救助——除此之外別無他法。和尚是人，自己也是人，無數的古聖先賢全都是人——不能再依賴別人了。

武藏肅然立起，內心充滿憤怒。

「……」

他望著天上的一輪明月，漸漸地，眼中燃燒的火焰慢慢冷卻下來，眼光回到自己的身上和腳邊。

「咦？……」

他在原地轉了一圈。

他發現自己在一個圓當中。

「棒子拿過來。」

他想起剛才愚堂說的話。原以爲愚堂是要棒喝自己，沒想到是用它來畫這個圓圈。

「這個圓是什麼意思呢？」

武藏動也不動，思索這個問題。

圓——

圓——

不管從哪個角度看，圓還是個圓。無止境、無曲折、無窮極、無迷惑。

把這個圓擴展至乾坤，便是天地。

把這個圓縮小到極至，便是自己。

自己是圓，天地也是圓。兩者不可分，共存於一體。

——啪！

武藏右手拔出刀來。站在圓中央凝視著刀，地上的影子就像片假名的「才」字。天地之圓儼然存在，不會崩潰。既然自己與天地同爲一物，自己的身體也不例外。然而影子所顯現出來的，卻是不同的形狀。

「就是影子——」

武藏領悟到影子並非自己的實體。

他在修道的路上碰壁，無法前進，這也是影子，而且是內心的影子。

「嘿！」

他用力向空中一揮。

左手揮短劍時，影子的形狀跟著改變了，然而天地之相卻仍未變。二刀就是一刀——而且同屬一個圓。

「啊……」

他終於開竅了。抬頭仰望明月，大圓滿的明月就像劍法的形象，也像存在於塵世間的心靈世界。

「啊！大師！」

武藏像一陣疾風，開始奔跑，追著愚堂。

只不過，他此刻已無求於愚堂了。

他只是想向愚堂道歉，自己曾經憎恨他。

不過，他立刻停止。

「這個也是枝葉……」

武藏佇立在山巔。不久，京都街道的屋瓦和加茂川的河水，在晨霧中漸漸現出它的輪廓。

飾磨染

1

當武藏與又八等人離開岡崎，在秋初到達京都時，伊織也隨著長岡佐渡搭船往豊前，而佐佐木小次郎也搭同一艘船正要回小倉的藩所。

阿杉婆去年與小次郎從江戶到小倉的途中，因爲要回家處理家務以及寺裏即將舉行法會，曾經回美作的故鄉。

澤庵離開江戶之後，聽說最近回到但馬的故鄉。

今年的秋天，這些人的足跡大概都清楚了。現在音訊渺茫的便是奈良井的大藏，以及逃亡期間失去消息的城太郎。

朱實也下落不明。

她也是芳蹤杳然。

另外，就是被抓到九度山的夢想權之助，令人擔心他有性命危險。伊織將此事告訴長岡佐渡，希望佐渡能幫忙拯救。

本來權之助被人疑爲「關東的間諜」，才被抓到九度山。如果當時被滅口，可能連拯救和交涉的餘地都沒有。幸虧聰明的幸村父子立刻看清眞相，嫌疑也一掃而光，現在權之助已經是自由之身，也正在尋找伊織。

暫且不提這些人。

在這裏必須一提的是，身體雖然安全，卻命運乖舛的人，那便是阿通。武藏是她的生命，她的希望，她默默地走著女人該走的路。離開柳生城之後，她的青春緩緩逝去，就像一隻獨行的鴛鴦，無視旅途上人們異樣的眼光，毅然四處漂泊尋找武藏。今年秋天，當武藏仰望明月的時候，她又是在何處呢？

「阿通姑娘，妳在嗎？」

「在，請問是哪一位？」

「我是萬兵衛。」

萬兵衛隔著鑲有白貝殼的竹籬笆，探頭進來。

「哦，是麻屋的老闆。」

「妳可眞勤勞。打擾妳工作眞不好意思。我有話要跟妳說……」

「請進，請進。請自己推開木門。」

阿通一雙被染成藍色的手，輕輕取下綁在髮上的頭巾。

這裏是播州的飾磨海邊。志賀磨川的河水在這裏出海，是個三角洲的河口漁村。

阿通所在的地方並非打漁人家，她的屋外不管松枝上或欄杆上都掛滿了藍色的染布，這裏是個小小的染房，染出來的布聞名全國，稱做「飾磨染」。

2

海邊的村落裏，有好幾間類似的小染房。

染房採用搗染的方法，藍色的布不斷澆上染料，放在臼裏，用杵來搗。

因此，這裏染出來的布，即使穿破了也不褪色，所以會名聞遐邇。

持杵在臼裏搗布是年輕姑娘的工作。當她們想念打漁的船郎時，總會邊搗邊唱著情歌，歌聲從染房的圍牆傳到海邊。

但是阿通不唱歌。

今年夏天她才來到此地，尚未習慣搗布的工作。回想起來——今年夏天暑氣逼人的時候，一名穿著旅裝的女子，走過泉州堺的小林太郎左衛門店前，目不斜視地走往港口方向——當時，伊織瞥見的女子背影——正是阿通。

在那之前，阿通本來從堺港搭渡船要前往赤間關，當船抵達飾磨港的時候，她突然改變心意，在這裏下了船。

這是多麼令人遺憾的事啊！

人們無法躲過命運的捉弄。

因爲她所搭的船，便是經營船運行的太郎左衛門的船。

不同一天，從堺港出發的太郎左衛門的船隻當中，也曾搭載細川家的家臣。

還有長岡佐渡和伊織，以及巖流佐佐木小次郎都曾經走過相同的水路。

即使巖流或佐渡碰到阿通也不認得她。然而，每一艘船隻都會在飾磨港靠岸，爲何伊織未能與阿通相逢呢？

親姊姊！

到處尋找阿通的伊織在飾磨港岸邊，竟然失之交臂。

他無法與阿通相遇也是有原因的。因爲船上有細川家的家臣，船頭和船中央的席位全都圍上布幕，一般的販夫走卒、僧人、藝人等老百姓全都被分配在像箱子般的船艙底，根本看不到外頭。

當船隻靠近飾磨港時，阿通在天未亮便下船，因此伊織根本不可能看到她。

飾磨是阿通奶娘的故鄉。

今年春天，阿通離開柳生城到江戶時，發現武藏和澤庵已不在江戶，於是到柳生家和北條家。得知武藏的消息後，又一心一意地尋找武藏下落。因此，她又踏上旅途，從春天走過夏天，最後來到此地。

這裏離姬路城邊很近，同時離她生長的故鄉——美作的吉野鄉也不遠。

在七寶寺養育她的奶娘，便是這飾磨屋的女主人。阿通想起此事，才會寄身於此，但是因爲離故鄉很近，所以她從來不出門。

奶娘已年近五十，卻膝下無子，生活困苦，阿通光是在此遊手好閒也說不過去，便幫忙染房的工作。離此不遠的中國街道，來往人潮洶湧，也許可以藉此探聽武藏的消息。

多年來阿通已不再唱歌，只有內心藏著：無法見面的戀情。在染房庭院的秋陽下，每天默默地持杵、搗布，獨自暗嘗相思之苦。

此時萬兵衛來訪，他是附近麻屋的主人。

不知他有何事？

阿通把手洗乾淨，並用毛巾拭去額頭上的汗珠。

3

「很不巧，奶娘出門了。要不要進來坐坐？」

阿通請萬兵衛到主屋的客廳，萬兵衛卻揮手。

「不，不。我不能久留，我也很忙啊！」

他站在原地跟阿通講話。

「阿通姑娘的故鄉是作州的吉野鄉吧！」
「是的。」
「多年來我經常從竹山城邊的宮本村到下庄附近採購麻。最近我在那裏聽到一些傳聞。」
「傳聞？」
「是有關妳的。」
「哦！」
「還有……」
萬兵衛笑著說：
「我還聽到宮本村武藏的消息。」
「咦？武藏的？」
「瞧妳臉色都變了。哈哈哈！」
秋陽照著萬兵衛的頭頂。萬兵衛熱不可當，將毛巾蓋在頭上。
「妳認識阿吟姑娘吧？」
說著，蹲了下來。
阿通也蹲在藍色的染桶邊。
「阿吟姑娘……就是武藏的姊姊吧？」
「沒錯。」

萬兵衛重重地點頭。

「我去三日月村碰到阿吟姑娘，跟她提起妳的事，她嚇了一大跳。」

「妳有沒有告訴她我住在這裏？」

「告訴她了，但不會有什麼壞事的。以前這家染房的女主人也曾拜託我，如果到宮本村附近聽到武藏的消息，回來一定要告訴她……所以我在路上碰到阿吟姑娘時，便主動跟她打了招呼。」

「阿吟姑娘現在在何處？」

「在三日月村的鄉士家裏，叫做平田某某的，名字我忘了。」

「是不是嫁到那兒了？」

「可能吧！」

「不管怎麼說，阿吟姑娘談了很多事，還說有秘密要告訴妳，一聽到我提起妳，無視於來往的路人，竟傷心地哭了起來。還說很想念妳，希望能早日與妳相見……」

阿通的眼眶也紅了，聽到心上人姊姊的消息，引起了她的思鄉愁，使她心中無限懷念。

「阿吟姑娘還說在路邊無法寫信，請妳一定要到三日月村的平田家去找她。她因爲諸多不便，無法前來。」

「她找我嗎？」

「詳細情形她並未明說，只說武藏經常有來信。」

阿通恨不得立刻就去找她，但是寄人籬下，凡事總得先與奶娘商量才行。

「我能不能去，今天晚上答覆你。」

阿通回答萬兵衛。

萬兵衛希望阿通一定要去。還說明天剛好自己也要到三日月村去做生意，可以同行。

木牆外，油亮亮的大海在秋陽下不斷地傳來令人慵懶的波濤聲。

打從剛才便有一名年輕武士，背牆面海蹲在地上，獨自沈思著。

4

年輕武士大約十八、九歲，看起來未滿二十歲。

他一身打扮威風十足。

他是姬路人，家鄉離此約一里半，是池田家某藩士的兒子。

他並非來釣魚。

因爲沒帶魚簍子或釣竿。只一逕靠在染屋的木牆外，有時坐在沙地上玩弄著沙子。這一點倒是童心未泯。

「那麼，阿通姑娘。」

萬兵衛的聲音，從木牆內傳出來。

「請妳在傍晚之前回覆我。如果要去，我早上很早就出門，我們互相配合一下。」

空氣中除了浪花拍岸的聲音之外，靜悄悄的正午，使得萬兵衛的聲音聽起來更清晰。

「好，傍晚之前我一定答覆你……謝謝你的一番好意。」

阿通低聲說著。

萬兵衛打開木門走出去。坐在牆邊的年輕武士，這才起身目送萬兵衛離去。

他的眼光銳利。

但是他戴了一頂銀杏形的斗笠，遮去了大半個臉，旁人看不出他的表情。

令人不解的是萬兵衛離開之後，年輕武士不斷向木牆內窺視。

「……」

咚咚──傳來杵的聲音。萬兵衛一走，阿通重新拿起杵來搗臼中的染布。

別處染房的庭院裏相同的杵聲和染房姑娘的歌聲也悠悠地傳了過來。

阿通拿杵的手比剛才更加有力了。

我的戀情
染上了淡淡的藍
雖然如此
卻不像飾磨的染布
那麼的搶眼

阿通雖然不唱歌，但心中卻吟唱起《詞花集》裏面的詩歌。

只要能見到阿吟姊，便可知曉心上人的消息。

同樣是女人，自己可以毫無隱瞞地對阿吟姊吐露心聲。武藏的親姊姊一定會視自己如妹妹，聆聽自己的傾吐。

搗布聲持續不斷——

阿通已經很久未能像現在這般地愉快，她又想起《堀川百首》中的一首詩歌。

提起播磨
義憤塡胸
此恨綿綿無絕期
今夜不宿松原上

她的心情與這首歌的主人一樣，以往總覺得充滿悲傷的大海，現在看起來卻是一片燦爛明亮，連濤聲都洋溢著希望。

她將搗好的布掛在竹竿上，帶著慰藉的心情，不知不覺地從萬兵衛離開時未關好的木門走到外面，望著海邊。

這一來——

剛才戴著斗笠的身影，連忙迎著瀰漫鹽味的海風快步離去。

「……？」

阿通望著離去的背影，並不知對方是何人。然而她並未多想，因爲連隻海鳥都沒有，靜謐的海更吸引她的視線。

5

阿通已跟染房的奶娘商量過，也和萬兵衛約好，次日清晨出發。

「一路上請多照顧！」

阿通與萬兵衛同行，離開飾磨的漁村。

雖然是旅行，卻是從飾磨到佐用鄉的三日月村。即使女人的腳程，只需住上一宿便能到達。從北邊的天空可以遠眺姬路城，他們走向龍野街道。

「阿通姑娘。」

「什麼事？」

「妳的腳力還不錯啊！」

「是的，我很習慣旅行。」

「聽說妳還去過江戶。妳一個單身女子竟然能夠辦到。」
「奶娘連這些事都告訴你了嗎？」
「是啊！連宮本村的事我也聽說了。」
「我眞是慚愧。」
「沒什麼好慚愧之事。爲了尋找心上人吃了這麼多苦，妳的毅志力相當堅強，令人又憐又敬佩，但是，阿通姑娘，恕我直言，武藏先生未免太薄情了吧！」
「沒這回事。」
「難道妳不恨他嗎？妳這樣更讓人覺得可憐。」
「他只不過是專心一意地走在修行之道罷了……想不開的是我。」
「妳覺得自己不好嗎？」
「我覺得過意不去。」
「嗯……眞希望我妻子也能聽到妳這席話。女人就該像妳這般溫柔。」
「阿吟姊姊尙未出嫁嗎？是否還住在親戚家？」
「嗯！這個我不淸楚。」
萬兵衛岔開話題。
「那裏有一家茶館，我們休息一下吧！」
他們走進茶館，喝茶吃便當。

「喲！你們是從飾磨來的嗎？」

過路的馬伕和搬運工向他們打招呼。

「今天要不要到半田的賭場呢？上回被你麻萬當了大老千，大家都想去翻本呢！」

他們跟萬兵衛說話。

「今天我不要馬。」

萬兵衛顧左右而言他，突然急著說：

「阿通姑娘，我們走吧！」

說完走出茶館。

馬伕們見狀，故意鼓譟地說：

「我才納悶他今天為何如此正經八百，原來是帶了一位漂亮的女子。」

「那傢伙，我去向他妻子打小報告。」

「哈哈哈，連話也不回一句呢！」

他們在萬兵衛背後開玩笑。

飾磨的麻屋也是萬兵衛的家，只是一間不起眼的小店，但他從鄰近的鄉里買來麻，然後發給漁夫的女兒或妻子們編織帆繩和漁網充當家庭副業。說起來也算是一個大老闆，然而這個萬兵衛竟然在街上遭人如此嘲弄，令人不解。

萬兵衛也察覺這一點，走了幾條街之後，對阿通說：

「眞拿這些傢伙沒辦法，因爲我常僱用他們幫忙搬東西，所以跟他們開玩笑慣了。」

除了這些馬伕之外，萬兵衛應該更加提防的一個人，從剛才他們在茶館休息時，便一路尾隨在後，可是萬兵衛並未察覺。

那個人就是昨天戴斗笠站在海邊的年輕武士。

風遞訊息

1

昨夜投宿於龍野，一路上萬兵衛對阿通都非常親切。

今天——

當他們來到佐用的三日月村時，夕陽已經西下，秋天的夕陽更顯蕭瑟。

「萬兵衛先生。」

也許，阿通走累了，便叫住走在前面的萬兵衛。

「這不就是三日月村了嗎？過了那座山頭就到讚甘的宮本村了。」

萬兵衛聽了，停下腳步。

「宮本村和七寶寺都在山的另外一頭，妳大概很懷念吧！」

「……」

阿通默默地點頭，望著夕陽下山巒起伏的黑影。

眼前美景，景物依舊，而人兒在何方？只有令人更添幾許惆悵。

「就快到了，阿通姑娘妳累了吧！」

萬兵衛又繼續走，阿通跟在後面。

「哪裏，你也累了吧！」

「別說這話，爲了做生意，這條路我已經走慣了。」

「阿吟姊寄居的鄉士家在哪裏？」

「在那邊。」

萬兵衛手指著。

「阿吟姑娘一定也在等著妳，再加油一下吧！」

他們加快腳步。

最後來到一座山腳下。眼前出現了幾戶人家。

這是龍野街道的一條客棧街。門戶稀少，稱不上鎮，但是麻雀雖小五臟俱全，飯館和便宜的旅館都在道路的兩側。

他們穿過這條街。

「要開始爬坡嘍！」

萬兵衛踩上通往山上的石階。

山上一片杉樹林，這不是村裏神社的境內嗎？阿通聽到小鳥淒寒的叫聲，突然感到自己似乎正身陷危境。

「萬兵衛先生，你有沒有走錯路？這附近根本沒有人家。」

「我現在就去告訴阿吟姑娘。也許妳會感到孤單，但是，在我回來之前，請妳在寺廟前等我。」

「爲何要你去請她來呢？」

「這點我忘了告訴妳，聽阿吟姑娘說，她寄居的家裏不方便招呼妳。過了這林子有一塊田地，她就住在那裏，我立刻去找她，請妳等一下。」

山樹林中已是一片黑暗。

萬兵衛的身影穿過樹林下的小路，急急忙忙地走了。

阿通的個性不容易懷疑別人，因此，對萬兵衛的舉動並未特別警戒。

她老老實實地坐在神社前，望著染紅的天空。

「……」

天色漸漸暗了。

猛然她注意到身旁一片秋意。黑暗中，晚風吹落樹葉，有兩、三片落在她膝上。

她拿起一片樹葉在手中把玩，耐心等待。

阿通簡直就像個少女，有點無知又有點純眞，這時突然聽到廟堂後面傳來嘿嘿的笑聲。

2

「——？」

阿通嚇了一跳，從石階上跳了下來。

從未抱著防人之心的她，碰到意外時也比一般人來得容易受驚嚇。

「阿通，不准動。」

廟堂後的笑聲停了。同時，從同一個地方傳來老太婆尖銳且淒厲的聲音。

「啊！」

阿通不覺兩手掩耳。

如果阿通感到害怕，應該立即逃走，可是她卻僵立在原地，好像被雷聲嚇著似地整個人呆住了。

那時，從寺廟後面閃出幾個人影。

即使阿通掩著耳朵，瞇著眼睛，還是感覺到其中一人非常恐怖。那就是她經常在夢中夢見的白髮老婆婆。

「萬兵衛，辛苦你了，等一下再酬謝你。現在——各位在阿通還沒尖叫抵抗之前，先塞住她的嘴巴，綁好手腳，再把她扛到下庄的家裏。」

阿杉婆指著阿通，像地獄中的閻羅王命令著手下。

與老太婆同夥的是四、五名看來像鄉士的男子。老太婆一聲令下，大夥兒就像餓狼撲羊般衝向阿通，將她五花大綁。

「抄小路。」

「快走。」

說完，抓著阿通就跑。

阿杉婆留在原地笑著看他們離去，並將說好的酬勞付給萬兵衛。

「你能把她騙出來眞是太好了。我還擔心這個計謀能否成功呢？」

阿杉稱讚萬兵衛。

「可別對他人提起。」

阿杉再度叮嚀。

萬兵衛拿到錢，心滿意足。

「並非我能幹，是老太婆妳的計謀好……看來，阿通做夢也沒想到妳已經回到故鄉來了。」

「眞是大快人心。尤其看到阿通剛才驚嚇的表情。」

「她嚇得連逃都忘了，瞧她目瞪口呆的，眞令人好笑。哈哈哈……可是仔細想來，我還有點罪惡感。」

「這是什麼話，我可不認爲這有什麼好罪惡感的。」

「說的也是，前幾天我已經聽妳提過令妳怨恨的往事。」

「沒錯，我不能有仇不報……無論如何，過一陣子歡迎你到下庄我家來玩。」
「老太婆，那我這就告辭了。前面路不太好走，請小心一點。」
「你回去之後，可別對人提起此事。」
「是，是。我萬兵衛絕對守口如瓶，請妳放心。」
說完，萬兵衛告辭，正走下黑暗的石階，突然哇——大叫一聲，便臥地不起。
阿杉婆回頭驚叫：
「怎麼了？是萬兵衛嗎？萬兵衛……」

3

聽不到萬兵衛的回答，因爲他已經死了。
「……啊！」
老太婆倒吸一口氣，萬兵衛屍體旁多了個人影，手上一把閃閃發光的刀，上面沾滿血跡。
「……你、你是誰？」
「……」
「你是誰？……快報上名來。」
老太婆勉強擠出乾啞的聲音。

這個老太婆一如舊昔，喜歡虛張聲勢——但是，對方看來十分瞭解老太婆的手法，他在黑暗中微微聳肩。

「是我啊……老太婆。」

「咦？」

「妳認不出來了嗎？」

「我不認識你，沒聽過你的聲音，難不成你是強盜？」

「哼！如果我是強盜才不會看上妳這窮老太婆。」

「你說什麼？……這麼說來，你是衝著我來的。」

「沒錯。」

「是爲了找我？」

「我才不會爲了殺萬兵衛一路追到三日月村，我的目的正是妳。」

「嘿！」

老太婆扯著破嗓子，有些狼狽。

「你沒弄錯人吧！你到底是誰？我可是本位田家的阿杉。」

「喔！聽到這個名字更勾起俺以前的舊恨。老太婆！妳以爲我是誰，妳忘了我城太郎嗎？」

「咦？……城……城太郎嗎？……」

「君子報仇三年不晚。妳已經老朽，我可長成一棵大樹了。老太婆，現在我已非昔日乳臭未乾的小子了。」

「……哦、哦，你眞的是城太郎嗎？」

「長年以來，妳一直害我師父受苦，我師父武藏念妳年老力衰，不與妳計較，到處逃亡。妳卻不知好歹到各地、甚至江戶四處散播不利於他的謠言。妳不但要找他報仇，還要阻礙他的前途。」

「……」

「還有——妳只要一有機會，便把阿通姊逼得走投無路，我原以爲妳已經改邪歸正，回鄉養老了。沒想到，妳竟會利用麻屋的萬兵衛企圖加害阿通姊——」

「……」

「光是罵妳這個老太婆，不足以洩恨。一刀砍死妳易如反掌，但是，我城太郎的父親青木丹佐已不再是個流浪漢，現在他已經回歸姬路城。今年春天恢復以前池田家的藩士職位……因此，爲了不拖累父親之名，我不會殺妳。」

城太郎向前走了一步。

雖說不殺老太婆，可是他右手中的刀尚未入鞘。

「……」

老太婆一步步地後退，做出要逃走的樣子。

4

老太婆趁機跑向山樹林的小路，城太郎一躍上去。

「往哪裏逃？」

從後面抓住老太婆的衣領。

「你要幹什麼？」

雖然老太婆年事已高，但生性倔強，毫不屈服，立刻轉身以手肘攻擊城太郎的腹部。

城太郎已非當年孩童，他身體一閃，將老太婆往前一推。

「哇！你這個小鬼可眞狠啊！」

話還沒說完，老太婆像個倒栽葱，一頭栽進草叢中。雖然頭摔在地上，腦海裏對城太郎的印象仍然是個小孩子。

「妳說什麼？」

城太郎大喝一聲。一腳踩在老太婆瘦弱的背上，輕鬆地將她制伏。

城太郎看見老太婆咬牙強忍著痛，一點也不同情。他現在長大了，身材雖然高大，仍算不得眞正的大人。

他今年十八、九歲，人高馬大，不脫稚氣，再加上長年累月的積怨，使得他更想懲罰老太婆。

「你想把我怎麼樣？」

老太婆被拖到寺廟堂前，仍不失鬥志。城太郎踩著她瘦弱的身體，殺也不是，不殺也不是，他有點困惑，不知該如何處置這個老太婆。

另一方面，他也擔心剛才被五花大綁抓到下庄的阿通。

話說城太郎又怎會知道阿通在飾磨的染房工作，也是其來有自的。自從他隨父親丹佐衛門定居在附近的姬路城後，今年秋天經常被派到海邊的奉行所辦事，往返之間，有次從圍牆望見阿通。

那個人長得眞像阿通姊。

城太郎心裏如此想著。也就在特別的注意之下，才會在偶然的機會裏碰上阿通遇難。

城太郎感謝神明指引，給予他這個機會。同時，他打從骨裏非常憎恨老太婆三番兩次迫害阿通。現在他又憶起以前阿通數次差點被害的情形。

如果不除掉老太婆，阿通姊便無法安心地活著。

城太郎這麼想，一時萌生殺意。但是，他又想到父親丹佐好不容易回歸城裏。而且這個山裏的鄉士家族一有事情便會渲染開來，最好避免鬧大。城太郎也有類似成年人的深思熟慮，所以他決定要好好地處罰老太婆並救出阿通。

「哼！我找到一個理想的地方，老太婆過來。」

城太郎抓住老太婆的領子，叫她站起來，可是老太婆卻賴在地上。

「妳可眞麻煩啊！」

城太郎只好抱住老太婆，把她拖到廟堂後面。

那裏有一處斷崖，斷崖下有一個洞穴，剛好可以容納一個人進出。

5

遠方有戶人家的燈火，可能是佐用的村落。

山風、桑田、河岸等廣大的原野，已是一片黑暗。有一批人剛剛越過籠罩在夜色中的三日月山嶺。

他們腳踩石頭，耳中聽著佐用川的水聲。

「喂，等一下。」

走在後面的一個人叫住前面的兩個人。

那兩個人抓著雙手反綁在後的阿通。

「老太婆說馬上來，怎麼還不見人影？」

「嗯，算一算她應該跟上來了才對。」

「老太婆那一身老骨頭，要爬這座山恐怕得花不少時間啊！」

「在這裏休息一下吧！還是到佐用的二軒茶屋再休息。」

「反正都要等，不如到二軒茶屋去喝杯茶吧！而且還帶著這樣的行李。」

說著，三個人正要走過淺川。

「喂！」

漆黑的遠處傳來呼叫聲。

每個人都回頭望。

——奇怪？

他們豎耳恭聽，呼叫聲更靠近他們了。

「是老太婆嗎？」

「不，不對。」

「是誰？」

「是男人的聲音。」

「應該不會是在叫我們吧！」

「對，應該不會有人叫我們，而且那不是老太婆的聲音。」

秋天的河水冰涼徹骨。阿通刷刷地踩在河水裏，心中倍覺淒涼。

此時，後面傳來躂躂的腳步聲。

才聽到聲音，追上來的人影已欺近三人身邊，突然大喊：

「阿通姊——」

那人跑向對面的河岸，濺起一陣水花。

「啊！」

三名鄉士被噴得滿身是水，圍著阿通站在河中央。

城太郎先跑到對岸擋在前頭。

「等一等。」

他張開雙手。

「你這傢伙是誰？」

「別管我是誰，你們要把阿通姑娘帶到哪裏去？」

「原來你是來救阿通啊？」

「沒錯。」

「你要是敢輕舉妄動，可會喪命喔！」

「你們可是跟阿杉婆一夥的人？阿杉婆有吩咐，把阿通姑娘交給我。」

「什麼？老太婆的吩咐。」

「沒錯。」

「你騙人。」

鄉士們不禁笑成一團。

6

「我沒說謊，你看這個。」

城太郎拿出一張老太婆寫在草紙上的書信給他們看。

今夜不慎事跡敗露。

阿通交給城太郎，

然後來帶我回去。

「這到底怎麼回事？」

大家看了信之後都皺著眉頭，並且上下打量城太郎，同時一個個上了河岸。

「看了信不就知道了嗎？難道你們是文盲？」

「住口，信上所說的城太郎可就是你？」

「正是，在下是青木城太郎。」

話才說完——

「是城太啊！」

阿通突然大叫一聲，差點昏倒。

打從剛才阿通便一直注意城太郎，但她始終不敢相信自己的眼睛，直到城太郎報出自己的名字後，她才忘我地大叫。

「啊！她嘴巴的帶子鬆掉了，快點去綁緊！」

與城太郎打交道的鄉士吩咐後面的人，然後又說：

「原來如此，這的確是老太婆的筆跡。老太婆說『然後回來帶我走』到底是怎麼一回事？」

對方眼中布滿血絲，質問城太郎。

「交換人質。」

「你將阿通姑娘交給我，我就告訴你老太婆在哪裏，如何？」

城太郎說明清楚。

三人面面相覷，因爲再怎麼等老太婆也不可能出現，看城太郎又是乳臭未乾，不把他放在眼裏。

「你這小子別亂說話，你可知道我們是誰？我們可是下庄本位田家族姬路城的藩士。」

「眞麻煩，我只問你們答不答應。若是不答應，我就讓老太婆獨自在山裏餓死。」

「你這傢伙。」

有一個人跳過來，抓住城太郎的手，另外一人握住刀柄，擺出攻擊姿勢。

「你再敢胡說，我就砍下你的頭，快點說出老太婆在哪裏？」

「你要不要把阿通交給我？」

「不交。」

「那麼我也不說。」

「你無論如何都不說嗎？」

「把阿通交給我就沒事，雙方也不會受傷。」

「哼！你這個乳臭未乾的小子。」

抓住城太郎的那名男子，正想用腳踢倒城太郎。

「幹什麼？」

城太郎利用對方的力量，給那男子來一記過肩摔，可是，突然——

「啊……」

城太郎也跌坐在地，用手壓住右大腿。

原來被摔過肩的男子，趁勢拔出大刀砍傷了城太郎。

7

城太郎懂得摔人的技巧，卻不清楚摔人的法則。

因爲對方是個活生生的人，不能像摔東西一般。何況，對方隨時會拔刀攻擊自己手腳。

當城太郎將對手摔倒時，並未考慮到這點，看來他是把敵人當青蛙摔到腳下，而自己的身體並未閃開。

被砍了！

城太郎心中一個念頭，大腿附近已被砍傷，但仍然負傷站了起來。

幸好傷口很淺，城太郎一站起來，對方也立刻站起來。

「別殺他。」

「捉活的。」

其他的鄉士也從四面八方攻向城太郎。

如果殺死城太郎，便無從得知老太婆的藏身處。

同樣地，城太郎也不想跟這些鄉士囉嗦。若被藩裏知道這件事，可能會連累父親。

可是人算不如天算，被三人圍攻當然會氣憤塡胸，城太郎血氣方剛，一場血腥之鬥，眼看無可避免。

對方邊打邊罵。

「乳臭未乾的小子。」

「還敢這麼囂張。」

「看我來收拾你。」

城太郎被對方又撲又打，又是拳打腳踢，幾乎快被制伏。

「這算什麼？」

突然他反守爲攻，拔出佩刀，刺向衝過來的男子腹部。

「嗚！」

城太郎就像雙手插入煙煤筒中，兩隻手臂全然熱血賁張，漲得通紅。

城太郎腦中已空無一物，喪失了神智。

「畜牲，你也來一刀。」

「哇！」

城太郎又撲向另一名男子，他的刀子橫砍過去，就像切魚似，對方的肉片翻了開來。

對方慘叫一聲來不及拔刀。他們太過於自信，才會傷得這麼慘重。

「你們這些傢伙，你們這些壞傢伙。」

城太郎像念咒文，每砍一刀就咒罵一次，轉身準備砍向另外的兩名敵人。

城太郎不懂刀法，不像伊織有接受武藏正統的指導，但是他見血不驚，而且長年帶刀，又非常早熟，也許這兩、三年來，他與奈良井的大藏共同在黑暗中行動慣了，受了不少訓練。

剩下的兩名鄉士，一個已經受傷，心中非常害怕。而城太郎腿上不斷冒出鮮血，看來像一幅血戰圖。

雙方勢均力敵？還是城太郎會被制伏呢？阿通拚命地跑向河邊，想掙脫被反綁的雙手，她對著黑暗不斷地求救。

「來人啊！快來人啊！來幫這名年輕的武士啊！」

8

任她再怎麼叫，四周仍是一片漆黑，只聽見水聲和吹過蒼穹的風聲，根本無人回應。

在這時候，本來懦弱的阿通也被激起力量。

在向人求救之前，爲何沒想到自己也有力氣呢？

阿通想到這裏，坐在石頭上，雙手在岩石邊上來回搓著，因爲她手上的草繩是鄉士們隨意在路邊揀來的，只需用力搓幾下就斷了。

接著，阿通兩手揀了小石頭，向城太郎與兩名鄉士打鬥的地方跑去。

「城太！」

她邊叫邊把石頭丟向城太郎的對手。

「我在這裏，不用怕！」

說完，丟了一顆石頭。

「撐下去啊！」

咻——又丟了一顆。

但是三顆石頭全都沒打中對方。

阿通又趕緊俯身揀拾小石頭。這時候，另一名鄉士注意到她。

「啊！妳這女人。」

他從城太郎那兒跳開兩步，正要砍向阿通的背。

「住手！」

城太郎追上來。

當那名鄉士正舉刀砍向阿通時——

「你這傢伙。」

城太郎的拳頭已經重重打在他背上。原來城太郎的刀從鄉士背部刺過腹部，只看到城太郎的拳頭和刀柄。

這一下非同小可，城太郎的刀無法從屍體上拔出來。這一慌張，要是對方剩下的一名鄉士也攻擊他，那該如何是好。

所幸並未如此。

剩下的那名鄉士先前已經負傷，看到同伴一個個死狀淒慘。

他就像斷了腳的螳螂，慌慌張張地逃走了。城太郎見狀立刻拔刀追趕。

「等一等。」

武士往往都會乘勝急追。

而且想要趕盡殺絕。一網打盡乃一般常理。然而阿通卻搖頭制止。

「放了他吧！……讓他逃吧！……他已經受傷了！」

阿通的聲音宛如在庇護自己的親人一般，使得城太郎非常吃驚。阿通爲何要如此庇護傷害自己的人呢？

「別管這些了，我想知道我們分手以後的事，我也想跟你談談……城太，我們趕快逃離這裏吧！」

對！

城太郎無異議。此處離讚甘只隔一座山。要是事情傳到下庄，本位田家的親戚呼朋引伴來此攻擊自己，那就不妙了。

「阿通姊，妳還能跑嗎？」

「能，沒問題。」

兩人憶起以前小姑娘、小男童時光，於是在黑暗中不停地奔跑。

9

三日月的客棧只剩一兩家還點著燈。

其中一戶燈火是一家舊旅館。

鑛山來的黃金商人以及但馬來的賣線小販和行腳僧，白天都會在主屋吵吵嚷嚷，可是此刻夜深人靜，只有一間小廂房還留著燈光。

旅館的老闆是個老頭子，他把煮藺用的鍋子和紡織車放在這間廂房，獨自住在裏頭。

但是，阿通與城太郎來此敲門投宿時，他讓了出來。

「城太，這麼說來，你在江戶也沒見著武藏哥了？」

阿通聽城太郎敍述分手後的事，心中湧起一陣悲傷。

城太郎聽到阿通自從在木曾路與自己分手之後，至今仍在尋找武藏，也感到非常難過，不知該如何開口是好。

「阿通姊，不必嘆息，我在姬路聽到一些風聲。」

「什麼風聲？」

她現在連一點消息都不放過。

「聽說武藏師父最近會到姬路來。」

「到姬路……這是眞的嗎？」

「因爲是傳言，不知道可信度有多高？藩裏大家都在說，宮本武藏與細川家的軍事教練佐佐木小次郎將要比武，最近會到小倉來。」

「這傳聞我也略有耳聞，就是無人知道武藏的下落。」

「不。藩裏的傳言有證據證明是眞的……因爲與細川家淵源久遠的京都花園妙心寺，查到武藏師父的下落，因此，細川家的老臣長岡佐渡將小次郎的挑戰書送到武藏師父手裏。」

「這麼說，最近就要比武嘍？」

「這我不淸楚。我也不知道何時、何處比武——如果在京都附近的話，要到豊前的小倉一定會路過姬路城下。」

「可是，他可能走水路。」

「不，他大概不會坐船去。」

城太郎搖搖頭。

「不管在姬路或岡山的藩所都在等待武藏師父經過，並準備留他住一宿。大夥兒都渴慕見這名大人物，並詢問師父是否願意任官職等等……現在姬路城的池田家也寫信給澤庵師父，甚至向妙心寺打聽，也命令城下驛站前的商店如果看到武藏師父一定要馬上通報。」

聽了這些話，阿通反而嘆了一口氣。

「這樣一來，武藏哥更不可能經由陸路了。因爲每座城都有人在等他。武藏哥最不喜歡引起無謂的騷動——」

阿通感到一絲絕望。

10

城太郎心想，即使是傳言，阿通姊聽了也會感到高興。但阿通卻認爲武藏會經過姬路的可能性更渺茫了。

「城太，如果我們去京都的花園妙心寺，就可知道確實的消息吧！」

「也許，但這只不過是傳言。」
「你可眞沒志氣。」
「難道妳要去找？」
「沒錯。我一聽到這個消息恨不得明天立刻啓程。」
「不，等一等。」
城太郎不像以前，現在他對於阿通也有意見要說。
「阿通姊每次聽到一點風聲，或是人家繪聲繪影有關武藏師父的傳言，就立刻決定去追趕，那永遠也找不到。應該像觀察候鳥的人，聽到鳥叫聲之後到前頭去等待，這樣才對。阿通姊，妳一直在後面追趕，總有一天會迷失方向的……」
「你說的都沒錯。但是，我總是無法克制自己，大概這就是所謂的戀愛通病吧！」
阿通對城太郎無所不言。
可是，剛才阿通說到戀愛兩個字的時候，看到城太郎嚇了一跳，因爲城太郎已經滿面通紅。現在已經沒辦法對城太郎直言無諱了。因爲城太郎自己也到了談戀愛的青春年齡。
因此阿通趕緊轉換話題。
「謝謝你，我會深思熟慮後再行動。」
城太郎回答道：
「希望如此，妳還是會先回姬路吧？」

「是的。」

「到時候一定要到我家來。我跟我父親同住。」

「……」

「我跟父親談起妳，原來他在七寶寺的時候就知道阿通姊的事。不知爲何？他老是說想與妳見面談一談。」

阿通沒有回答。

燈芯即將燃盡。她回頭仰望夜空。

「啊！下雨了。」

「下雨？明天還要走到姬路呢！」

「沒關係，只要有簑衣，這點秋雨不算什麼。」

「但願雨不要下得太大。」

「啊！起風了。」

「把窗戶關上吧！」

城太郎站起來關上窗戶。屋內的空氣因而變得悶熱，似乎可以聞到阿通身上的女人體香。

「阿通姊，早點休息，我就在這裏睡——」

說著，拿出木枕走到窗下，面對牆壁躺了下來。

「……」

阿通睡不著，獨自聆聽雨聲。
「不睡是不行的，阿通姊，妳還睡不著嗎？」
城太郎好像也睡不著，背對著阿通用被子蒙住了臉。

觀音

1

雨點不斷打在破舊的廂房屋頂。

強風不斷吹來。

這是個山村，又逢秋天，雨可能會下到明天早上。

阿通不知在想什麼，尚未解衣，只呆坐著。

剛才城太郎似乎無法入睡，在被中翻來覆去，這會兒城太郎已睡著了。

嘀嗒嘀嗒……傳來漏雨的聲音。強勁的風雨打得窗戶嘎嘎作響。

「城太。」

阿通叫了一聲。

「你醒一醒，城太。」

叫了幾次，城太郎並未醒來。看他熟睡的樣子，阿通也不忍將他吵醒。

她想叫醒城太郎，主要是想問關於阿杉婆的事。

剛才在河邊，城太郎告訴老太婆的同黨，途中也聽說了他對老太婆的處罰，在如此風雨之夜，城太郎的做法未免太殘酷了。老太婆太可憐。

受這種風吹雨打一定會淋溼的。一定會冷壞了。阿杉婆年紀太大，搞不好明天早上就沒氣了。即使還有活命，再過幾天沒人注意她，也會被活活餓死啊！

這種杞人憂天的個性可能是阿通與生俱來的。現在她只掛心阿杉婆的身體，心中沒有仇，也沒有恨。外頭的風聲雨聲令阿通更加擔憂。

老太婆並非壞人。

阿通面對著天地，替老太婆著想。

「假如我以眞心相對，總有一天會感動她的……對了，事後也許城太郎會生氣，但是，我現在得趕緊過去。」

說著，阿通已經開了門出去。

天地昏暗，雨水打在地面激起白茫茫的水霧。

阿通穿上草鞋戴著斗笠，提起裙襬。

然後穿上簑衣——

刷刷刷……

她冒雨前進。從這兒走去並不太遠。客棧旁有一座山，那兒有一段石階通往山神堂。

傍晚，阿通與麻屋的萬兵衛曾經走過這段石階，現在已經積滿了雨水。阿通爬到上面，聽到杉樹林狂風呼呼地吹著。這裏的風雨比山下的客棧街更加強勁。

「老太婆到底在哪裏啊？」

詳細的地點她並未問過城太郎。只聽他說把老太婆關在這附近一帶。

「是不是那裏啊？」

阿通往廟堂內窺伺，又到地板下尋找，呼叫著阿婆。

無人回答。也沒看見阿婆的蹤影。

她走到寺廟後面，站在狂風暴雨的樹林裏。

「喂，來人啊！……有沒有人在啊？……哎喲！」

呻吟、呼喚摻雜在風雨中，斷斷續續地傳來。

「啊，那一定是阿杉婆。阿婆、阿婆。」

阿通迎著風雨大叫。

2

呼叫的聲音被風雨蓋過，消失在黑暗中，也許是她的心意已經感應到黑暗中的人心。

「喔、喔，是誰在那裏啊？快來救我啊！在這裏，我在這裏啊！救命啊！」

老太婆的聲音像是在對阿通求救，斷斷續續……。

猶如怒濤般的杉樹林，在風雨強勁的吹打下，呼呼作響。雖然阿婆的聲音斷斷續續，但阿通可以想像她一定是拚命地在喊叫。

阿通尋著聲音，大叫：

「……您在哪裏啊？在哪裏啊？阿婆、阿婆。」

阿通繞著寺廟到處找。

最後——在離廟堂杉樹約二十步左右的地方，也就是後院登山口附近的斷崖上，發現一個洞穴。

「啊……是這裏嗎？」

走近一看，老太婆的聲音的確是從這洞穴裏傳出。

可是洞口被三、四塊阿通無法推動的大岩石封住了。

「妳是誰啊？……在外面的是誰啊？是不是我這老太婆平常膜拜的觀世音菩薩化身呢？快點來救我——我隻身在外，竟流落至此地步，可憐可憐我啊！」

老太婆從岩石的縫隙看到外面的人影，喜出忘外，不斷狂叫。

老太婆邊哭邊說，在生死攸關的黑暗處產生幻覺，以爲看到了平常信仰的觀音而萌生一線生機。

「我太高興了，太高興了。您是不是看我平日虔誠禮佛，才化身來救我？大慈大悲南無觀世音菩薩——南無觀世音菩薩。」

突然——

阿婆的聲音消失了。

阿婆身爲一家之長，又爲人母，始終以爲自己的所作所爲都是善事，並未虧欠他人。自己做得這麼好，如果神明還不庇佑，那是神明的錯，因爲她自認自己是善的化身。

因此，在這風雨交加的夜晚，觀世音菩薩化身來救自己，她認爲是理所當然，沒什麼不可思議之處。

可是老太婆卻發現那並非幻覺，因爲眞的有一個人站在洞口。老太婆嚇了一跳，差點昏厥過去。

「……？」

站在洞外的阿通聽到老太婆本來狂叫的聲音突然停止，很擔心她是否斷了氣。所以拚命地想快點打開洞口，可是靠她的力量，根本推不動一塊岩石。斗笠的帶子吹斷了，她的黑髮被風雨吹得打在簑衣上。

3

如此巨大的岩石，城太郎一個人是如何搬動的？

阿通試著用身體，也用兩手用力推，洞口一寸也沒打開。

阿通精疲力竭。

城太郎也未免太狠心了吧！

她有點埋怨他。

阿通原以爲自己來了，就可以解決事情，沒想到，再這樣下去老太婆一定會死在裏面。而且她剛才聲音突然斷了，可能已經陷入昏迷狀態也說不定。

「阿婆，等一下，等一下啊！您振作點，我現在就來救您了。」

阿通把臉靠近岩石縫中，對裏面說話，但卻聽不到回答。

當然洞中是一片漆黑，也看不到老太婆的影子。

只聽到微弱的聲音。

或遇惡羅刹
毒龍諸鬼等
念彼觀音力
時悉不敢害
若惡獸圍繞
利牙爪可怖
念彼觀音力

老太婆在裏面念觀音經。她沒看到阿通，也聽不到阿通的聲音。目中所見唯有觀音，耳中所聞唯有菩薩之聲。

老太婆雙手合掌，神態安詳，臉上掛滿淚水，從顫抖的嘴唇中，念著觀音經。

然而，阿通根本沒有神力。三塊重疊在一起的岩石，一個也推不動。雨不停，風不止，她的簑衣也被磨斷了，全身沾滿了雨水和泥土。

4

大概老太婆也覺得納悶，便從岩石縫隙往外瞧。

「誰？妳是誰？」

在風雨交加中，阿通縮著身子，她已經精疲力竭了。

「啊！阿婆——我是阿通。妳的聲音聽起來還很有精神。」

「什麼？」

老太婆不敢相信。

「妳是阿通？」

「是的。」

「……」

過了不久又問。

「妳眞的是阿通？」

「是……我眞的是阿通。」

起初老太婆相當愕然，彷彿受了很大的打擊，從自己的幻覺中甦醒過來。

「妳，爲什麼在此地？……啊！城太郎那小子是不是追過來了？」

「我是來救您的，阿婆，城太的事請您原諒他。」

「妳是來救我的？」

「沒錯。」

「妳……要來救我？」

「阿婆，以前的事就讓它付諸流水，忘了吧！我年幼時也曾受您的照顧，雖然您恨我，但我從未怨過您。本來有很多事情，也是因爲我太任性了。」

「這麼說來，妳願意改過自新，痛改前非，回來當本位田家的媳婦嘍？」

「不，不。」

「那麼，妳來幹什麼？」

「我只是覺得阿婆您這樣太可憐了。」

「妳想賣人情，要我將過去一筆勾銷？」

「……」

「不可能，誰要妳來救我了。如果妳認爲救了我便可將功贖罪，以前的恩怨一筆勾銷，那妳就大錯特錯了。即使身陷危境，我老太婆也不會爲了苟且偷生而改變初衷。」

「可是，阿婆，您年紀一大把，我怎麼忍心看您受折磨？」

「妳嘴巴可眞甜，妳跟城太不就是一夥的嗎？原來你們說好要加害我這老太婆。我發誓，出了這洞口，一定向你們報仇。」

「將來有一天，您一定會瞭解我的心意的。無論如何，您若一直待在裏面，一定會生病的。」

「多謝妳的好意，哼！妳一定跟城太郎說好，要來嘲笑我的。」

「不，不。請您等著瞧，我是眞心誠意來求您息怒的。」

阿通站起來，邊哭邊推著岩石。

本來以阿通的力氣絕對不可能推動的岩石，此時似乎被她的眼淚所感動。三塊岩石中有一塊掉到地上。

然後第二塊岩石也很輕易地被阿通推開，洞口終於開了。

這不只是她的眼淚和力量，因爲老太婆也在裏面用力推。洞口一開，老太婆高興地走出洞外，並認爲是靠自己的力量衝破難關的。

5

誠心感動天地。

岩石被推開了。

眞高興！

阿通隨著岩石滑落，踉蹌幾下，但心中卻為此歡呼。

然而——

從洞裏飛奔出來的老太婆，卻一把抓住阿通的領子，就像是她重生後第一個報復的目標。

「哎呀！阿婆。」

「囉嗦。」

「為、為什麼？」

「妳早該知道的。」

老太婆用力把阿通壓在地上。

沒錯。早就該知道。可是阿通根本沒料到會有這樣的結果。只要眞心待人，便能得到眞心的回報，對任何人都抱持這種信念，從未懷疑過別人的阿通，對這樣的結果，一定感到相當的意外。

「嘿！過來吧！」

老太婆抓著阿通的領子，把她拖到雨地裏。

雨雖然小了，仍不斷打在老太婆的白髮上，流下閃閃發光的水珠。阿通被拖在地上，雙手合掌，祈求著說：

「阿婆，阿婆，請您原諒我。您要怎麼打我、罵我，我都能夠接受，可是您這樣淋雨，一定會生病的。」

「妳在說什麼？別假慈悲了。妳以爲掉幾顆眼淚，就可以讓我心軟嗎？」

「我絕不逃走，無論到哪裏，我一定跟著您，請放開手……啊！好痛啊……」

「當然痛。」

「請放開手，哎呀……」

阿通哽咽得說不出話來。

她不覺甩開老太婆的手，正要爬起來。

「想逃走嗎？」

老太婆一手抓住阿通的黑髮。

阿通被抓住頭髮，整個臉往後仰，雨水不斷打在她白皙的臉上，阿通閉上眼睛。

「爲了妳，我受了多少年的痛苦，妳可知道？」

老太婆不斷地責罵，不管阿通說什麼都沒有用。現在抓著阿通的黑髮，對她拳打腳踢。打了一陣子，老太婆覺得不對勁，趕緊鬆手，只見阿通仆倒在地，人已奄奄一息。

老太婆顯得有點狼狽。

「阿通，阿通！」

老太婆望著她白皙的臉，不斷地叫著。那張被雨水洗過的臉，竟然像死魚般的冰冷。

「……死了嗎？」

老太婆有點慌亂，茫然地自言自語。她並無意要殺阿通，雖然不饒恕，可也沒想要整她到這地步。

「對了，我先回家一趟。」

老太婆本來要離開，卻又折回來，把阿通冰冷的身體拖到洞穴裏。

入口雖然狹窄，裏面卻異常寬廣。可能是很久以前，求道的人在此坐禪的洞穴。

「喔！雨可下得眞大……」

老太婆再度想爬出洞口，沒想到洞外的雨聲滂沱猶如瀑布一般，甚至濺到洞內。

6

現在已能自由出入洞穴，因此不必勉強出去淋雨。

「天也快亮了吧！」

老太婆這麼想著，待在洞穴裏等待暴風雨過去。

在黑暗中跟阿通冰冷的身體爲伍，老太婆覺得有點害怕。

她覺得阿通白皙冰冷的臉似乎一直在責備著自己。

「這些都是命中注定。如果妳成了佛……也別怨我啊！」

老太婆閉上眼，小聲地誦經。念著經文，忘了苛責，也忘了恐懼。這樣持續念了好久。

啾啾啾——耳中傳來小鳥的叫聲。

老太婆張開眼睛。

陽光從外面斜射進來，可以看清洞內的情形。

天快亮時，風雨也停了。金色的朝陽閃閃發光，照著洞口。

「那是什麼？」

老太婆站起來，看到眼前的文字。那是雕刻在牆壁上的一篇文章。

天文十三年

天神山城發生戰爭，我兒森金作年僅十六，就得參加浦上軍隊，此後未再相見，令我悲傷至極，於是四處求神卜卦，現在在此奉一尊觀音菩薩像，除了代替母身，也可保佑金作能順利轉世投胎。

幾世之後，若有人造訪此地，同感哀悽，請爲我母子念佛，今年金作已亡二十一載。

施主　英田村　森金作之母

牆壁幾經風化，有數處看不清楚，無法閱讀。天文永祿年代，對老太婆來說是遙遠以前的年代。當時這近鄉一帶，英田或讚甘，以及勝田諸郡，受尼子氏的侵略，浦上一族從各處的城池節節敗退。老太婆在年幼時猶留存些許記憶。當時，一天到晚燃燒城池的黑煙，使得天空一片昏黑，田裏或道路以及農家附近，到處都是兵馬的屍體，甚至棄置了好幾天。

把十六歲的兒子金作送去參戰之後未曾見面的母親，經過二十一年之後，仍未能忘卻失子之慟，走訪各地神廟，祈求兒子能投胎轉世，不忘供養亡子。

「……當母親的就是這樣吧！」

老太婆自己也有一個兒子又八，因此很能瞭解當母親的心情。

「南無……」

老太婆面對岩壁上的文字，合掌誦經，不斷地落淚，差點號啕大哭。最後，老太婆哭累了，也恢復了意識，看到合掌下阿通的臉。阿通眼不見這世界的朝陽，冰冷地躺在地上。

7

「阿通……眞對不起，是老太婆錯了，請妳原諒我，請妳原、原諒我……」

老太婆到底怎麼想？

她突然抱住阿通的身體，大聲叫喊，一臉後悔不已的神情。

「眞可怕，眞可怕啊！母親的愛是盲目的。我一直認爲自己的孩子可愛，別人的小孩則是討厭鬼……阿通啊！妳也有父母。在妳父母眼中，我這老太婆就是他們孩子的仇人羅刹……哎呀！他們甚至會拿我當夜叉看吧！」

她的聲音在洞穴內迴響又回到自己的耳中。

這裏沒有別人，也沒有世人的眼光。

這裏只有黑暗，只有菩提之光。

「雖然我這老太婆像羅刹夜叉，但長久以來妳不但沒怨恨我，甚至一心要救我出洞口……妳的心充滿良善、純眞，我卻歪曲事實，以怨報恩。這些都是我老太婆壞心眼，都是我的錯，請妳原諒我啊！阿通。」

最後，老太婆抱起阿通，把臉靠在她的臉上。

「這麼溫柔的女孩子，就像我的小孩……阿通啊！請妳再睜開眼睛，接受老太婆的道歉。請妳再開口說話，盡管罵我這老太婆，阿通啊！」

她對著阿通不斷地懺悔，想到以往自己的所做所爲，後悔莫及。

「請原諒我，請原諒我。」

老太婆靠著阿通，不斷地哭泣，好像要跟她一起死去一般。

「不，不能光是嘆氣，我得趕緊救她，也許還有一線生機。要是救活了，阿通還有很長的春天。」

老太婆放下阿通的身體，踉踉蹌蹌地走出洞外。

「啊！」

朝陽刺得她眼睛發痛，只好用雙手遮著眼睛。

「村裏的人啊！」

她大聲呼叫。

一路踉蹌。

「村裏的人啊，村裏的人啊！快點來人啊！」

杉樹林的另一邊傳來了人聲，最後，終於有人大叫。

「在那裏，老太婆沒事，就在那裏。」

他們是本位田家與老太婆較親近的族人，大約有十名左右。

昨夜在佐用川河邊，負傷的鄉士逃回去稟報。大家連夜冒著豪雨到處尋找老太婆，他們雖然穿著簑衣戴著斗笠，但每個人都淋得像落湯雞。

「喔！老太婆。」

「您沒事啊！」

大夥兒這才放下心來。大家如此關心，老太婆卻一點也不開心。

「不是我。我沒關係。快點去救洞裏那個女人……她已經昏厥了好一陣子，再不救就來不及了……快點給她藥……」

老太婆結結巴巴地指著山洞的方向，神色悲悽，眼淚直流。

世之潮路

1

這是翌年之事。詳細地說應是慶長十七年四月初。

這一天，通往赤間關的船隻照例從泉州的堺港搭載旅客和貨物。

武藏坐在船運商小林太郎左衛門的店裏，聽到船要出發，從桌旁站起來。

「那麼，我走了。」

他對送行的人打完招呼，走出屋外。

「請多保重。」

送行的人齊聲說道，圍著武藏一起走到碼頭。

這羣人中有本阿彌光悅。

灰屋紹由因病無法前來，由兒子紹益代替。

紹益帶著美麗的新婚妻子。他的新婚妻子明艷動人，格外引人側目。

「那不是吉野嗎？」

「住在柳街的？」

「對，是扇屋的吉野太夫。」

大家互相扯著袖子，低聲談論著。

雖然紹益曾經向武藏介紹過她。

「這是我妻子……」

但是，並未介紹她以前曾經是吉野太夫。

武藏不認得她的長相。扇屋的吉野太夫曾經在一個下雪的夜晚，焚燒過牡丹枝，也彈過琵琶。

然而武藏所知道的是第一代吉野，紹益的妻子卻是第二代吉野。

花謝花開，歲月如梭。

那個下雪的夜晚，焚燒牡丹的火焰，今日回想起來猶如一場夢。那時候的第一代吉野，現在人在何方？是否已爲人妻？抑或是孤獨一人？沒聽過她的傳言，也無人知曉。

「時間過得眞快啊！認識你到現在已經過了七、八年了。」

光悅走到船邊，喃喃自語。

「八年……」

武藏對於飛逝的歲月也感慨萬千。今日乘坐此船，也是另一段人生的開始。

另外——

送行的人羣當中，除了兩位舊交之外，還有一直在妙心寺愚堂門下的本位田又八，以及京都三條車街的細川官邸兩、三名武士。

又有代表烏丸光廣卿的幾位公卿一行人。

以及武藏在京都逗留半年當中所認識的人。甚至不顧武藏拒絕，慕武藏人品和劍術之名，前來求教的也有二、三十名以上——武藏看到這麼龐大的送行行列，內心感到困惑。

武藏想跟幾個人道別，卻辦不到，只好獨自上了船。

船開往豐前的小倉。

在細川家的長岡佐渡斡旋之下，武藏這次的使命就是與佐佐木小次郎進行多年來約定的比武。

當然，這件事具體來說，主要是藩老長岡佐渡的奔走，以及文書的交涉，後來知道武藏從去年秋天以來，一直住在京都的本阿彌光悅家裏之後，大約花了半年的時間，事情才有了定案。

2

武藏心中也明白終有一天定會與巖流佐佐木小次郎交手，這是無可避免的。

日子終於來了。

然而——

武藏萬萬沒想到，臨行之前，會扛負這麼多人的期望。

今天這麼多人送行，令他心裏很不好受。

但是他無法拒絕人們的好意。

武藏感到誠惶誠恐，如果是瞭解他的人的好意，武藏恭謹接受。可是，如果被大衆捧爲風雲人物，他覺得很不自在。

他自認是凡夫俗子，無過人之處。

這次的比武亦是如此。到底是誰迫切等待這個日子呢？細思之餘，並非小次郎亦非自己，毋寧說是周圍的人。一般人喜歡看熱鬧，也期待他兩人間的一場龍爭虎鬥。

「聽說要比武了。」

大家一傳十，十傳百。

「比武敲定了。」

有人果斷地說。

後來流言變成：

「什麼時候？」

甚至替他們訂好了日子。

對於自己變成衆所矚目的焦點，武藏心中有無限悔意。表面上看來好像是在爲自己宣傳名聲，實際上他並無此意。他眞正需要的是獨自沈思默想，他追求思考與行動一致。但這件事卻令他耿耿於懷——而且自從得到愚堂和尙的啓蒙之後，自知離道業的生涯尙且遙遙不可期而感到非常痛苦。

雖然如此——

他又從另一個角度來想——

他之所以能夠生存，完全是靠世人的恩惠。

今日即將出航，身上穿的黑色窄袖上衣，是光悅的母親一針一線爲他縫製而成。

手上拿的新斗笠和草鞋，以及身上任何一件東西，都帶著世間的人情。

自己庸庸碌碌，不耕種也不織布，完全靠老百姓的米穀維生——這完全是依賴世人的恩澤才能存活。

我要拿什麼來回報他們？

這麼一想，知道自己不應該對世間抱著過度的戒心，或是感到困惑。然而，他們的好意超乎自己眞正的價値，因此不得不對世間感到恐懼。

船即將出港。

有人道別。

有人祈禱海上一路平安。

有人揮旗。

有人揮手。

時間在送行的人與被送的人之間漸漸逝去。

「再見了。」

「再見。」

船纜已經鬆開，武藏站在船上向岸上的人揮手致意，巨大的船帆高聳於藍天白雲間。

此刻有人慢了一步。

「糟了！」

船出港之後，一名旅客匆匆忙忙地跑了過來。

3

剛剛出港的船隻，仍然清晰可見。

而遲一步趕不及送行的年輕人，卻跺著腳好不後悔。

「啊！我晚來了一步，要是我不貪睡就好了。」

他目送船隻遠離，不只後悔自己的遲到，眼中還有深深地懊惱。

「你不是權之助嗎？」

船走遠後，仍站在人羣中的光悅看到這名年輕人。

夢想權之助將手上的木杖夾在腋下。

「您是？」

「我們曾經在河內的金剛寺見過面……」

「對，我想起來了，您是本阿彌光悅先生。」

「看你安好，眞令人高興，因爲我聽說你曾經身陷死亡的邊緣。」

「聽誰說的？」

「聽武藏說的。」

「咦？師父說的？……奇怪，這是怎麼回事？」

「你被九度山的人抓去，被懷疑是奸細，可能會遇害，這消息從小倉那邊傳過來——是細川家的家老長岡佐渡先生寫信告訴我的。」

「師父又是如何知道的呢？」

「武藏先生在今天出航之前，一直住在我家。小倉自從知道武藏落腳處之後，經常來信，才知道伊織人在長岡家。」

「咦？伊織也平安無事？」

權之助現在才知此事，他一臉茫然。

「在這裏不便多說。」

光悅帶權之助到附近的茶屋，坐在桌前，兩人深談之後，也難怪權之助會如此意外。

月叟傳心——九度山的幸村，當時才看權之助一眼，便明白權之助是哪一種人。

他說：

「這是部下的過失。」

幸村立即向他道歉，權之助因禍得福，結交一名知己。

由於伊織在紀伊越的山崖上掉到懸崖裏，幸村派人去搜索，結果音訊杳然，生死未卜。

由於他們在斷層的山谷沒看到屍體，才確信伊織——

還活著。

但因爲此事，權之助也無顏見師父武藏。

那時以來，權之助便在近磯四處遊走。

偶然在街頭巷尾聽到武藏和細川家的巖流正要約定比武，也聽到武藏人就在京都附近，本來權之助就無顏面對武藏，聽到這個消息之後，更急於尋找伊織。

直到昨天，在佐渡山聽到武藏已經要啓程前往小倉。

今日不見，更待何時？

權之助下定決心，打算與武藏見面，他不斷地趕路，沒想到還是來晚了一步，眞是遺憾之至。權之助不停地重複這些話。

4

光悅安慰他：

「你也不必如此自責。船隻抵達目的地之前還有幾天的時間，如果你從陸路追趕過去，一定可以在小倉與武藏先生會面，或是到長岡家找伊織。」

權之助聽了，說：

「本來我決定從陸路追趕，但是我又想在船隻到達小倉之前能陪伴在師父身邊，並侍候他。」

權之助道出自己的心聲。

「再加上這次的出航對師父而言，恐怕是決定他這一生沈浮的關鍵。平常師父勤於修練，是不可能會敗給巖流的。然而，勝敗不可預知，並不一定是勤於修行的人會得勝，或注定驕傲的人會失敗——這種事非人所能預料。」

「但是看武藏沈著的表情，顯然充滿自信，不必擔心。」

「我雖然這麼想，但聽傳言，佐佐木巖流畢竟是世上罕見的天才，尤其在細川家任職之後，更是朝夕勤於鍛鍊。」

「傲慢的天才會贏，還是庸才卻孜孜不倦練習的人會贏呢？」

「武藏師父並非平庸資質。」

「不，他絕不是天賦異稟。他一點也不仗恃天分。他明白自己生來便是資質平凡，所以不斷地自我磨練，忍人所不能忍。這些鍛鍊有一天發揮出來的時候，人們便會說那是天賦的才能——這是不勤奮的人，為自己的怠惰找藉口。」

「……哎！真太謝謝您了。」

權之助覺得他說的就是自己。他從側面望著光悅寬宏大量的臉。

這個人也是磨練出來的。

外表看來光悅是個悠哉的逸人。他的眼眸中沒有陰險，也無害人的毒刺。當初他潛心研究藝術的時候，眼眸散發的光彩絕非如此安詳。就像山雨欲來風滿樓的湖水，與風平浪靜的湖面有相當的差異。

「光悅先生，您還不回去嗎？」

一名穿著法衣的年輕男子，向茶屋探視。

「噢！是又八嗎？」

光悅離開桌子。

「我告辭了，還有人在等我。」

光悅向權之助道別。權之助也站了起來。

「您要回大坂嗎？」

「是的。」

「要是來得及，我想搭夜船從淀川回去。」

「那麼到大坂這段路，我們一起走吧！」

權之助打算從大坂之後改走陸路到豊前的小倉。

帶著年輕嬌妻的灰屋家的兒子以及細川藩的留守人和其他人，大家一羣羣地往同一方向走了。

光悅一行三人走在路上，不斷地談論又八現在，以及過去所發生的種種往事。

「如果武藏能贏就好了。可是佐佐木小次郎也非省油的燈，他武功的確高強。」

又八時而杞人憂天地自言自語。因爲他知道小次郎的可怕。

黃昏時刻——

三人走在大坂人潮熙攘的街道上，不久發現又八不知何時已經失去了蹤影。

5

「到底哪裏去了？」

光悅和權之助又走回頭路，四處尋找又八的蹤影。

他們看到又八呆呆地站在一座橋上。

他到底在看什麼？

兩人從遠處看著又八奇怪的舉動，又八的眼睛直盯著河邊忙著洗鍋碗瓢盆、淘米洗菜的婦人，這些是附近商店的女人，正七嘴八舌地聚在一起。

「又八的樣子好奇怪啊！」

兩人從遠方似乎也察覺到又八嚴肅的表情，便故意不叫他，在遠方觀看。

「啊！是朱實……一定是朱實。」

又八站在那裏，口中叫喚著。

他從河邊的一羣女人中一眼認出了朱實。

雖然只是個偶然，卻又覺得是命運冥冥中的安排。

本來在江戶的芝區長屋裏，朱實被稱爲又八的老婆。又八沒想到當時會跟她有同宿之緣，現在已經過了一段歲月，再加上自己已是一位穿黑衣的修行人，對於以往與女人逢場作戲的事，尤其感到罪惡深重。

朱實也改變了許多。

大概只有又八會在路上一眼認出她來。

啊！是朱實！

他內心受到很大的打擊。這絕非偶然，而是生命與生命的交會，在同樣的土地上生活的人，一定會再相遇的。

姑且不談此事。

朱實現在的樣子，幾乎與一年前判若兩人。現在她用骯髒的背帶背著兩歲多的孩子。

是朱實的孩子。

又八猶如受到一陣電擊。

朱實的臉變得削瘦，幾乎讓人快認不出她來了。滿是塵埃的頭髮隨意紮起，穿了一件繫短裙角的粗布窄袖衣服，手上提著沈重的籃子，在這羣女人的嬉笑聲中，她正彎著腰叫賣什物。

籃子裏放著海草、蚌殼以及鮑魚等物。背上的孩子時而哭泣，她便放下籃子哄騙小孩，等孩子停止哭泣，她又向那羣女人叫賣東西。

又八兩手突然壓住自己的臉頰，心底數著歲月。如果那孩子兩歲的話，當時自己不正在江戶嗎？

啊！那孩子？

如果是的話——

在數寄屋橋畔，自己和朱實雙雙跪在草蓆上被縣府衙役杖打一百大板，後被拆散兩地的時候——她的體內已經懷了這個小孩。

「……」

黃昏微弱的陽光，照著河水反射在又八臉上，他一臉涕泗縱橫。

他已忘記身後來來往往的行人。最後毫不知情的朱實，提著賣不完的什物，一步步走向河岸。又八見狀不顧一切地大叫：

「喂！」

他揚著手正要跑過去。

光悅和權之助這才趕緊追了過來。

「又八，什麼事？你到底怎麼了？」

6

又八大吃一驚，回頭一看，這才想到讓同伴擔心了。

「啊！很對不起。實在是……」

又八欲言又止，心想三言兩語是無法說明此事的。尤其是剛才心中波濤起伏，實在很難解釋。何況這件事情發生得太突然，使得又八喉嚨打結，百感交集，索性直截了當地說出來。

「我因爲某些理由必須還俗。幸好大師還沒爲我剃度，不必對他稟報便可還俗。」

「你要還俗？」

又八自以爲理直氣壯，可是對於心平氣和的人而言，這簡直太荒謬了。

「到底怎麼回事？你的神情很奇怪。」

「詳情現在無法說明，即使我說了，也會落人笑柄。我剛才看到以前跟我同居的女子。」

「哦！是以前的女人啊！」

兩人聽得目瞪口呆，可是又八仍然一本正經地說：

「是的。那名女子背著孩子。我仔細算過，一定是我的骨肉。」

「眞的嗎？」

「她背著小孩在河邊賣東西。」

「你最好冷靜一點，好好地想清楚。我不知道那是你何時的女人，但你確信那是你的孩子嗎？」

「我一點也不懷疑。我竟然不知道自己當了父親，眞慚愧……我的良心受到譴責。我不能眼睜睜地看著她四處叫賣東西，過如此落魄的生活。而且，我必須對孩子盡父親的義務。」

「……」

光悅與權之助互相望著對方，心裏多少有點不安。

「這麼說來，這不是在開玩笑了。」

他們說著。

又八脫去法衣與念珠一起交在光悅手中。

「眞對不起！請將這法衣交給妙心寺的愚堂和尚。還有，請您轉告大師，說又八在大坂已經當了父親，今後會好好努力幹活的。」

「這樣好嗎？你眞要把衣物退回去？」

「和尚說我隨時可以還俗。」

「嗯……」

「還有，修行並非一定得在寺廟裏才能做，在凡世間的修行更爲困難。與其逃避汚穢醜陋的事，在寺廟裏過著耳根淸淨的生活，倒不如親身住在欺騙、汚穢、迷惑、鬥爭等各種醜陋的世界裏，如果還能猶如蓮花出淤泥而不染，能夠修業成功，才是眞正的修行。和尚也曾經講過這些話。」

「嗯！言之有理。」

「我跟隨和尚已經一年多，可是仍然未授予我法名。至今仍是稱呼我又八。日後要是我再遇到不解之事，一定會再去請教和尚的。請您如此轉告他。」

說完，又八跑向河岸，在夕霧中追趕著那昏暗的人影。

待宵舟

1

夕陽下，彤雲翻飛、不斷飄向天邊。海天一色，海水清澈得可以看到海裏的章魚。

在飾磨的浦川河尾，有一艘小船，從中午便停在這裏，到了黃昏時刻，開始升起裊裊炊煙。

「妳不冷嗎？……晚風開始轉涼了。」

阿杉婆邊起火邊對船裏說話。

船篷下一名羸弱的病人披頭散髮地躺在木枕上，蒼白的臉，有一半藏在被子裏。

「……我不冷。」

病人微弱地搖著頭。

她抬起身子向正在洗米煮粥的老太婆說：

「阿婆，剛才我看您似乎也感冒了。請別爲我的事擔心……」

老太婆直搖頭。

「這沒什麼。」

她回頭看著病人。

「妳還不是為我事事擔心……阿通啊！妳朝思暮想的人，他的船就快到了。妳趕緊吃點稀飯才有力氣等待。」

「謝謝您！」

阿通這會兒淚水盈眶，從遮棚下望著河水。

河上無數的漁船和貨船，可是她所等待的從堺港出發往豊前的渡船，卻連個帆影都還沒看到。

「……」

老太婆蓋上鍋蓋，添上柴火。稀飯似乎快煮好了。

漸漸地，雲暗了下來。

「奇怪，好慢啊！再晚黃昏之前，船也應該到達這裏才對啊！」

海上風平浪靜，可是她們所等待的船一直沒出現。老太婆等得有點不耐煩，望著水面自言自語。

不用說，預定今天黃昏會到達這裏的渡船，是昨日從堺港出發太郎左衛門的船隻，船上載著前往小倉的宮本武藏——這件事已經傳遍了山陽的各城鎮。

姬路藩的青木丹佐衛門的兒子城太郎，一聽到這個傳言，立刻派人到讚甘的本位田家通知。

老太婆一得到這個好消息，立刻跑到七寶寺告訴正在養病的阿通。

去年秋末，暴風雨的夜晚，阿通到佐用山的洞穴去救老太婆，不料反被老太婆毒打一頓，當場昏厥過去。從那時起直到今日，雖然已完全恢復意識，體力卻大不如從前。

「請原諒我！我一定要照顧妳，直到妳痊癒。」

每次老太婆見到阿通都流下懺悔的淚水。

阿通卻說：

「承擔不起。」

並且強調，如果老太婆堅持這麼做，反而會加深自己的罪過。自己本來便是個多病之身，絕不是老太婆的緣故。

事實上，阿通也曾經生過同樣的病。數年前，在京都烏丸光廣的宅第裏，便曾臥病數月，當時的病情就與現在類似。

每到黃昏，她就會發燒、輕微咳嗽，身子日漸消瘦，美麗的容顏更添一分楚楚動人，可能就因爲她太美了，反而讓人替她擔憂。

2

現在她的眼眸卻充滿欣喜和希望。

欣喜的是：

老太婆終於能瞭解自己的心意，同時痛改前非，對武藏和其他人變得非常和藹可親，簡直判若兩人。

阿通眼中看著這個事實。另外，讓她生活充滿希望的是——

再不久就可以和心上人見面。

老太婆自從那件事以來，也頻頻向她表示——

以前因爲我的罪過和誤會，陷妳於不幸，爲了補償妳，我一定會親手將妳交給武藏，並向他道歉。

老太婆並在村子裏對著全家族的人毀去阿通與又八的婚約證書，甚至還親口說阿通必須嫁給武藏。

至於武藏的姊姊阿吟，老太婆在痛改前非之前，曾經拿她當幌子，爲了把阿通騙出來，說她住在佐用村附近，事實上，自從武藏逃離家鄉之後，阿吟曾經依靠播磨的親戚，後來聽說她又住到別人家去了，之後便音訊渺茫。

阿通回到七寶寺之後，還是跟老太婆保持聯絡，老太婆早晚都會到七寶寺去探望她。

「吃過飯了嗎?今天覺得如何?」

她誠心誠意地看護照顧，使得阿通在精神上得到很多鼓勵。

老太婆偶爾也會語重心長地說：

「如果那時妳在洞穴裏沒有醒過來，我也準備陪妳死在那裏。」

老太婆以前是個虛僞多變的人，剛開始也防著阿通，也許她的懺悔過不久又會有變化。但是時間愈久，老太婆的眞情反而越濃厚，也越來越細心。

有時阿通甚至會認爲——

沒想到老太婆是這麼好的人。

阿通幾乎無法把以前的老太婆和現在的阿杉婆聯想成同一個人。本位田家的親戚和村裏的人也都說：

「沒想到老太婆會有這麼大的改變。」

其中最感到幸福的，當然是老太婆自己了。

不管是路上碰面或與阿婆交談，或是周圍的人——大家對阿婆的態度都不同於往日。每個人都笑臉相迎，對老太婆敬愛有加。這是老太婆過了六十歲才第一次感受到的幸福。

有人還開玩笑地說：

「老太婆最近連臉都變得漂亮了。」

老太婆聽了也很高興。

「也許是眞的呢！」

她偷偷地拿著鏡子，仔細地端詳自己。

歲月不饒人，離開故鄉時，有一半烏絲，現在已是滿頭銀髮了。

相隨心改——

老太婆感到自己的內心，以及外表，都變得潔白如新。

3

武藏於數日前搭太郎左衛門的船隻，從堺港出發赴小倉。

住在姬路的城太郎答應阿通，只要有武藏的消息立刻通知她。

「現在妳打算怎麼辦？」

城太郎問阿通的意思，不用說，阿通一定回答：

「我要去。」

雖然每到黃昏就會發燒，爲了愼重起見，阿通一定會臥牀休息，但也不是病重到走不動。

「我走了。」

阿通離開七寶寺。一路上，阿杉婆把她照顧得無微不至。有一天夜裏，她們在青木丹佐衛門的宅邸休息。

「通往豊前的渡船一定會在飾磨靠岸，爲了卸貨，可能會待上一夜吧！藩裏的人會去迎接武藏，你們最好避人耳目，待在川尾的小舟上。我父子兩人會找機會讓你們見面的。」

聽了丹佐衛門的話，老太婆說：

「那就拜託您了。」

當日中午，她們到達飾磨的海邊，阿通在川尾的小船上休息。阿通以前的奶娘也派人送了些東西來，她們便在船上等候太郎左衛門的船隻。

剛好奶娘的染房附近有二十幾名姬路藩的人一大早便在那裏等候武藏的船隻通過，除了預祝武藏馬到成功之外，並準備設宴款待他，一睹風采。這些人甚至抬著轎子到海邊迎接。

其中青木丹佐衛門和青木城太郎也在行列中。

姬路的池田家與武藏由於鄉土地緣的關係，從武藏年輕時代開始就有著深厚的因緣。

武藏一定會認為很光榮的。

出迎的池田家藩士，大家一致如此認為。

丹佐衛門和城太郎的看法也一樣。

只是他們想如果讓那艘船上的人看到阿通，可能會招來不必要的誤解，也可能給武藏增添麻煩，因此才故意安排阿通與阿杉婆待在川尾的小舟上等待。

可是不知怎麼了？

海面上，暮色漸濃，夕陽餘暉也慢慢暗淡下來，卻不見船隻的蹤影。

「是不是我們晚到了？」

大家面面相覷。

「不可能的。」

因為這些藩士在京都的藩邸一聽到武藏所坐的船隻將於朔日出發，便立刻驅馬趕來。

「船隻出航之前，我們曾派人到堺鎮的小林那裏確定是在朔日出航。」

「今天風平浪靜，船不可能晚到，大概待會兒就來了。」

「就因爲沒有風，所以帆船的速度會跟平常不同，也許是我們晚到了。」

有人站累了坐在沙地上。播磨灘的天空不知何時已經出現幾顆閃爍的星星。

「啊！來了。」

「來了嗎？」

「是那艘帆船。」

「哦！眞的。」

人羣中立刻引起騷動，紛紛湧向海邊的碼頭。

城太郎穿過人羣跑向川尾，對著下面有遮篷的小船大聲說著：

「阿通姊、婆婆，已經看到武藏師父搭的船了。」

4

今晚即將靠岸的船隻是從堺鎮出發的太郎左衛門之船。也就是等待許久的武藏所搭乘的渡船。當城太郎趕來通知已經看到船時，小舟內也一陣騷動。

「咦……看到了嗎？」

「在哪裏？」

老太婆站了起來。

阿通渾然忘我。

「危險！」

老太婆急忙抱住要上到船舷的阿通。

然後自己也伸長著身子。

「是那艘嗎？」

她直盯著船看。

一艘巨大的帆船在星空下張著黑色的翅膀，航行在風平浪靜的海面。在兩人的注視下，疾速前進。

城太郎站在岸上，指著說：

「就是那艘、就是那艘。」

「城太。」

老太婆緊緊地抱住阿通的身體。深怕不小心一鬆手，阿通會掉進水裏。

「可不可以請你將這艘船划到那渡船旁。我希望他們兩人能早點見面，我要親手將阿通交給武藏。」

「不，阿婆，不必這麼急。剛才藩裏的士兵已經在海邊等待，我們已派一名水手划小船去接武藏師父了。」

「那才更教人著急。爲了躲避這些人的耳目，阿通絕不可能有機會跟武藏見面的。我會向他們解釋，趁現在武藏尚未被藩士帶走，我希望他能跟阿通先見上一面。」

「這有點難啊！」

「所以我說在染房家等比較好，你卻說必須避開衆人耳目，安排我們在小船上等，現在反而無計可施了。」

「不，不，絕不會有這種事。我父親考慮到人多口雜，何況武藏師父正要去辦一件大事，如果未到目的地便流言滿天飛，反而不好……因此，我跟父親計畫待會兒再找機會把師父帶到這裏，就委曲妳們在此耐心等候。」

「你一定會帶武藏來嘍？」

「武藏師父會搭我們派去迎接的小船，上了岸後，會在染房家裏與藩士們共聚一堂，稍作休息……我會趁那時候把他帶來。」

「那我們就在這裏等你的回音。」

「阿通姊也趁此空隙稍作休息吧！」

城太郎說完，趕緊跑回海邊。

老太婆扶著阿通到遮篷下的牀上。

「妳睡一下吧！」

阿通將臉靠在木枕上，咳了好一陣子。剛才太激動或海風太強才會如此。

「妳又咳嗽了。」

老太婆揉著阿通單薄的背部，爲了減輕她的痛苦，不斷安慰她武藏就快到了。

「婆婆，我已經沒事了，非常謝謝您，讓您照顧我實在很過意不去，您也休息吧！」

咳完，阿通用手撫平散亂的頭髮。

5

時間過了很久，等待的人仍不見蹤影。

老太婆把阿通留在小船上，自己上了岸，站在那裏等城太郎帶武藏來。

阿通一想到武藏即將前來，心裏一陣悸動，無法靜心躺在牀上。

她把木枕和棉被推到一旁，整理衣襟，並重新繫好腰帶。對愛情不由自主產生的悸動，與十七、八歲時的少女情懷毫無兩樣。

船舷上掛著一盞燈火，映在江水上。阿通的心也燃燒得火熱。

她現在渾然忘卻病痛，白皙的手從小舟邊緣伸到水下，沾溼梳子，梳理頭髮。接著，手掌沾點白粉，在臉上化了淡妝。

因爲阿通曾經聽人說過。

武士若是在熟睡中被人喚醒，或身體狀況不佳時，又必須與主上見面，則往往趁解溲時，輕輕在臉上塗抹淡妝，好使自己看起來容光煥發。

「可是……見了面要跟他說什麼呢？」

阿通擔心與武藏見面的情景。

要談的話，這一生有談不完的話。

可是，見了面又說不出口。

這是爲什麼？

因爲阿通害怕武藏生氣。

因爲見面也得看時機。

現在幾乎是人人皆知，而且在衆目睽睽之下，正要前往與佐佐木小次郎比武，以武藏的個性和信念來看，也許他現在並不希望與自己相見。

然而這又是個千載難逢的好機會。雖然她相信武藏不會輸給小次郎，可是也不能擔保一定贏，世人的評論是兩人勢鈞力敵，武藏雖強，小次郎亦不弱，可說旗鼓相當。

如果阿通錯過今天的機會，萬一武藏輸了，這一生便再也無法相見。這對阿通是會抱憾終生的。

在天願做比翼鳥，在地願爲連理枝——以前帝王期待來世能相會。也許阿通也必須親嘗這分苦恨，飲泣至死也無法挽回。

即使武藏罵我。

阿通強忍著病痛，盡量不在人前流露病容。在此即將見面的一刻，心頭小鹿亂撞，甚至擔心武藏會怎麼想，連見面該說什麼都不知道。

站在岸上的老太婆另有一番想法。今夜如果能見到武藏，一定要把累積多年的怨恨以及誤解付諸流水，如此她才能稍解心中重擔。而且，不管武藏說什麼，一定要把阿通託付給武藏。即使跪地請求也在所不辭，唯有如此才對得起阿通。

老太婆暗自發誓，眼望著黑暗的水面。

「阿婆！」

城太郎邊跑邊叫。

6

「我等了好久啊！城太，武藏是不是來了？」

「阿婆，眞遺憾。」

「遺憾？」

「請您聽我說，事情是這樣子的。」

「事情待會兒再說，到底武藏能不能來？」

「不能。」

「什麼，不能來？」

老太婆一臉茫然。她與阿通從白天就一直等待的緊繃心情突然瓦解，那副失望到極點的神情令人不忍。

城太郎雖感到難以啓齒，最後還是說出原委。

事實上，藩裏衆人一直等待武藏從渡船轉搭小船上岸，可是等了好久仍不見蹤影。他們遠遠地看到太郎左衛門的船停泊在海上，以爲是某種原因而耽擱了，所以大夥兒還是站在海邊等待，最後終於看到前去迎接的水手駕著小船回來。

「喔，來了——」

大家正期待著，小舟上卻不見武藏身影。追問原委，水手轉述渡船上的人的話——

因爲這次航行的目的較爲特殊，無人在飾磨下船，只有一點貨物已經叫碼頭工人過來搬走了。所以決定繞道室津，直駛目的地。

接著，小船水手又問渡船上的人——

宮本武藏一定搭乘了這艘船。我們是姬路藩的家士，我想武藏先生應該會在此地留宿一夜，因此敝藩家臣都在海邊等候迎接他。可否請他上岸？

在徵求過船長的同意之後，武藏終於出現在甲板上，對著駕小舟的水手說道——

謝謝諸位的好意，你們也知道此行事關重大，渡船必須在今夜開到室津。因此，請你們轉達我的意思。

最後，水手沒辦法只好回來。當他們回到岸上的時候，太郎左衛門的船隻已經揚帆離開了飾磨港。

城太郎一五一十地報告。

「家臣們也只好全都回家去了。可是，阿婆，這下該如何是好呢？」

城太郎一下子跌入失望的谷底，講起話來有氣無力的。

「這麼說來，太郎左衛門的船已經離開港區，開往室津了嗎？」

「沒錯。……阿婆，就在那裏，看得到嗎？在那沙洲的松樹林邊正要西行的船正是太郎左衛門的船……也許武藏師父正站在船舷上呢？」

「……就是那艘船嗎？」

「……眞是太遺憾了。」

「喂！城太，這可是你的錯。爲什麼你沒一起前去迎接？」

「這會兒說這些也來不及了。」

「哎！說的也是，眼看著船遠離，可眞令人扼腕……該如何對阿通交代呢？城太，我說不出口……你自己去告訴她吧……可是，你得讓阿通平靜一點再告訴她，免得她又發病了。」

7

不需要城太郎來稟報，也不需老太婆忍痛傳達，因爲阿通躲在小舟的遮篷下已經偷聽到兩人的對話了。

「嘭嘭嘭……」

寂靜的夜空下，不斷拍打船舷的水波，猶如打在阿通的心口上，她淚流滿腮。

雖然如此，

阿通對今夜與武藏竟然如此緣薄，並不像城太郎和老太婆那樣感到遺憾。

今夜無法相見，他日一定能夠再相逢。

這是她十年來從未動搖過的信心。

也許武藏是堅持中途腳不落地的心情。

我也這麼想。

阿通已經與武藏心神相契。

傳說——

巖流佐佐木小次郎在中國、九州一帶是個高手，稱霸整個武林。

既然要迎戰武藏，除了別人對他有信心之外，小次郎本身想必也是信心十足。

因此，對武藏而言，這次的九州之行一路上絕非平安無事、風平浪靜。阿通在自怨自艾之前，先想清這一點。想著想著她又流淚了。

「哎！武藏坐在那艘船上。」

阿通望著即將繞過松樹林沙洲向西行的帆影，任由淚水滂沱，獨自靠著船邊，唏噓命運。

突然——

阿通仍在流淚的心，萌生一股強烈的力量。

不管病痛，不論任何困難，不論漫長歲月，這股強大的力量便是支撐阿通的意志力。

柔弱——

不論是在身體上，感情上，外表上看來，阿通只是一介柔弱女子。但是潛藏在心靈深處的強大力量，此刻正衝擊著她，使她熱血奔騰，兩頰泛紅。

「阿婆、城太。」

阿通從小舟內呼叫他們。

兩人從岸上靠過來。

「阿通姊。」

城太郎不知該說什麼？

「我都聽到了。武藏哥不能來，剛才我已經聽到你們的對話了……」

「妳都聽到了嗎？」

「是的，不必爲此嘆息，也不必悲傷。現在最重要的是我要到小倉親眼目睹這場比武。我們無法預測武藏絕對平安無事，所以，我是抱著爲他料理後事的心情。」

「可是，妳的病……」

「病？」

阿通已經完全忘記自己是個病人。即使經城太郎這麼提醒，她的意志力還是凌駕在肉體之上，表現出健康又自信的樣子。

「你們別擔心……我不會有事的。不，即使有事，在我看到比武之前……」

決不會死！

阿通強嚥下最後一句話，沒說出口。並立刻收拾好身邊的東西，沿著小舟邊緣爬上岸。

「……」

城太郎雙手掩面背對著阿通，老太婆則已泣不成聲了。

老鷹和女人

1

慶長五年之亂發生前，毛利壹岐守勝信的居城小倉又叫勝野城，慶長之亂以後，修築新城，增建了白壁和棟樑，更顯出城池的宏偉。

經過細川忠興、忠利兩代，小倉城已是國主之府。

巖流佐佐木小次郎隔日便登城教導忠利公和藩士劍術。他的劍法源自富田勢源的富田流，經過鐘卷自齋的指引，再綜合自己的創意和二祖的功夫，成爲——巖流劍法。自從他到豊前來，短短幾年間，已經在藩裏上下蔚爲風氣，甚至風靡九州地區，遠至四國、中國常有人慕名而來，住在城邊向他請教，還有很多人想進入他門下學習，以取得證書歸鄉。

他的劍法儼然已是衆望所歸。就連主君忠利也都欣慰地說：

「我慧眼識英雄。」

家中上下也都稱讚他——

「的確是個人才。」

這是大家對他的認同。

氏家孫四郎在小次郎赴任之前是藩裏新陰流派的武術教練。可是在後起之秀巖流的光芒下，孫四郎風采頓失，已經沒有立足之地。

然而，小次郎卻對忠利公請求說：

「請主君別捨棄孫四郎先生，雖然他的劍法較不起眼，但是與我這年輕人相比，總有他過人之處。」

小次郎肯定他，並提議與氏家孫四郎輪值教練一職。

有一次，忠利公說：

「小次郎說孫四郎的劍雖不起眼，但有他的過人之處。而孫四郎也說小次郎的刀法天賦異稟，非自己所能及。看來只有兩人比畫一下，才能分出高低。」

兩人聽了立刻說道：

「遵命！」

便拿著木劍走到主人面前。小次郎趁機：

「在下惶恐。」

說著，先放下木劍，在孫四郎腳邊行禮，孫四郎也連忙回禮：

「不，您太客氣了，我絕不是您的對手。」

兩人互相謙讓。

如此一來，更增添小次郎的聲譽。

「不愧是巖流師父。」

「他眞偉大啊！」

「也很深奧。」

「簡直深不見底。」

博得大家的讚賞之後，現在他登上教練寶座。身邊常有七名拿著槍矛的隨從。前往城內授武時，半路上也會有人爲了瞻仰他的英姿，特地到馬前向他行禮，以表敬意。

可是，

即使小次郎對聲譽中落的氏家孫四郎再寬宏大量，若有人提到——

武藏最近不知如何？

只要口中提到宮本或武藏之名，甚至提到近畿以及中國對武藏的好評。

啊！武藏嗎？

巖流的語氣馬上轉爲冷淡，變成心胸狹窄的人。

最近那傢伙竟然能聞名於世，還自稱二刀流呢！原本他也只不過是有點蠻力，可能是在京都、大坂一帶沒人與他匹敵罷了。

小次郎雖不毀謗也不讚賞，他經常控制自己避免流露出對武藏的敵意。

2

有一次，一名武士拜訪巖流在萩之小路的宅第。他說：

「雖然我沒見過武藏。然而武藏並非浪得虛名，除了柳生家的中興石舟齋之外，上泉塚原以後就屬他是當今的名人——如果說他是名人是過獎的話，也可說他是個高手。」

此人並不清楚小次郎與武藏多年來的心結，談得興致高昂、滔滔不絕。

「是這樣嗎？哈哈哈！」

小次郎巖流並未掩飾自己的表情，冷冷地苦笑道：

「這世上盲眼人還眞多。有人說他是名人，有人說他是高人……事實上，以兵法而言，他的水準不夠；以風格而論，他太頹廢，只善於賣名，賣弄小聰明。不只如此，還有證據證明他曾經暴力橫行。有很多人不知道，可是我巖流卻曾經目睹他在京都賣弄虛名，跟吉岡一門比武，卻在一乘寺村殺了一個十二、三歲的小孩，可說是殘忍卑劣之至。當時吉岡的確是人多勢衆，他則一人抵擋，但也是很快就逃之夭夭。除此之外，觀察他的爲人處事、他的野心，都令人唾棄。這是我的看法……哈哈哈，如果在兵法上說他是高手，我勉強贊同，但我卻不認爲他在劍法上稱得上是高手，世人太容易受騙了。」

如果與小次郎議論的人，更進一步稱讚武藏的話，聽在巖流耳中，有如在嘲諷自己似地，他會滿臉通紅，但嘴巴還是說道：

「武藏不但殘忍，而且卑鄙，不夠格當個兵法家。」

在別人尚未清楚武藏之前，小次郎已經企圖陷害，明示自己的反感。

雖然如此，藩裏還是有人尊敬武藏。

「武藏是一個人格高尚的人。」

他們對於小次郎的批評都感到意外，最後有人不禁猜測——

看來武藏和佐佐木先生之間可能有宿怨。

不久，甚至傳出——

最近奉主君之命兩人比武。

藩裏上下這幾個月來，都在留意比武的日期和地點。

同時，在城裏城外一片流言當中，有一個人朝夕必會走訪萩之小路的巖流宅第，那便是藩老岩間角兵衛。

由於角兵衛在江戶將他推薦給主君的關係，現在與小次郎形同家人。

今天已是四月初了。

八重櫻開始飄落，紅色的杜鵑花點綴在泉石之間。

「他在嗎？」

岩間來訪，他隨著帶路的小武士來到後院。

「喔！是岩間大人。」

客廳裏陽光普照，主人佐佐木巖流站在庭院裏。他的手臂上站著一隻老鷹。

這隻老鷹看起來很溫馴，正在啄食小次郎掌上的食物。

3

奉主人忠利之名，與武藏的比武成為定案之後，岩間角兵衛與主人商量，決定小次郎暫且不必登城指導劍術，准他靜心休養，賦閒在家。

「巖流先生，今天主人已經決定了比武的地點。我趕緊來通知你。」

角兵衛站著說話。

小武士已在書房備好席位，向角兵衛說道：

「請。」

角兵衛只對他點個頭，繼續說：

「起初，有人提議在聞長濱或紫川河邊，後來大家認為這兩個場地都太狹窄，即使用繩子圍起來，也防止不了觀戰羣衆混進來……」

「原來如此。」

巖流餵食臂上的老鷹，端詳牠的眼睛和嘴巴。

他這超然的姿態，似乎不在乎世上的傳言和評論。
角兵衛特地來告知此事，沒想到對方竟然一副毫不在乎。
「別站著說話，快，快進屋來……」
好像角兵衛是主人似的。
「請等一下。」
巖流別無他念。
「等我餵完手上的食物。」
「這是主人賜給你的老鷹嗎？」
「是的。去年秋天，我陪主人獵鷹，他親手賞賜給我，並取名為天弓。現在牠既溫馴、又討人喜歡。」
他丟棄手中的食物，抓著紅色的繩子。
「辰之助，把鷹帶回小屋。」
他回頭把老鷹交給身後的少年。
「是的。」
辰之助帶著鷹退回小屋。這座宅第寬廣，沿山而築，四周全都是松樹林。牆外連接到津的河岸，附近也有不少藩士的房子。他們來到書房坐下來。
「失禮了。」

巖流說道。

「不，不，我們不是外人，我到這裏來，好像回到自己家裏或兒子家一樣。」

角兵衛一派輕鬆。

此時一名妙齡小侍女風情款款地端茶進來。

她看了客人一眼：

「只是粗茶。」

角兵衛回頭：

「喔！是阿光，妳越來越漂亮了。」

他接過茶杯，阿光羞得滿臉通紅。

「請慢用。」

她像逃跑似地避開客人的目光，躲到紙門後面。

「老鷹若能養得溫馴，也很可愛，但牠畢竟是兇猛的鳥。比起天弓這隻老鷹，還是把阿光留在身旁比較好，我也想找個時間跟你談談阿光的事。」

「阿光是否去過岩間大的府上，跟您說過心裏話？」

「雖然她叫我保密，但我覺得沒有隱瞞的必要。老實說，她的確來跟我商量過。」

「這女人對我可是守口如瓶，什麼都沒說。」

巖流瞪了一眼白色的紙門。

4

「別生氣，不能怪她。」

岩間角兵衛安撫小次郎的怒氣，等小次郎情緒緩和之後，說道：

「也不能怪女人會這麼想，並非她懷疑你的心意，而是，如果繼續這樣下去的話，將來不知會如何？換做別人也會這麼想的。」

「這麼說來，阿光把所有的事情都告訴您了……哎呀！眞沒面子。」

「不——」

角兵衛見巖流一臉尷尬，忙爲他排解。

「這是男女之間常有的事。而且你也到娶妻成家的年齡了，尤其住在這麼大的房子，還有這麼多門人供你使喚。」

「可是，我只是想把她留在家裏當小侍女，沒想到人言可畏。」

「所以現在你更不能拋棄阿光。如果她的條件不足以當妻子，你還有話可說，然而她出身良好，身分高貴。聽說是江戶小野治郎右衛門忠明的侄女。」

「沒錯。」

「聽說你獨自前去挑戰治郎右衛門忠明的武館，結果讓忠明瞭解他的小野派一刀流已經沒落了。

那時候，你才與阿光熟識起來。」

「您說的沒錯。我很慚愧，一直瞞著您這恩人，也令我不安，總想找個機會對您說明……正如您所言，跟小野忠明先生比武之後，已經天黑了，那個小姑娘——當時一直陪侍在她的叔父治郎右衛門忠明的身邊，也就是現在的阿光——提著小燈籠，陪我走過皀莢坡黑暗的道路，一直送到街上。」

「嗯……聽說是這樣。」

「當時在路上，我只是跟她開開玩笑，沒想到她信以爲眞。後來治郎右衛門出殯以後，她便自己找上門來了。」

「喔！我知道了。事情就是這樣吧！哈哈哈！」

角兵衛笑著揮揮手。

但是，當小次郎從江戶芝區伊皿子搬到小倉來的期間，這名女子早已在小次郎身邊。直到前一陣子，一直被蒙在鼓裏的角兵衛獲悉此事後，除了自責大意外，也對巖流小次郎在這方面的才氣和熟練的手腕，感到非常地佩服。

「哎！這種事就交給我吧！總之，現在不是論及婚嫁的時機。等比完武再好好商量此事吧！」

角兵衛突然想起比武一事。

對角兵衛來說，對手武藏根本不是巖流的對手，甚至認爲可藉此提高巖流的地位和聲譽，大大表現一番。

「剛才談到已經決定比武的場地。本來在城邊太過於混雜，於是有人提議海上比較好，也就是在島上舉行，最好決定在赤間關和門司關之間的一座小島——也就是穴門島，又叫做船島。」

「船島？」

「是的。在武藏尙未到達之前，先去探勘那裏的地勢，也許對比武有所助益。」

5

比武之前，先至場地探勘地勢當然是有利的。

先察看地勢，計畫當日的行動、招式，以及附近是否有樹，先知道太陽的方位，可決定從哪個角度攻擊敵人，這些對於勝負都有微妙的影響，在作戰心態上可先取得先機。

岩間角兵衛提議明天雇一艘釣船，先到船島熟悉地勢。但巖流卻說：

「在兵法上，講求先機。而我已經胸有成竹。過去一些例子，事先預測好破敵的招數反倒易出差錯。我認爲臨機應變比較重要。」

角兵衛點點頭，不再堅持到船島。

巖流吩咐阿光準備酒菜，兩人一直喝到晚上。

岩間角兵衛眼看自己一手提拔的巖流，如今已經聲名大噪，博得主人寵愛，坐擁豪宅。現在在這宅第裏能喝上一杯酒，如此，照顧他也得到回報，值得了。他喝著酒，就像在享受愉快的人生般。

「我看還是把阿光留在身邊吧！總之，等比武結束，邀請你故鄉裏的親朋好友，舉行婚禮。雖然對劍道必須執著，但是鞏固一家之聲名也很重要。如果連這點也能夠幫上忙，那我角兵衛對你的照顧也算周到了。」

他認爲自己能夠代替父職，暗自喜悅。巖流則一直保持清醒。

這一整天，巖流幾乎未開口說話。越接近比武的日子，出入的人愈多，雖然不必隔日登城指導，卻繁於接客，無法靜修。

雖然如此，他也無法謝絕客人。因爲他擔心人們會說：巖流先生避不見客。對此，巖流非常在意。

「辰之助，把鷹帶出來。」

他準備去野外，把老鷹天弓帶在手臂上，決定一大早外出。

在四月上旬的好天氣裏，帶著老鷹走在野外，光是散步便能好好地養精蓄銳。

老鷹張著琥珀色的眼眸，翱翔於空中追逐獵物。巖流的眼睛緊盯不放。

老鷹的爪子抓住獵物時，小鳥的羽毛從空中飄落。

巖流屏氣凝神，注視這一切。他感到自己彷彿是那隻老鷹。

「……對，那裏。」

他也懂得馴鷹。這一天他的臉上增添不少自信的風采。

但是，傍晚回到家裏，看到阿光哭腫的眼睛仍試圖用化妝來掩飾。這讓巖流心裏感到難過無比。

本來他信心十足，堅信不會敗給武藏，然而看到阿光，竟會讓他心亂如麻。

要是跟她永別了……

他甚至想到死後的事。更奇妙地是，現在竟然想起平常很少憶及的亡母。已經剩下沒幾天了。

每晚臨睡前，他總會想起此事。在他腦海中不斷出現琥珀色的鷹眼，以及憂傷哭腫的阿光的眼睛，互相交替，而母親的身影就交錯其間。

十三日前

1

無論是在赤間關、門司關，或小倉城邊，這幾天的旅客走的少，留的多，每間旅館幾乎客滿，旅館前的繫馬樁也栓滿了馬匹。

公告

一則

十三日辰時上刻於豊前長門之海門、船島。

本藩士巖流佐佐木小次郎如儀前往比武。

對手作州浪人宮本武藏政名也。

二則

當日府中嚴禁火器。

雙方友人或欲助一臂之力者，嚴禁渡海。
遊覽船隻、渡船、漁船一律禁止往來於海門。
以上之規定僅限於辰時下刻。
慶長十九年四月

各地高掛告示牌。
無論碼頭、十字路口或告示廣場都有很多旅人在此駐足圍觀。
「十三日就是後天了。」
「聽說有人大老遠來觀戰。我們要不要也留下來看呢？」
「笨蛋，比武的場地船島離岸邊還有一里路，你根本看不到。」
「不，如果爬上風師山，便可看到船島海邊的松樹。即使看不清楚也可以看到當天藩裏水手的陣營，在豊前長門兩岸，光是看熱鬧也好啊！」
「如果天晴就好了。」
「不必擔心，這幾天不可能下雨。」
街頭巷尾，如此議論紛紛。
遊覽船以及其他海上的往來，在辰時下刻必須停止。因此船東非常失望，旅客們卻興致勃勃地期待看這場熱鬧。

十一日中午。

從門司關往小倉方向的城下口，有一家小飯館，一名女子正在店前哄慰小孩。

前一陣子又八在大坂河邊驚見這名女子，最後追上她。她正是朱實。

小孩不斷地哭泣。

「是不是睏了？乖乖睡睡！喔媽媽拍拍……」

她餵小孩吃奶，腳打拍子唱著歌謠。她一點也不在乎自己的外表，臉未化妝，她眼中只有孩子。

人總是會變的——以前認識朱實的人一定會這麼想。但對她本身而言，這種生活方式並無任何不自然之處。

「娃娃睡了沒？還在哭嗎？喂！朱實。」

從飯館裏走出來的是又八。

最近他才還俗。剃過的頭髮還沒長長，隨手以頭巾包住，身上穿著粗染的背心。當時他追上朱實之後，兩人結爲夫妻，離開了大坂。爲了賺取路上的盤纏，他肩上掛著賣糖袋，沿途叫賣。爲了讓妻子有豐富的奶水餵小孩，他勤勞工作，一點一滴地存錢，直至今日終於來到小倉。

「換我來抱吧！妳快去吃飯。要是奶水不足就糟了。多吃一點，多吃一點。」

又八抱過小孩走到屋外，口中哼著搖籃曲。

一名鄉下武士裝扮的旅人經過該處。

「咦？」

他看到又八，又折了回來。

2

抱著小孩的又八也望著折回來的武士。

「噢？」

他不記得這名武士，也不記得在哪裏見過面？只覺面熟。

「數年前，在京都九條的松樹林跟你見過面，我是一宮源八啊！當時我還是一名六部，也難怪你會記不得。」

鄉下武士說著。

即使如此，又八還是想不起來。一宮源八又說：

「那時你以小次郎之名到處行騙，而我卻相信你是眞的佐佐木小次郎……」

「啊！你就是那時候的……」

又八想起來了，大聲地說。鄉下武士立刻接口：

「沒錯，我就是當時的六部。」

「哎呀！好久不見了。」

又八向他行禮，好不容易睡著的小孩又醒了，開始哭泣。

「喔！乖乖乖別哭，別哭。」

話題被打斷，一宮源八急著要趕路，問道：

「聽說佐佐木先生住在城邊，你可知道是在哪裏？」

「不，我不知道。我也是最近才搬來此地的。」

「這麼說來，你也是來看他和武藏的比武嘍？」

「不……不專為此而來。」

這時剛好有兩個人從小飯館出來，聽到又八他們的對話，便對源八說：

「巖流先生的宅第在紫川河邊，跟我家主人的宅第在同一條小路。如果你要去，我們可以同行。」

「哦！太好了……又八，我們下次再見了。」

源八立刻跟那兩個人走了。

又八望著他風塵僕僕的背影。

「難道他是從遙遠的上州來的？」

可見後天的比武已經傳遍各地了。

回想多年前——

自己拿著源八到處尋找的中條流的證書、目錄，藉小次郎之名到處招搖撞騙，想起當時自己的樣子，真令人悔恨交加，恨自己為何如此膚淺、如此怠惰，心中痛苦無比。

仔細想想——

現在的自己跟以前比起來的確有進步。

連我這種凡夫俗子，只要立志改過自新，慢慢地也會變好的。

朱實在飯館吃飯，聽到小孩的哭聲趕緊跑出來。

「對不起。我來背，孩子放到我背上。」

「不必再餵奶了嗎？」

「可能是睏了，哄一下就會睡的。」

「是嗎？……來。」

又八抱小孩到朱實背上。然後胸前掛上賣糖袋。

這一對賣糖果的夫婦感情濃蜜，路人都以羨慕的眼光看他們。一般人對自己大都心存不滿，因此在路邊看到這般景象都羨慕不已。

「好可愛的小孩，幾歲了……哦！他笑了。」

有位氣質優雅的老太婆走在後面，逗著朱實背上的小孩。這老太婆看來很喜歡小孩，甚至叫隨行的男僕一起來看孩子可愛的笑臉。

3

又八和朱實正要轉到後街，尋找便宜的客棧。

「你們往哪裏去啊？」

走在後面氣質優雅的老太婆，微笑地與他們道別，正要離開，突然又想起什麼事。

「看來你們也是出外人，可知道佐佐木小次郎住在哪裏？」

又八告訴她剛才有位武士也要去那裏，聽說是在紫川河邊。

老太婆輕輕地說：

「謝謝你！」

說完帶著男僕走開了。

又八目送她離去。

「啊！我的母親現在不知怎麼樣了？」

又八有感而發，喃喃自語。

養兒方知父母恩，又八最近才慢慢瞭解當父母的心情。

「我們走吧！」

朱實搖幌著背上的小孩，在又八後面等待。可是，又八卻茫然地目送老太婆離去。

今天老鷹和小次郎都在家裏。從傍晚就不斷來訪的客人，擠滿了庭院。怪不得主人和老鷹都出不了門。

「這的確令人欣慰。」

「從此打響巖流師父的名聲。」

「的確値得慶賀。」

「當然。他即將舉世聞名了。」

「可是，對方是武藏。可得特別留意。」

大門和側門堆滿了客人的草鞋。

有的遠從京都大坂趕來；有的從中國地區來；更有遠從越前的淨敎寺村來的客人。

小次郎的家僕人手不足，因此岩間角兵衛的家僕也來幫忙招呼客人。另外，藩裏的武士和巖流的徒弟也全聚集在這裏，等待後天——也就是十三日的來臨。

「雖然是後天，可是只剩明天一整天了。」

從聚集在這裏的親戚和門徒的表情看來，無論他們是否瞭解武藏這個人物，似乎每個人都敵視武藏。

再加上吉岡門徒遍布各地，爲數龐大，在他們心中一定還留著一乘寺下松時戰敗的怨恨。

此外，這十年來武藏在不知不覺中樹立不少敵人。其中一些人趁此機會前來投靠小次郎以對付武藏。

「有一位從上州來的客人。」

年輕的隨從帶一位客人來到客廳。

「我叫做一宮源八。」

這位客人裝扮樸實，態度愼重地對大家打招呼。

「從上州來的？」

大家聽到從這麼遠的地方來，感動得望著源八。

源八自稱從上州白雲山求了一個護身符，並請門人將之供奉在神案上。

「他還特地去祈願啊！」

源八這份特別的心意，更加強衆人的信心。

「十三日會天晴吧！」

大家從廂房仰望天空。此時已是十一日的黃昏，晚霞染紅了天邊。

4

客廳裏的一大羣人當中，有一個人開口說話。

「上州來的一宮源八先生爲了巖流師父特地大老遠爲他祈福，眞是奇特之舉啊！請問您與師父有何關係？」

源八聽了回答說：

「我是上州下仁田草薙家的家臣。草薙家的亡主天鬼，是鐘卷自齋師父的侄子，從小便認識小次郎。」

「啊！我聽說巖流師父少年時代就在中條流的鐘卷自齋身邊。」

「他和伊藤彌五郎一刀齋是同門兄弟。我聽說小次郎的刀法比彌五郎還要高明。」

源八又說，小次郎拒絕了其師自齋的印可目錄，獨創自己的流派，可說打從年少便養成不服輸的個性。

「師父呢？……師父不在這裏嗎？」

此時，一個看門的武士來找小次郎。發現小次郎不在這裏，正要轉到他處尋找，客人們立刻追問他：

「有什麼事？」

看門的武士回答：

「有一位自稱從岩國來的老太婆，希望能與小次郎見面，現在正在門口等候。」

門房說完便到各房間尋找小次郎。

「奇怪，也不在房裏。」

阿光正好在打掃房間，便告訴他：

「師父在老鷹的小屋裏。」

5

屋內高朋滿座。巖流趁機溜到老鷹的小屋，給牠餵食，並替牠整理羽毛，放在手臂上把玩。

「師父。」

「誰？」

「我是門房。剛才有一名老太婆自稱從岩國來的，希望跟您見面。」

「老太婆？奇怪，我母親已經去世多年，是不是我母親的妹妹，我的阿姨？」

「我要把她帶到哪裏？」

「此時我不想見任何人……如果是我阿姨的話，就另當別論。把她帶到我房間來。」

門房一離開，小次郎便對外呼叫：

「辰之助。」

辰之助是小次郎的貼身弟子。

「是。您有何吩咐？」

辰之助進到小屋裏，單膝跪在小次郎後面。

「今天是十一日，後天馬上要到了。」

「是的，快到了。」

「我久未登城，明天想去見主人，然後靜靜等待一夜。」

「現在客人太多，一片混亂。明天必須停止見客，好讓您能安安靜靜地睡個好覺。」

「眞希望如此。」

「客廳擠滿了人，簡直是人山人海。」

「別抱怨。這些人爲了支持我巖流從遠近各地而來。但是勝敗是靠時運——雖然不完全是運氣，但是與兵家的興亡是相同道理。如果我不幸敗亡，在書房我留有兩分遺書。一分給岩間大人，一分給阿光，請你轉交給他們。」

「爲何寫遺書？……」

「這是武士的精神，理所當然的事。另外，當天早上允許一名隨從同行，你就陪我到船島，可以嗎？」

「這是我的榮幸。」

「天弓也一起去。」

他望著站在木頭上的老鷹。

「讓老鷹停在你的手臂上帶到船島。在海上一哩路的行程中，也可消遣吧！」

「我知道了。」

「現在去向岩國的阿姨打招呼吧！」

巖流走出屋門。但此時他的心情並不想見她。

岩國來的阿姨已經坐在上位。

黃昏的雲猶如鐵灰般漸漸黯淡，室內已點上燈。

「哎！您來了。」

巖流坐在末座，伏首行禮。自從母親死後，幾乎由這位阿姨將自己撫養長大。母親有些時候會溺愛自己，然而這個阿姨對自己卻是嚴加管教。一來是因爲自己是她的外甥，二來是因爲自己背負著佐佐木家的聲名，而這個阿姨是目睹自己將來功成名就的唯一親人。

6

「小次郎，這次你將面臨一生中最大的考驗。在故鄉岩國，大家互相走告。我忍不住才來見你。現在看到你長得如此壯碩且已功成名就，我感到非常高興。」

小次郎在少年時期便背著家傳的一把刀，離開故鄉。現在已經具備堂堂一家的氣度。因此，這位阿姨比較今昔之不同，感嘆萬千。

巖流低著頭說：

「這十年來沒給您音訊，請您寬恕。在別人眼中，我似乎已經成功，然而小次郎我胸懷大志，並不以此事滿足。因此，我才沒跟故鄉聯絡。」

「哎呀！你說什麼話，即使你不來信，你的消息也會隨風而至。」

「我在岩國也受到如此的風評嗎？」

「不只如此。家鄉都在談論這次的比賽。他們說，如果你敗給武藏將是岩國的恥辱，也是佐佐木一家的恥辱。爲此，家鄉的父老很多人要來聲援你，連吉川藩的客人分片山伯耆守久安大人也率領成羣門下到小倉來支持你。」

「來看比武的嗎？」

「沒錯。但是告示牌公布後天禁止所有的船隻出海。我想很多人因此而大感失望……哦！光顧著說話，我忘了一件事。小次郎，這是我從家鄉帶來的土產，請你收下。」

阿姨解開行李，拿出一件摺好的內衣。那是一件白色的棉布衣，上面寫著八幡大菩薩摩利支天的名號。另外兩袖上用梵文寫著「必勝」的字樣，並且是由一百人的針細細縫製而成的內衣。

「非常謝謝您！」

小次郎收下之後又說：

「想必阿姨您也累了。家裏客人衆多，就請您在這個房間休息。」

巖流趁此機會向阿姨告退，到別的房間去。在那裏的客人看到小次郎立刻說：

「這是南山八藩的護身符，當天請您戴在身上。」

有人送護身符，有人甚至送來金縷衣，也有人帶著酒菜放在廚房，到處堆滿東西使得巖流幾乎連走路的地方都沒有。

這些支持者都期待他的勝利。有十之八九的人深信勝利必屬於巖流，並期待巖流將來身居要位時，能拉拔拉拔自己。

如果我只是一介浪人的話。

巖流突然感到一陣寂寞。但他之所以自信滿滿，並非緣於這些聲援者，而是自己。

勝利必屬於我。

他這麼想著。雖然心底深處明白這種想法會妨礙比武，卻無法克制這種期待。

我一定要贏，我一定要贏。

雖然別人看不出他的心思——不，應該說小次郎自己也未意識到，在他心靈深處已經不斷地湧現微小的波濤。

到了晚上，

有人出去探聽消息，並回來向聚集在廣場飲酒吃飯的大衆稟報：

「聽說今天武藏已經到了。」

「聽說他在門司關上船，已經到了城邊。」

「他可能會在長岡佐渡的宅第落腳。待會兒派人去那兒打聽一下。」

大家暗中傳送消息，引來一陣騷動，彷彿比武即將在今夜發生一般。

馬草鞋

1

先前傳到巖流宅第的消息是正確的。

武藏於當天傍晚已經出現在這塊土地上。

武藏經海路來到此地。早在幾天前他就抵達赤間關，卻無人認出他來。當時，武藏一直留在某地方休息。

他打算十一日渡過對面的陸地門司關，再到小倉城拜訪藩老長岡佐渡，向他打聲招呼並詢問當日比武的地點、時刻以及規則，之後馬上離開。

出來應門的長岡家士，雖然聽了武藏的交代，卻不敢相信眼前的人就是武藏。

「眞不巧，主人正在城裏，我想很快就會回來了。請您進屋休息等待。」

「請把我剛才所說的話轉達給他，我沒有別的事了。」

「可是您特地前來……如果讓您走了，待會兒我可能會受主人的責罵。」

應門的家士不願讓武藏回去，強行挽留。

「雖然佐渡大人不在。還是請您入屋裏稍作等待。」

說完，趕緊進屋稟報。

這時，走廊上傳來跑步聲。

「師父！」

一名少年從門內跳出，一把抱住武藏。

「喔！是伊織啊！」

「師父……」

「你在念書嗎？」

「是的。」

「你長大了。」

「師父。」

「什麼事？」

「師父早就知道我在這裏嗎？」

「是長岡大人寫信告訴我。而且我在船東小林太郎左衛門的宅裏也聽說了。」

「所以你一點都不驚訝？」

「嗯。你受這家主人的照顧，我很放心。」

「……」

「你怎麼了？」

武藏摸摸他的頭。

「你受佐渡大人的照顧，可別忘了他的大恩。」

「是。」

「除了練武、做學問，平常對大家都得禮讓。可是要做的事，得搶先去做。」

「知道了。」

「你父母雙亡，缺乏骨肉至親，個性上較容易憤世嫉俗……這是最要不得的。你要常存一顆溫暖的心。如果你缺乏一顆溫暖的心，也無法體會溫馨的人情。」

「是。」

「雖然你非常伶俐，但是遇到不如意的事容易急躁，充滿野性，因此不得不愼重行事。你還年輕，還有很長的路要走，但記住要愛惜生命。雖然有時爲了國家、爲了武士道的精神，可以捨生取義——除此之外，你必須珍惜你的生命。活得光明正大，活得有意義。」

武藏抱著伊織的頭，語重心長地說了這段話。少年敏感的心本來已經很難過了，一聽到生命二字，突然貼著武藏的胸膛嚎啕大哭。

2

伊織自從住在長岡家以來，行爲變得端莊，瀏海也梳得整齊，連襪子都挑白色的，一點也不像這裏的傭人。

武藏見此光景，非常放心。他有點後悔剛才不該說那些多餘的話。

「別哭了。」

伊織卻哭個不停。淚水沾溼武藏的衣襟。

「師父……」

「你哭什麼？人家會笑你的。」

「可是師父後天就要到船島去了。」

「我不能不去。」

「您一定要贏。我害怕以後再也見不到您。」

「哈哈哈！伊織，原來你是爲了後天的事才流淚嗎？」

「可是，很多人都說您不是巖流的對手。大家都說您是被迫答應的。」

「是嗎？」

「您一定要贏。師父，您會贏吧！」

「伊織，別想太多。」

「那麼，沒問題，是不是？」

「我只想即使打敗也要敗得漂亮。」

「如果您沒有勝算……師父，趁現在快點逃到他鄉去吧！」

「就像大家所說，這個約定是推不掉的。事情已到這地步，如果我逃走了，武士道會因之蒙垢。這不只是我個人的恥辱，世人的心也將爲之墮落。」

「可是，你剛才不是叫我要愛惜生命嗎？」

「的確如此。可是，我教你的都是我的缺點。我要讓你知道，我的缺點、我做不到的事，以及我後悔莫及的事。如果我武藏葬身在船島，對你而言，便是更大的警惕。讓你瞭解，不能勉強行事以致失去生命。」

武藏感慨萬千，更抱緊伊織的頭。

「我已經託門房代爲轉達。不過，佐渡大人回來之後，也請你代我轉達問候之意。總之，我在船島還會遇見他。」

武藏告辭，正欲離去，伊織抓住他的斗笠。

「師父……師父……」

他說不出話來，只是一逕低著頭，一隻手抓著武藏的斗笠，一隻手猛擦著眼淚，雙肩抖動，哭個不停。

這時有人打開旁邊的木門。

「您是宮本先生嗎？我是主人身旁的小侍從，名叫縫殿介。伊織捨不得您離開，我看了也很難過。若是您沒有別的急事，至少在此住上一宿。」

「這——」

武藏回答：

「謝謝你的好意，我也許會命喪船島。如果在此住上一夜、兩夜，在我死後，可能會給大家添麻煩。」

「您太多慮了。若您走了，主人回來一定會責備我們。」

「我在信裏已經對佐渡大人解釋清楚了。今天來此，只是向他報告我到此的行蹤。請你代爲轉達。」

說完，武藏轉身離去。

3

「喂——」

有人在呼叫。

不久，又聽到有人在叫：

「喂——」

離開長岡佐渡的宅第，從侍小路走到傳馬河岸，又往到津海邊方向走去的武藏背後——有人揮手叫他。

原來是四、五名武士。

他們是細川家的藩士。而且個個都上了年紀，甚至有位白髮的老武士。

但武藏並未察覺。

他默默地站在岸邊。

西邊的彩霞漸漸昏暗，漁船灰色的帆影靜靜地停泊在海上。距此約一里的船島，正好位於旁邊較大的彥島之陰影下。

「武藏先生。」

「您不是宮本先生嗎？」

老藩士們跑向他。

剛才他們在遠方呼叫的時候，武藏曾經回頭，也看到這些人跑過來。然因都是不認識的人，沒想到是在叫自己。

「咦？」

武藏一臉困惑，年長的老武士說道：

「你已經忘了。也難怪你不記得我們。我叫內海孫兵衛丞。我的故鄉是作州竹山城的新免家，人稱我們是六人組。」

另外一人接著說：

「我叫香山半太夫。」

「我是井戶龜右衛門丞。」

「船曳杢右衛門丞。」

「木南加賀四郎。」

衆人一一報上名來。

「我們不但與你同鄉，而且內海孫兵衛丞和香山半太夫兩位老人跟你父親新免無二齋還是至交。」

「喔，眞的嗎？」

武藏面露笑容，對他們行禮致意。

的確，這些人講話的腔調帶著濃厚的鄉音。而且這鄉音使武藏回想起自己的少年時代，甚至懷念起故鄉。

「請恕我未及時報上姓名。在下是宮本村的無二齋之子。年幼時名叫武藏……敢問家鄉各位父老爲何聚集在此地？」

「關原之戰後，如你所知，新免主家滅亡。我們也淪落爲浪人，漂泊於九州。後來來到豐前，曾有一時以製造馬草鞋維生，露宿於野外。之後，很幸運地承蒙細川家的大殿下三齋公的收留，現在我們都是該藩的成員。」

「哦！原來如此。沒想到會在此遇見先父的友人。」

「我們也感意外。的確令人懷念……如果死去的無二齋能親眼目睹你的成就，那就太好了。」

半太夫、龜右衛門丞等人互相看了一下，又盯著武藏看。

「喔！忘了重要的事。老實說，剛才我們到過家老的宅第。聽說你曾去拜訪，卻又立刻告辭。我們才慌慌張張地追了過來。佐渡大人也說過，如果你到小倉來一定要在此過一夜，讓我們設上一夕之宴款待你。」

杢右衛門丞說完，半太夫也接著說：

「沒錯。怎麼可以在大門打個招呼就回去。無二齋的兒子！快跟我們來。」

這些父親的老朋友也不問武藏同不同意便自顧走在前面。

4

武藏雖然拒絕，終究還是跟著走。

「不，我還是別去好了。謝謝你們的好意。」

武藏停下腳步，向他們推辭，大家異口同聲說道：

「爲什麼？我們幾個同鄉特地前來迎接，並爲你大事慶祝，你竟然……」

「佐渡大人也有此意。如果你不去，恐怕無法向佐渡大人交代。」

「還是你有什麼不滿意的地方。」

武藏這麼堅持似乎有傷他們的顏面。尤其是無二齋生前的莫逆之交內海孫兵衛丞更是說：

「豈有此理！」

他一臉不悅。

「我絕不是這個意思。」

不管武藏如何誠懇道歉，還是無法擺平，只好解釋道：

「街頭巷尾到處在談論比武之事。我在路上也聽說爲了這次的比武，細川家的兩位家老長岡佐渡和岩間角兵衛已成對立局面。藩內的家士分別支持這兩股勢力，各峙一方。有人擁護巖流，博得君寵。而長岡大人爲了排斥這股勢力，更是拉攏自己的派閥。」

「哦……」

「這些雖然都是傳聞，也許是衆人的推測——然而人言可畏。我是一介浪人，這些流言對我毫無影響，但在藩政上舉足輕重的長岡和岩間，如果得不到老百姓的信任就不行了。」

「哦！原來如此。」

老人們大聲地回答：

「因此你才有所忌憚，不敢進入家老的宅第？」

「不，這只是一個藉口。」

武藏微笑地否認。

「老實說，我生來就是個粗人，喜歡自由自在。」

「我們已經瞭解你的心意。仔細想想，無火不生煙，我們也頗有同感。」

大家都瞭解武藏的一番用心。但若就此分手，又太令人遺憾，大家商議結果，最後木南加賀四郎代表衆人告訴武藏。

「每年的四月十一日，也就是今天，我們都會聚會，十年來從未間斷。而且人數只限我們同鄉六人，但你與我們不但同鄉而且你父親無二齊的摯友也在這裏，因此剛才我們商量的結果，不管你是否感到不便，我們想邀請你來參加聚會——這與家老的宅第不同，不會招人議論，不知你意下如何？」

又說：

「先前我們也決定，如果你留在長岡家裏，我們就將聚會延期。也是爲了弄清楚，我們才會到長岡家去的。總之，你是想避免在長岡家住宿，所以今夜不妨就來參加我們的聚會吧！」

5

武藏至此拒絕不了。

「既然你們這麼說……好吧！」

武藏承諾，大家都非常高興。

「那麼快走吧！」

大家彼此打招呼，只有木南加賀四郎留在武藏身邊。

「待會兒席上見。」

說完，各自回家去了。

武藏和加賀四郎到附近茶店等待日落。最後，在星空下加賀四郎帶著武藏來到距離城鎮約半里路的到津橋。

這裏是城邊的街道，沒有藩士的宅第，所以也看不到像樣的酒館。橋頭附近，一些爲旅人和馬伕而設的簡陋酒店和客棧的燈火以及屋簷，幾乎都埋藏在茂盛的雜草叢中。

這地方眞奇怪？

武藏不得不起疑心。這些人當中，香山半太夫、內海孫兵衛丞等人年事已高，而且在藩裏有不錯的職位，一年一度的聚會，竟然會選在這種偏僻的荒郊野外舉行，實在太奇怪了。

難道對方想藉此機會加害自己？

可是，武藏卻看不出他們有任何殺氣。

「武藏先生，大家都到齊了，請往這邊來。」

剛才請武藏站在橋頭等待，獨自察視河岸的加賀四郎，在確定情況之後，沿著堤上的小路先行走下去。

「啊，席位設在船上嗎？」

武藏對於自己的狐疑不禁苦笑。他也隨後走到河岸。可是，那裏根本沒有船隻的影子。包括加賀四郎，六名藩士已經到齊。

他們在岸邊鋪了兩、三張草蓆，剛才的香山、內海兩位老人帶頭坐在蓆子上，井戶龜右衛門丞、船曳杢右衛門丞、安積八彌太等人也端坐在蓆上。

「席位太寒酸，實在失禮。碰巧同鄉的武藏能來參加我們一年一度的聚會，也是因緣際會，請坐下來休息吧！」

說著，遞給他一張座蓆，並介紹剛才沒出現的安積八彌太。

「他也是作州浪人，現在在細川家管理馬匹。」

大家態度謙恭有禮，與在金碧輝煌的客廳的禮節毫無兩樣。

武藏更覺奇怪。

是大家的風流雅興？還是爲了避人耳目？然而，即使是坐在一張草蓆上，客人還是須注意客人的禮貌，因此武藏正襟危坐。終於，年長者內海孫兵衛丞說道：

「這位客人放輕鬆點，不必拘謹。雖然我們準備了一些酒菜，但等一下再來享用，現在先做我們聚會該做的事，必須花點時間，請你耐心等待。」

說完，大家重新盤坐在蓆上，拿出準備好的稻草，開始編起馬草鞋。

6

雖然手上編著馬草鞋，但每個藩士都專心一致，態度謹愼又虔誠。

手上抹著口水，合掌搓著稻草，心無旁騖，充滿熱勁。

「……？」

武藏感到奇怪，但他並未以奇怪的眼光看大家做事，也不懷疑他們。

他只是靜靜坐在一旁觀看。

「好了嗎？」

香山半太夫老人問其他人。

這位老人已經做好一雙草鞋。

接著，木南加賀四郎也說：

「我做好了。」

「我也是。」

安積八彌太將做好的草鞋，放到香山老人面前。

陸陸續續地六雙草鞋已經完成。

大家拍去褲子上的稻草屑，重新穿上背心，並將六雙馬草鞋放在供奉架上，擺在六人中間。

另外一個供奉架上擺著酒瓶和酒杯。

「各位。」

年長的內海孫兵衛丞向大家說：

「慶長五年是我們難忘的日子。從那時的關原之役至今已十三年，沒想到大家能夠如此長命，今日有幸受藩主細川公之庇護，此等恩情連子孫都沒齒難忘。」

「是的。」

衆人微低首，聽孫兵衛丞說話。

「雖然舊主新免家已經滅亡，但祖先代代的恩惠亦不能忘記。還有，我們在此地流浪的日子，曾經落魄到極點，大家更是不能忘記……因此每年一次聚會，將這三件事銘記在心，今年爲了消災除厄，我們一起慶祝。」

「就如孫兵衛丞先生所言，我們日常生活不得忘記藩公的慈愛、舊主的恩惠以及飄零的歲月，更要感謝今天上天賜給我們的恩典。」

其他人也異口同聲說著。

主持的孫兵衛丞說道：

「行禮。」

「是。」

六人端正膝蓋，兩手扶地，面對夜空下的小倉城行禮。

接著，面對舊主之地，也就是祖先之地——作州的方向同樣行禮。

最後，雙手各自捧著自己做的馬草鞋，誠心跪拜。

「武藏先生，現在我們要到河邊的氏神社去參拜，獻上草鞋。之後，我們的儀式便告完成。屆時再把酒言歡，請你再等一會兒。」

有一人捧著馬草鞋的供奉架走在前面，另五名跟隨在後，往氏神社走去。

他們把馬草鞋掛在牌樓前的樹上，合掌默禱之後，才一起回到河邊的蓆位上。

然後開始飲酒。

他們帶來的食物有清煮的芋頭、豆芽味噌湯、筍子和一些魚乾，都是這附近簡樸的農家菜。

大家杯觥交錯，笑聲洋溢。

7

喝酒聊天之際，武藏也放鬆心情。

「我能來參加這個特殊的聚會，感到非常榮幸。可是，剛才你們做馬草鞋並供奉伏拜，且面對故鄉和城池跪拜，這到底是怎麼回事？」

武藏問道。

「你問得好。你一定覺得很奇怪。」

內海孫兵衛丞早已在等待武藏提出問題。

慶長五年，在關原之役戰敗的新免家武士們都流落到九州來。

其中，這六人也是戰敗者的一組。

大家雖然窮途末路，但不願向人低頭乞食，即使口渴也不偷泉水來喝。就因爲大家個性頑固，便一起在這街上的橋頭租了一間簡陋的房子，用拿槍支的雙手開始製作馬草鞋。

三年來，所做的草鞋都賣給路上來往的馬伕，以此維生。

這些人不太一樣，絕非泛泛之輩。

馬伕們的傳言立刻傳到藩邸，當時的君主，也就是三齋公聽到這個消息。

他派人來調查，知道這六人是舊新免伊賀守的臣下，由於同情他們的處境，便決定招他們爲藩臣。

前來交涉的細川藩臣說：

「主公有意招聘你們，只是俸祿可能不高。經過衆臣的協議，須給你們六位共計千石的薪餉，各位意下如何？」

藩臣說完便回去了。

六人非常感激三齋公的仁慈。關原之役的戰敗者本應被捕，但主君卻對他們如此寬大爲懷，並須給六人共一千石的糧俸，待遇堪稱優渥。

但是，井戶龜右衛門丞的母親認爲：

應該拒絕。

龜右衛門丞的母親這麼說：

「我對三齋公的仁慈感到欣慰而流淚。但以你們做馬草鞋的身分，要被招募爲藩臣未免太高攀了。話說回來，雖然你們如此落魄，也是新免伊賀守的舊臣，曾經當過藩士。現在竟然爲了六人共領千石而欣然接受。這件事若是傳揚出去，你們做馬草鞋的精神，將爲之消失。再者，要回報三齋公的恩惠，得要有所覺悟，不惜生命奉公。因此，六人同時領千石，猶如領救濟米一般，我無法接受，也許你們想要這個職位，我可不答應兒子加入。」

大家聽了便一起拒絕。藩裏的人回去向主公稟報六人的意思。

三齋公聽完，說：

「長老的內海孫兵衛丞領餉千石，其餘每名兩百石。」

六名出任仕宦已定，即將登城報到時，見過他們寒酸相的隨從向主公稟報：

「得先給他們錢去做進城的服裝。」

三齋公聽了，笑著說：

「等著瞧吧！我招募的武士絕對不會讓我出糗的。」

六名馬草鞋工匠，果然衣冠楚楚、身佩合適的大小二刀，進了城去。

8

武藏興致勃勃地聽著孫兵衛丞訴說往事。

「我們六人受主君徵召，在藩裏奉公，想來這一切皆是天地的恩惠。祖先的恩澤和君公的恩情。但是我們也一直自我警惕，不可忘記露宿野外，製作馬草鞋時的精神。因此，自從到細川家奉公之後，決定每年聚會的日子，在此舖上草蓆，緬懷往事，記取這三項恩德。雖然粗茶淡飯，也能把酒暢歡。」

孫兵衛丞補充說完之後，對武藏舉杯。

「喔！老是在說我們的事，請你原諒。即使是粗茶淡飯，我們的心也與你同在。後天的比武，你大可盡力而爲。萬一不幸落敗，我們會去替你收屍。哈哈哈！」

武藏接過杯子。

「承蒙各位的厚愛，這酒不比瓊漿玉液的美酒差。我要學習各位的精神。」

「沒這回事。你如果向我們學習，可就得做馬草鞋了。」

這時，混著小石塊的土石從堤防上滑落下來。大家仰頭一看，有個蝙蝠般的人影迅速躲藏起來。

「誰？」

木南加賀四郎立刻跳上去。又有一人跟著趕過去看。

他們站在堤防上，望著晚霞彼端，最後終於大笑，告訴下面的武藏和朋友說：

「是巖流的門人。可能看到我們和武藏聚集在此，認爲我們在商討支援武藏的對策。剛才看他慌慌張張的跑走了。」

「啊哈哈！也難怪對方會懷疑。」

這裏每個人都光明磊落。然而，武藏突然想到今夜城裏將是什麼樣的氣氛？

久坐無益。尤其對方是同鄉，更得替他們著想。若是拖累了這幾位武士，心裏會過意不去。武藏感謝大家的好意，想要先走一步，便辭去河邊愉快的聚會，飄然離去。

飄然——

武藏的行蹤永遠是飄忽不定。

翌日。

就是十二日了。

當然，武藏一定住在小倉城下某個地方，等待時候來臨。因此長岡家派人分頭尋找他。

「為何不留下他？」

傭人和門房都被主人長岡佐渡責罵了一頓。

昨夜，邀請武藏到到津河岸飲酒的六名武士，也被佐渡派去四處尋找。

然而，武藏的行蹤成謎。

武藏的行蹤從十一日夜裏就不知去向。

「大事不妙。」

想到明天的比武，佐渡焦急地皺著一雙白眉。

話說巖流久未登城，當天向藩公誠懇地致謝，並舉杯互敬，意氣風發地騎馬回家。

黃昏時刻，城下已經傳遍武藏的流言。

「他一定嚇跑了。」

「一定逃亡了。」

「要不然，那麼多人為何都找不到他？」

流言已經滿天飛。

日出之際

1

逃走了？

一定是逃走了。

這事很有可能。

大家看不到武藏的蹤影。在衆說紛紜中，十三日即將破曉。

長岡佐渡無法成眠。

難道？他左思右想，雖然不認爲武藏是這種人，但也有可能在一夕之間改變心意。

「如何向主君交代？」

他準備切腹謝罪。

當初向主君推薦武藏的是自己。以藩之名舉行這次的比武。如今武藏卻行蹤不明，自己只好自決來向主君交代。佐渡認眞地考慮切腹之事，不知不覺間天已破曉。

「難道是我看錯人了？」

佐渡失望地嘆氣，幾乎要放棄尋找武藏。此時僕人來清掃房間。他便帶著伊織來到庭院。

「我回來了。」

昨晚出去尋找武藏的縫殿介，一臉倦容地出現在側門。

「如何？」

「找不到。我到城邊的旅館詢問，大家都說不知道。」

「到寺院去問了嗎？」

「安積和內海兩人說六人組已分別到府中的寺院、城裏的武館等武士們經常聚集的地方去找了。」

「也還沒回來……」

他們呢？」

佐渡愁容滿面。

透過庭園的樹梢可望見湛藍的海面。白色浪花陣陣衝擊著他的心。

「……」

「不知道。」

佐渡在梅樹下徘徊踱步。

「哪裏也找不到。」

「早知如此，前天晚上分手時，就應該問清楚他要去哪裏？」

井戶龜右衛門丞、安積八彌太、木南加賀四郎等人找了一個晚上，最後都帶著落寞的神情回來。

大家坐在屋簷下議論紛紛。比武的時刻漸漸逼近——今天早上，木南加賀四郎經過佐佐木小次郎門前，看到那裏聚集了兩、三百名弟子，門扉大開，門口還懸掛龍紋布幕，正面擺著金色屏風，一大早就有弟子替他去參拜城邊的三所神社，祈禱旗開得勝。氣氛極爲熱絡。

這邊卻恰好相反。

雖然大家都未說出口，然而個個垂頭喪氣，只能對望唏噓。前夜聚會的六名老武士因爲和武藏同是作州出身，因此對藩裏、對世間都感到無顏以對。

「算了。現在找也來不及了。大家回去吧！急也無濟於事。」

佐渡要大家解散。然而木南加賀四郎和安積八彌太卻說：

「不，我們一定要找到他。即使過了今日，也要找出他來向大家謝罪。」

兩人情緒激動地走了。

佐渡回到清掃完畢的房間，上了一炷香。雖然是每天必行之事，然而縫殿介的內心卻受到無比的衝擊。

「……武藏該不會想不開吧！」

這時，站在庭園上望著大海的伊織，突然說：

「縫殿介先生，你有沒有到下關的船屋，小林太郎左衛門的家去問過？」

大人的看法有個範圍，但少年的想像力卻是天馬行空。

2

聽伊織這麼一說。

「對啊！我們怎麼沒想到。」

佐渡和縫殿介已經找到正確的目標。除此之外，想不出武藏還會到哪裏。

佐渡這才稍解愁容。

「阿縫，我們眞是急昏了頭。我要大家別慌，卻自亂陣腳。你趕快去迎接他回來。」

「遵命。伊織，你眞聰明。」

「我也要去。」

「主人，伊織也想一起去。」

「好，一起去吧。等一等，我寫封信給武藏。」

佐渡寫了一封信，口頭又再交代——

對手巖流已經在比武時刻，也就是辰時上刻之前，搭乘藩主的船隻到達船島。現在時間還相當充裕，閣下請到我的宅第搭乘我的船隻前往目的地，不知意下如何？

這是佐渡要傳達給武藏的意旨。縫殿介和伊織奉家老之命，趕緊搭藩裏的快船前去。

不久，便到達下關。

他們和下關的船屋小林太郎左衛門相當熟悉。店裏的人回答：

「我不知道是誰，但的確有一個年輕武士住在老闆家裏。」

「啊！武藏確實在這裏。」

縫殿介和伊織相視而笑。船屋老闆的住家就在店旁的倉庫隔壁。他們見到主人太郎左衛門。

「武藏先生是否住在府上？」

「是的，他在這裏。」

「這樣我們就放心了。家老擔心了一整夜。請你趕緊通知他。」

太郎左衛門進去屋內，又立刻出來。

「武藏還在房裏睡覺。」

「咦？」

兩人楞了一下。

「把他叫起來。現在哪是睡覺的時候？他是不是習慣晚起？」

「不。昨晚他和我聊得太起勁了，以致於聊到半夜。」

太郎左衛門命令僕人帶領縫殿介和伊織到客廳，自己則去叫武藏起牀。

不久，武藏出現在客廳。他已經睡飽，目光猶如嬰兒般清澈明亮。

武藏微笑說道：

「各位早！找我有事嗎？」

說完便坐下來。

縫殿介瞧他如此輕鬆，有點生氣，但還是將長岡佐渡的書信交給他，口頭上又作了交代。

武藏打開信函。伊織則直盯著武藏看。

「承蒙佐渡大人如此厚愛，我很感激，可是……」

武藏收起信函，看了伊織一眼。伊織急忙低下頭來，因為眼中已充滿淚水。

3

武藏寫好回信。

「詳情我都寫在信上，請交給佐渡大人。」

並說自己會算好時間到達船島。

兩人不得已只好帶著武藏的回信告辭。直到回去之前伊織什麼話都沒說。武藏也沒對他說任何話。

然而，師徒之情已盡在不言中。

一直在等候這兩人回來的長岡佐渡，拿到武藏的回信才放下心來。

信上寫著：

我聽說大人的船隻將送我到船島，非常感謝您的美意。但這次是我與小次郎之間的比武，且小次郎已搭主君的船隻前往，如果我又搭了大人的船隻，豈不是讓您與主君對立。因此，請不必爲我擔心。

之前，本想告知下榻此地一事，但恐大人不同意，故而隱瞞未說，尚請原諒。

（中略）

我會搭乘此地船屋的船，如約趕赴比武場所。

四月十三日　宮本武藏

此致

佐渡守大人

「……」

佐渡靜靜讀完最後一個字。

信中充滿謙虛的美德，洋溢體貼之意。武藏對事情考慮如此周詳，令佐渡非常感動。

相較之下，佐渡從昨夜卻如此焦慮。如今再看此信，感到非常愧疚。自己竟然懷疑如此謙沖爲懷的武藏，佐渡非常自慚。

「縫殿介。」

「在。」

「趕緊拿武藏這封信給內海孫兵衛丞等人傳閱。」

「遵命。」

縫殿介退下之後，站在門邊的佣人說道：

「主人，您是今天的見證人，請趕緊準備。」

佐渡態度從容地回答：

「我知道，現在時間還早。」

「雖然還早，但是另外一位見證人岩間角兵衛已經乘船離開海岸了。」

「別人是別人。別著急。伊織，你過來一下。」

「是。」

「你是不是男子漢？」

「我當然是。」

「無論發生什麼事，你有自信不哭嗎？」

「我絕不哭。」

「好，那你陪我到船島。可是，說不定得替武藏收屍……你要去嗎？……你不會哭嗎？」

「我要去。我絕不哭。」

縫殿介聽到他們的對話，便趕緊跑出門外。這時有一名旅行裝扮的女子，從圍牆的暗處叫住他。

4

「長岡大人的家臣，請等一下。」

那名女子背著小孩。

縫殿介急著趕路，看到旅行裝扮的女子，感到非常奇怪。

「有何貴事？」

「非常抱歉，我這種身分的人，實在不配站在這個門口。」

「妳一直在門外等嗎？」

「是的。聽說今天船島即將比武，武藏卻逃走了……此事當眞？」

「簡直胡說八道！」

縫殿介將昨晚積了一夜的鬱憤，全數吐出。

「只要辰時一到就可知道武藏是不是這種人。剛才我才去見過武藏，並且帶回他的信。」

「咦？你見過他了？他在哪裏？」

「妳是誰？」

也可以放心。」

「嗯……妳也聽到那些毫無憑據的流言了。雖然我急於趕路，但可以讓妳看一下武藏的回信，妳

「我是武藏的朋友。」

那名女子低下頭。

「我……」

縫殿介拿信給她看。這時又有名男子悄悄站到縫殿介背後，一起看著信，看得潸然淚下。

縫殿介這才注意到背後有人，他回頭看。那人趕緊行禮並拭去眼淚。

「你是誰？」

「我和她一起。」

「是她丈夫嗎？」

「是的。非常謝謝你。看到武藏令人懷念的字跡，好像看到他本人一般。對不對？朱實。」

「看到這封信我們就放心了。我們想從遠處觀看比武。即使隔著海，我們的心也跟隨著武藏。」

「喔！在海邊的山丘上可看到船島。而且今天天氣晴朗，也許可以看到船島的岸邊。」

「你有急事，我們卻如此耽誤你的時間，實在很抱歉。我們這就告辭。」

背著小孩的夫婦立刻往城邊的松山走去。

縫殿介正要趕路，卻又連忙叫住他們。

「喂！你們叫什麼名字？如果不介意，是不是可以告訴我。」

夫婦倆回過頭來，客氣地從遠方行禮。

「我們與武藏同是作州人，我叫又八。」

「我叫朱實。」

縫殿介點頭示意，一下子就跑開了。

兩人目送縫殿介離去之後，互看一眼，默默趕往城外。兩人一路氣喘吁吁地爬上小倉和門司關之間的松山。

從這裏可以看到船島的正面，那裏有幾座小島，連海門以及長門的山峰也都看得一清二楚。

兩人在地上鋪了蓆子，面海並肩而坐。

嘩……嘩……崖下傳來潮水拍岸的聲音，親子三人的頭上，有松葉不斷飄落。

朱實給小孩餵奶，又八則抱膝一言不發，也不逗小孩，只是專心一意地望著湛藍的海面。

彼人此人

1

縫殿介急忙趕路。

他必須在主人長岡佐渡出發往船島之前回到家裏。

他奉主人之命，分別跑到六名老武士的家裏，傳閱武藏的回信並稟報事情始末。連喝杯茶的時間都沒有，完成任務，正在回家的途中。

「啊！巖流的……」

他趕緊停下腳步躲起來。

那是離海關奉行所約五十公尺的海邊。

今早有很多藩士在岸上巡邏檢查，嚴加戒備。爲了部署比武場地，從領班到部卒，共分爲好幾組，分別乘船在前頭帶路，駛向船島。

現在——

有一名水手在一艘新船上等待。從甲板到掃把都是全新的。

縫殿介一眼便知那是藩主特地賜給巖流的船隻。

整艘船沒什麼特徵，但是站在那裏的一百多個人，大部分是平日與巖流較親近的人，或是一些不常見的面孔，因此，縫殿介一眼分辨出來。

「來了，來了。」

「看見了。」

衆人站在船的兩側，回頭朝同一個方向望去。

縫殿介也躲在松樹後往那個方向看去。

佐佐木巖流很早就騎馬到海邊的奉行所休息。

巖流將平日的愛馬託給奉行所的官吏。然後帶著入室弟子辰之助踩過沙灘走向那艘新船。

「……」

衆人看到巖流走近，立刻肅然起敬，並列兩旁，為他開出一條道路。

大家看到巖流豪華的裝扮，都出了神，甚至覺得自己也是個神氣活現的武士了。

巖流穿著一件白絹窄袖上衣，刺眼的猩紅色背心，葡萄色的皮染褲裙（譯註：從膝蓋以下以布條纏綁褲管，形成綁腿的一種褲裙），腳上穿著草鞋。看來有點潮溼。腰間佩戴平常用的小刀。大刀則是他仕宦以後有所顧慮而久未佩戴的愛刀「曬衣竿」——雖然並未刻上刀名，卻是備前有名的長光刀。很久沒帶在身上的這把長刀，這會兒長長地掛在腰上。

刀長三尺餘，一看就知道是把名刀，送行的人看得目瞪口呆。長刀配上他高䠷的身材，鮮紅的背心襯托他白皙的臉頰，眉宇間流露沈穩之姿——這是何等莊嚴啊！

波濤夾著海風，縫殿介聽不到人們和巖流的談話，然而從遠處仍可清楚地看到巖流臉上充滿柔和的笑容，不像是即將踏入生死之地的人。

他盡可能將笑容展現在自己的朋友面前，最後在支援者的簇擁下，搭上那艘新船。

弟子辰之助也上了船。

由兩位藩士充當水手，一名掌舵，一名搖槳。

另外還有一名隨行，就是辰之助手臂上的老鷹天弓。船隻一離岸，人們齊聲歡呼，嚇得天弓啪嗒啪嗒地猛拍翅膀。

2

海邊送行的人久久不捨離去。

巖流也站在船上向大家揮手致意。

划槳的人特意不讓船隻走得太快，只是緩緩地破浪而行。

「對了。時間快到了。主人一定急壞了……」

縫殿介回神過來，趕緊離開松樹蔭，正要返家。

這時，他才注意到離他躲藏的松樹約六、七棵松樹後，有一名女子獨自在哭泣。
她目送巖流漸漸消失在海上的小船，然後躲到樹下哭泣。
她就是巖流在小倉落腳的這段期間，一直在他身邊服侍的阿光。
「……」
縫殿介趕緊移開視線。爲了不驚嚇到那名女子，他躡手躡腳地離開岸邊，走向街道。
他口中喃喃自語：
「每個人都有表裏兩面。在歡樂的背後也有憂愁傷心的人……」
縫殿介再次回頭看了一眼爲避人耳目而獨自在松樹林悲泣的女子，以及漸漸遠去的巖流的船隻。
海邊的人羣三三五五地散開了。大家口中稱讚著巖流臨危不亂的風範，並期待今天他能夠獲勝。

「辰之助。」
「在。」
「把天弓帶過來。」
巖流伸出左手臂。
辰之助把手臂上的老鷹移到巖流手上，並向後退了一步。
船隻正航行在船島和小倉之間。海峽的潮流洶湧，天空和海水一片澄藍，天氣晴朗，可惜浪頭高了一點。

海水潑到甲板上，嚇得老鷹噼啪震翅。

平常馴養的老鷹，今早似乎也充滿了鬥志。

「回城裏去！」

巖流解開老鷹的足環，把牠放回空中。

老鷹慣有的狩獵動作，一飛到空中，立刻抓住一隻逃竄的海鳥，白色的羽毛紛紛落下。

但是飼主沒再度呼叫，老鷹朝著城池的上空飛過幾座翠綠島嶼，然後消失了蹤影。

巖流並未看老鷹飛向何方。他把老鷹一放，立刻將戴在身上的護身符、祈禱文，以及岩國阿姨精心縫製且繡著梵文的衣服——這些原本都不是他的東西——全都拋入海裏。

「這樣才自在。」

巖流自言自語。

他即將步入生死之地，如果心中還掛念著彼人、此人，或是受情感的牽絆，都將會影響他的情緒。這些祈禱自己勝利的人們，雖是好意，也是巖流的重擔。他甚至認爲神明的護身符都是累贅。人——本來就是赤裸裸的。

他現在覺悟到只有自己才是唯一可以信賴的。

「……」

巖流默默地迎著海風。他看到船島的松樹和蒼鬱的雜樹林漸漸地接近。

3

另一方面——在對岸赤間關——武藏也在做同樣的準備，當然時間非常緊迫。

一大早，縫殿介和伊織兩人受長岡指派找到武藏，並攜帶他的回信離去之後，船屋的主人小林太郎左衛門出現在海邊的店裏。

「佐助，佐助在嗎？」

他到處尋找。

佐助在眾多佣人當中，年紀較輕，頭腦機伶，頗受主人的器重。有空時他便在店裏幫忙。

「早安！」

掌櫃的一看到主人便立刻從櫃枱下來，向他請安。

「您在找佐助嗎？剛才他還在這裏。」

說完，吩咐其他年輕人：

「快去找佐助，老闆在找他，快點。」

接著，掌櫃的向主人報告店裏的事務、貨物的數量以及船隻的分配等事，然而太郎左衛門卻說：

「這事等一下再說。」

他像在趕耳邊的蚊子般搖著頭。然後問了一些毫無相關的事。

「是不是有人到店裏找武藏?」

「啊!你是說住在後面房間的客人嗎?對了,今天早上有人來找過他。」

「是長岡大人派來的吧!」

「是的。」

「其他呢?」

「這?……」

掌櫃的摸摸頭。

「我也沒親眼看見。聽說昨晚打烊之後,有位穿著一身髒衣服的男子,眼光銳利,拄著樫木杖,悄悄地走進店來,並說——我想見武藏先生,聽說他下船之後一直住在這裏——而且還在店裏待了一陣子。」

「我不是交代你們要對武藏的事保密嗎?」

「因爲參加今日比武的人住在這裏,所以家裏的年輕人個個都感到非常驕傲,情不自禁地說溜了嘴。雖然我嚴格禁止他們洩露風聲。」

「昨晚拄著樫木杖的旅人,後來怎樣了?」

「總兵衛先生出去應對,告訴他可能聽錯了。並推說這裏根本沒有武藏先生。好不容易才把他打發走了。有人看到當時有兩、三名女子站在大門外。」

這時,

有一個人從碼頭的棧橋跑過來。
「佐助來了。老闆，有何吩咐？」
「噢！佐助。沒別的事，今天我派給你的任務，你都清楚了嗎？」
「是，我很清楚。如此大任務在船伕的一生當中難得碰上幾回。今早天還未亮我就起牀，沐浴之後穿上新衣服，早已在此等待了。」
「昨夜我也吩咐過你，船隻都準備好了嗎？」
「不用刻意準備，我從幾艘輕舟當中選了一艘速度最快也最乾淨的船，並撒了鹽巴避邪，連船板都刷洗乾淨了。只要武藏先生準備妥當，我隨時可以啓程。」

4

太郎左衛門又說：
「船繫在哪裏？」
佐助回答：
「照往例繫在碼頭。」
太郎左衛門想了一下。
「如此一來，出航時恐怕會引人注目。武藏先生不希望驚動任何人，請你把船移到其他地方。」

「遵命。要移到哪裏呢?」

「離家裏後面約兩百公尺的東岸——平家松附近的沿岸，那裏路人稀少，比較不醒目。」

太郎左衛門吩咐時，連自己都開始著急起來。

店面與平常不同。今日整天公休。子時一過，海門的船隻禁止往來，而且除了對岸的門司關和小倉之外，長門嶺一帶的居民也都在密切注意今天在船島的比武。

路上有一大羣人指指點點。有附近藩所的武士、浪人、儒學者、鐵匠、油漆工、盔甲工匠等等，還有和尚、商人、農夫——其中還有穿著外套戴著斗笠的女人，到處散發著脂粉味——他們都走向同一個方向。

「快點來啊!」

「你再哭我就把你丟掉。」

漁夫的妻子，有的背著小孩，有的牽在手上，也不管小孩哭泣，吵吵嚷嚷的跟著看熱鬧。

「原來如此。這麼多人簡直是……」

太郎左衛門這時才瞭解武藏的心情。

不管認不認識，毀譽褒貶之聲不絕於耳。這羣人蜂擁而出，不管他人的生死勝負，只是好奇，跟著看熱鬧罷了。

現在離比武時刻還早呢!

既然禁止船隻出海，這些人根本無法到海上，從遙遠的陸地不可能看得到船島的比武。

然而人們不斷地前去。即使待在家裏，也會莫名其妙地跟著出來。
太郎左衛門走到路上，實地體會這種氣氛，最後又回到屋裏。
他的房間和武藏的房間，今早已經清掃過了。
客廳非常寬敞，天花板上映著波紋的亮光，屋後緊臨著海岸。波浪反射朝陽，閃閃爍爍地照在牆壁和門上。
「您回來了。」
「嗯！是阿鶴啊？」
「您到哪裏去了？我們到處在找您呢！」
「我在店裏啊！」
太郎左衛門接過阿鶴泡的茶，靜靜望著她。
「……」
阿鶴默默地望著海面。
太郎左衛門非常疼愛這個女兒。前一陣子她一直在泉州堺港的店裏幫忙，剛好武藏要來的時候，搭同一艘船回到父親身邊。阿鶴以前曾經照顧過伊織，在船上，這個女兒一定向武藏提過很多伊織的事。

5

另外還有一個可能。

武藏之所以會到小林太郎左衛門家裏寄宿，也緣由於此。爲了感謝對伊織的照顧，下船後，他直接到太郎左衛門家拜訪，與太郎左衛門相談甚歡，才會留下來。總之，無論如何——

武藏在此逗留期間，父親吩咐阿鶴必須細心侍候他。

昨夜，武藏和父親談到半夜，阿鶴則在別的房間爲武藏縫製衣物。因爲武藏說：

「我比武當天不必特別準備，但是希望能縫製一件新的內衣和腰帶。」

除了內衣之外，阿鶴還縫製了一件黑絹小袖以及新的腰帶，今天早上已經全部趕工完成。

如果——太郎左衛門以父親的心揣測女兒的心理。

女兒是不是對武藏有淡淡的戀情？果眞如此的話，今早阿鶴將是何等心情呢？

太郎左衛門頗能體會女兒的心境。

不，他的猜測有幾分可能。因爲今早阿鶴的眉間抹上一層憂鬱之色。

現在也是如此。

她爲父親左衛門泡了茶之後，看到父親默默地望著海面，自己也若有所思，凝視著湛藍的海水。

接著，她的淚水有如海潮，沾溼了眼眸。

「阿鶴。」

「是……」

「武藏先生在哪裏？你給他送早飯過去了嗎？」

「已經吃過了，現在正在房裏。」

「是不是在準備了。」

「不，還沒有。」

「那他在做什麼呢？」

「好像在畫圖。」

「畫圖？」

「是的。」

「哦！是嗎？大概是我的無心之言。有一次談到繪畫，我順口請他送一幅給我留念。」

「今天佐助會陪武藏去船島。武藏也說過要送一幅畫給佐助當紀念……」

「也要送給佐助？」

太郎左衛門喃喃自語，心裏更加地著急。

「他還在畫圖？時間都快到了。何況路上擠滿了看熱鬧的人潮，雖然他們看不到船島的比武。」

「武藏似乎忘了此事。」

「現在不是畫圖的時候。……阿鶴妳快點去叫他別再畫了。」

「可是我……」

「妳說不出口嗎？」

太郎左衛門這才完全明白女兒的心情。父女連心，太郎左衛門心中似乎也感受到女兒的悲傷。

然而父親並未形於色，只輕輕地斥責。

「傻瓜，妳在哭什麼？」

說完自己進去找武藏。

6

房門緊閉。

身邊擺著筆墨紙硯，武藏孤寂地坐著。

有一幅已經完成，上面畫著柳樹和鷺鷥。

但放在他眼前的，卻一筆也還沒動。

武藏面對這張白紙，思考要畫什麼？

講究繪畫理論與技巧之前，必須先有畫心。武藏現在正在調整自己的心情。

白紙猶如空無一物的天地。

一筆落下有如無中生有。呼風喚雨，自由自在，畫者的心隨之永遠留在畫上。心邪則邪——心有惰氣則畫下惰氣——心有匠氣，則畫便匠氣十足，這些都將無所遁形。

人類肉體會消失，墨則不會。畫者的內心世界將永遠留存紙上。

武藏思索著。

不，光是如此思考就妨礙了畫心。他努力將自己帶入猶如白紙一般的虛無之境。握筆的手不是他的，也不是別人的。心猶自在，等待自由翺翔於天地之間——

「……」

他的身影在這狹小的房間更顯得孤寂。

這裏聽不到路上的噪音，今日的比武似乎全不放在心上。

庭院裏的竹子，偶爾隨風搖擺——

「……喂！」

他背後的紙門輕輕開了。

主人太郎左衛門一直悄悄地窺視屋內，看武藏如此安靜，不忍叫他。現在他小聲地說：

「武藏先生，打攪你作畫，眞抱歉。」

在他看來，武藏似乎沈醉於繪畫中。

武藏聽了回過神來，說：

「喔，是老闆。快請進來，爲何如此客氣站在門外。」

「今天早上你不能再畫圖了。時間快到了。」

「內衣、懷紙、手帕等物都已經準備齊全，放在隔壁房間。」

「非常謝謝你。」

「請別管要送給我們的畫了。從船島回來再畫也不遲啊！」

「你別在意。今早我神清氣爽，才會在這個時候畫圖。」

「可是時間快到了。」

「我知道。」

「那麼，你開始準備的時候叫我一聲，我隨時可以。」

「我實在過意不去。」

「哪裏，哪裏。」

太郎左衛門不想再打擾武藏，正要退出。

「啊！老闆。」

武藏叫住他，問道：

「最近滿潮是什麼時刻？今早是退潮還是漲潮？」

「我知道。」

7

潮水的漲退直接影響到太郎左衛門的生意，因此他非常清楚。

「今早卯時到辰時之間退潮。對了，現在快漲潮了。」

武藏點頭。

「是嗎？」

說完，又面對白色的畫紙沈思。

太郎左衛門悄悄地關上紙門，退到原來的房間。他無法不管此事，卻束手無策。

他回到自己的座位上，極力讓自己鎮定。可是坐了一會兒，一想到時間緊迫，便又坐立難安。

最後，他終於站了起來，走到濱海屋的走廊。海門的潮水現在猶如奔流般直瀉至濱海屋，潮水漸漸漲上來。

「父親。」

「阿鶴……妳在做什麼？」

「快要出發了。我把武藏先生的草鞋放在門口。」

「他還沒要出發呢！」

「爲什麼？」

「他還在畫畫。見他如此悠哉，眞令人心急。」

「可是，剛才父親不是去叫他別畫了嗎？」

「我去了。但一進屋子，很奇妙地，就不想去阻止他。」

這時，屋外傳來了聲音。

「太郎左衛門先生！太郎左衛門先生！」

有一艘細川藩的快船停在庭院前的海上。剛才的聲音便是站在船上的武士發出來的。

「喔！是縫殿介先生啊！」

縫殿介並未下船。他很高興能在屋簷下看到太郎左衛門，便抬頭問道：

「武藏先生已經出發了嗎？」

太郎左衛門告訴他還未出發。縫殿介立刻說：

「那麼請你轉告他，請他早點準備。因為對手佐佐木巖流已經坐上藩主的船駛向船島。主人長岡佐渡大人剛才也離開小倉了。」

「我知道了。」

「請你一定要轉告他，到時可別膽怯，臨陣逃脫。」

說完，搭船回去了。

然而，太郎左衛門和阿鶴只能回頭望著後面寂靜的房間。短短的時間，卻像已過了漫長的歲月。

武藏的房門一直沒有打開，也沒有傳出任何聲音。

又有第二艘快船駛近來。有一名藩士跑上了岸。這個人不是長岡家派來的使臣，而是從船島直接過來的藩士。

8

聽見紙門的聲音，武藏張開眼睛。這回不必阿鶴叫他。

她只告訴武藏，藩裏的快船已來催促兩次了。

「是嗎？」

武藏微微一笑，點點頭。

武藏默不作聲地走到屋外。盥洗室傳來水聲。他洗臉，並用手撫平頭髮。

這時，阿鶴看到武藏房間榻榻米上的白紙已經畫好了。乍看之下像是雲彩，仔細端詳原來是潑墨的山水畫。

墨尚未乾。

「阿鶴姑娘。」

武藏從隔壁房間叫她。

「這幅畫請交給老闆。另外一幅畫請妳交給今天要搭載我的佐助先生。」

「好的，非常謝謝你。」

「我在此叨擾這麼久，沒什麼可回報，這畫就當是紀念吧！」

「我希望今夜你能像昨晚那樣，與父親在燈下促膝而談。」

阿鶴擔心著。

隔壁傳來換衣服的聲音，想必是武藏在做準備。聲音不再傳過來，武藏已經走到另外一個房間，與父親太郎左衛門談話。

阿鶴走到剛才武藏更衣的房間。武藏已親手將換下來的衣服折疊好，放到衣櫃上面。一股莫名的寂寞直襲阿鶴內心。阿鶴將臉靠在體溫猶存的內衣上。

「阿鶴，阿鶴啊！」

父親在叫她。

阿鶴回答之前，趕緊擦去臉上的淚水。

「阿鶴，妳在做什麼？武藏快出發了，快點過來。」

「是。」

阿鶴趕緊跑了出去。

武藏已經穿好草鞋，站在庭院門口。他希望能盡量避開大家的耳目。所以把佐助的小船安排在離岸不遠的地方等候。

有四、五名僕人與太郎左衛門在門口相送。阿鶴沒說一句話。武藏的眼神與她相會時，她連忙與大家一起低下頭。

「再見了。」

最後，武藏向大家揮手道別。

大家都低著頭。武藏走到門外，靜靜地關上門，又說了一次。

「請多保重……」

大家抬起頭看到武藏的背影消失在風中。

他會不會回頭？太郎左衛門和僕人站在院子裏，一直目送武藏離去，然而武藏始終沒有回頭。

「這才是眞正的武士，這樣才乾脆。」

有人這麼說著。

阿鶴立刻離開院子。太郎左衛門也回到屋內。

從太郎左衛門的房子後面，沿著海邊走約一百公尺左右，有一棵巨松，這附近的人稱它爲平家松。

船夫佐助一大早就划船在此等待。他看見武藏走了過來。這時，突然有人大聲呼喚。

「喂！師父！」

「武藏！」

啪嗒啪嗒——連滾帶爬的跑步聲追了過來。

9

一步——

踏出之後，他腦中已不再有其他的思緒。

武藏已把全部的思緒融入全黑的墨水，揮灑在白紙上了。

尤其是今天早上那幅畫，他覺得自己畫得很好。

現在要前往船島。

他將隨著潮水渡過海峽，與一般的旅人毫無兩樣。今天渡過此處，是否能再回到岸上，不得而知。今天的每一步是走向死亡還是走向更長的人生？武藏甚至不去想這些事。

在他二十二歲那一年的春天，他帶著一把孤劍到一乘寺下松赴約決鬥。當時全身熱血賁張，充滿鬥志。然而現在他毫無悲壯之情，也不感傷。

當時，一百多個敵人是強敵？還是今天只有一人的對手是強敵？當然佐佐木小次郎一人比起這些烏合之衆是更令人畏懼。這件事對武藏整個生命來說，是個生死關頭，是一生中的大事。

然而現在——

他看到佐助的小船，正要加快腳步前進時，突然聽到有人叫師父、又叫武藏的聲音，回頭看見兩個人伏在地上，那一瞬間，他平靜的心湖激起一陣漣漪。

「喔……你不是權之助嗎？連老太婆也來了。……爲何來此？」
武藏一臉的迷惑。眼前風塵僕僕的夢想權之助和阿杉婆跪在沙地上雙手伏地行禮。
「今天的比武是件大事。」
權之助說完，阿杉婆也說：
「我們來送你的。而且我是來向你道歉的。」
「咦？阿婆您爲何向我武藏道歉？」
「請你原諒。武藏，多年以來我都誤會你了。」
「咦？」
武藏懷疑自己的耳朵，他凝視著老太婆的臉。
「阿婆，您想跟我說什麼？」
「什麼都不說。」
老太婆雙手合掌在胸前，希望武藏能瞭解自己的誠心。
「我對過去的事懺悔不已。請你將一切拋諸腦後。武藏，請你原諒我，這些都是因爲我太愛兒子而造成的過錯。」
「……」
老太婆跪在武藏面前。武藏覺得承擔不起，也趕緊屈膝跪下，握住老太婆的手，伏下身子，許久抬不起頭來。因爲武藏悲欣交集，熱淚盈眶。

老太婆的手和武藏都微微顫抖著。

「啊！今天對武藏我來說是何等的吉日啊！聽到您這席話死也無憾了。我心裏非常高興，相信老太婆說的話是眞的。如此一來，我也可以無牽無掛地去比武了。」

「那麼你原諒我了。」

「您如果這麼說，武藏還要爲以前的事向阿婆賠不是呢！」

「眞高興。我的身心輕鬆多了。武藏！這世上還有一個可憐人，你一定要救她。」

老太婆說完，以眼神示意武藏。

遠方的松樹下，一名柔弱的女子從剛才一直坐在那裏，她低著頭像一棵開著花的露草。

10

不用說，那是阿通。阿通終於也來到這裏。千辛萬苦來到這裏了。

她手上拿著女用的斗笠。

帶著枴杖和病容。

但她的心中在燃燒。骨瘦如柴的體內竟然迸出熱烈的火花。武藏看到她的第一眼，立刻感受到她這股燃燒的烈焰。

「啊，阿通……」

武藏走到她面前，甚至沒有感覺到自己走路的腳步。遠處的權之助和老太婆也特地迴避，並未跟過來。他們甚至想要躲到海邊，讓這兩個人獨處。

「阿通，是妳嗎？」

武藏好不容易擠出這句話。

簡單的話，想要串聯長久的歲月，想來眞是可恨。

況且現在連說話的時間都沒有了。

「看妳身體不太好。生了什麼病？」

終於說了出口。

卻前後不連貫。就像截取長詩中的一句話一樣。

「……是。」

阿通因感傷而哽咽，甚至無法抬頭看武藏。然而在生離死別之際，阿通提醒自己不能再浪費這麼珍貴的相聚時光，理智上，她努力使自己冷靜下來。

「是不是受到風寒？還是長期的積勞所致？哪裏不舒服？……妳最近都住在哪裏？」

「去年秋天我便回七寶寺。」

「什麼？妳回故鄉了。」

「是的。」

她這才看著武藏。眼淚如一面深邃的湖水，幾乎淌出睫毛。

「故鄉……我是個孤兒，沒有故鄉，只有心裏的故鄉。」

「可是剛才我看阿婆對妳非常親切，感到很高興。請妳靜心養病，過快樂幸福的生活。」

「我現在已經很幸福了。」

「是嗎？聽了這話，我也能放心地離去了……阿通。」

武藏雙膝跪了下來。

阿通怕被權之助等人看到，身體稍往後退縮，然而武藏已經忘了有人在旁邊。

「妳瘦了。」

他緊緊地抱住阿通，雙方臉靠著臉，感受到對方呼出的熱氣。

「……原諒我，請妳原諒我，我不是個無情郎，我心中只有妳。」

「我知道。」

「妳知道？」

「但是我求你講一句話……求你叫我一聲妻子。」

「妳已知道我的心，說出來反而……」

「可是……」

阿通已經哭得渾身顫抖。突然用力抓住武藏的手大叫：

「我阿通死也要跟著你。即使死了，也要……」

武藏用力地點頭，將阿通纖細卻充滿力氣的手指一一地扳開，站了起來。

「武士的妻子在丈夫出征前豈可痛哭流涕。應該以笑臉相送。尤其是面對生離死別的丈夫即將搭船出海，更應該如此。」

11

其他人在旁邊。

但無人打擾他兩人的談話。

「保重——」

武藏的手離開她的背。阿通已不再哭泣。

不，她忍住了淚水，強顏歡笑。

「保重……」

阿通也回以同樣的話。

武藏起身，她也扶著樹幹踉蹌地站了起來。

「再見了！」

武藏說完，大步邁向海邊。

阿通想要對他說的最後一句話哽在喉嚨，終究還是沒說出口。因爲當武藏轉身離去的時候，她強忍著淚水。

我不能哭。

現在卻淚如雨下，甚至淚水模糊了武藏的身影。

岸邊的海風特別強勁。強勁的海風帶著潮香，吹著武藏的鬢髮、衣袖和褲管。

「佐助。」

武藏對著小船呼叫。

佐助這才回頭。

其實剛才他已看到武藏走過來，並未向前迎接，反而在小船上眼觀四面，加以戒備。

「武藏先生，可以走了嗎？」

「可以，把船靠過來一些。」

「好的。」

佐助解開繩纜，以槳撐著淺灘。

武藏一個翻身躍上船隻。

「啊！危險啊！阿通姊。」

松樹下傳來叫聲。

是城太郎。

是陪著阿通從姬路來到此地的青木城太郎。

城太郎也想見師父武藏的最後一面。然而剛才那一幕，使他失去現身的機會，他站在樹下等待。

阿通看到武藏腳離陸地，上了船隻，不知想到何事，突然對著海水跑過去。城太郎擔心阿通會尋短見，立刻追過去，並喊道：

「危險！」

由於城太郎自己的判斷，大叫危險之後，權之助和老太婆也誤解了阿通的心意。

「啊……妳要去哪裏？」

「別尋短啊！」

兩人從左右跑過去，三人緊緊地抱住阿通。

「不，不。」

阿通靜靜地搖頭。

雖然她跑得氣喘吁吁，卻臉帶微笑地告訴他們自己絕不會尋短，請他們放心。

「那，那妳準備做什麼？」

「讓我坐下來。」

阿通的聲音非常平靜。

大家放開手，阿通立刻跪在離岸不遠的沙地上。

她整理好衣冠和散亂的頭髮，面對武藏所乘的船隻。

「請你無牽無掛地去吧！」

說著，雙手扶地行禮。

老太婆也跪了下來。

權之助——還有城太郎——全都跪了下來。

城太郎終究沒跟師父武藏說上一句話。但他一想到把時間全留給了阿通姊，心裏一點也不覺遺憾。

魚歌水心

1

漲潮。

海峽的潮水快速如急流。

風也吹得急。

武藏的小船離開赤間關的海岸之後，拍打著白色的浪花前進。佐助握著槳，感到非常榮幸。連搖動的槳似乎也同感光榮。

「要花一段時間吧？」

武藏凝視前方問道。

他輕鬆地坐在船中央。

「這點風和潮水算什麼，一點也不費事。」

「是嗎？」

「雖然如此，時間好像晚了很多。」

「嗯。」

「辰時已經過了。」

「幾時會到達船島？」

「大概是巳時。不，應該會過巳時才到。」

「這樣剛好。」

當天——

巖流和武藏所仰望的天空，是一片的蔚藍。除了長門山上飄浮的白雲之外，絲毫不見雲的芳蹤。

由於天氣晴朗，可以淸楚地望見門司關的街屋和風師山的山脊。聚集在那一帶看熱鬧的人羣，遠遠看去就像是黑色的螞蟻。

「佐助。」

「是。」

「這個可以給我嗎？」

「什麼東西？」

「放在船底的破槳。」

「這東西已經不用了。您拿它做什麼？」

「正好派得上用場。」

武藏單手拿槳。眼睛沿著手腕水平地望去，仔細端詳。槳上留有幾分水氣，增加了木質的重量。槳的一端稍有裂痕，才會被棄置不用。

武藏拔出小刀，專心地削著膝上的槳。他看來心無雜念。

佐助仍然擔心赤間關海邊——平家松附近的情況——因而不斷回頭張望。眼前這個武藏竟然能夠如此瀟灑，絲毫不受牽絆。

難道去比武的人都是這種心情嗎？以佐助商人的眼光來看，甚至覺得武藏太過於冷漠。

武藏削完槳，拍去膝上的木屑。

「佐助。」

他又叫了一次。

「你有沒有其他的衣服？簑衣也行。」

「您會冷嗎？」

「不，水花一直濺上來。我想披在肩上。」

「我站的甲板下有一件棉襖。」

「是嗎？借用一下。」

武藏拿出佐助的棉襖披在肩上。

船島仍然在一片霞霧當中。

武藏取出懷紙，開始搓成條狀。搓了幾十條之後，又把它接成兩條，量了長度交叉掛在肩上當做肩帶。

常聽人說紙搓肩帶很困難，但佐助看武藏搓來輕鬆自如，而且手法乾淨俐落，感到非常驚訝。

武藏為了避免潮水打溼肩帶，又重新披上棉襖。

「那就是船島嗎？」

武藏指著最近的島嶼問道。

2

「不，那是彥島。是這羣島的母島。船島必須再過去一點才能看到。它離彥島東北方約五、六百公尺，地面平坦像一片沙洲。」

「是嗎？這附近共有幾個島？」

「六連島、藍島、白島等等——其中船島是最小的。它位於伊崎、彥島之間，這裏又稱為音渡岬。」

「西邊是豐前的大里海岸嗎？」

「是的。」

「我想起來了。很久以前，在元曆年間，這一帶的海岸和島嶼是九郎判官和平家的知盛卿作戰的遺址。」

談這話題到底吉不吉利？佐助搖著槳，從剛才便直起雞皮疙瘩，心中不斷受到衝擊。

雖然他極力告訴自己，比武的不是自己，仍是緊張萬分。

今天的比武是一場生死決鬥。現在，他載著這個人前往，是否也能平安無事地載他回去。也許只是載一具屍骸回去也說不定。

佐助無法瞭解武藏為何如此地灑脫。

這葉扁舟——

猶如空中的一片白雲。

佐助一直感到納悶。而武藏搭船赴目的地的這段時間，的確沒有思考任何事。以往，在他的生活中未曾感到無聊，今天在船上卻開始感到無聊起來。

槳削過了，紙也搓過了。其他沒有任何想做的事。

武藏從船舷望著藍色海水的浪紋，感到海水深不見底。

水是活的，蘊藏著無窮的生命。然而它卻沒有固定的模式。由於人受制於固定的模式，反而無法擁有無窮的生命。因此，生命的有無在於人類的形體消失之後，才會存在。

迫在眼前的生死問題，猶如海水中的泡沫。武藏雖然抱著超然的態度，但此念頭一掠過腦際，全身上下不覺毛骨悚然。

這並不是因為冰冷的波濤打在他身上的緣故。

心靈已經脫離生死，肉體卻有預感。他肌肉緊繃，身心無法合為一體。

當肌肉和皮膚上的毛穴不再感受生與死的時候，武藏的腦海裏只剩下水光和雲影。

「看見了。」

「喔，終於到了。」

那並非船島，而是彥島的勒使待海岸。

約有三、四十名武士聚集在港邊，張望著海上。

這些人都是佐佐木巖流的門人，其中半數以上是細川家的家士。

當告示牌貼在小倉城邊的那一天，這些人便乘船到達此島。

萬一師父巖流敗北，絕不能讓武藏活著離開小島。

這些人秘密地結盟，無視於藩裏的公告，在兩日前已經到島上部署。

然而今天早上，

長岡佐渡和岩間角兵衛兩位大臣以及警備的藩士一上岸便發現這些人，立刻給予嚴厲的斥責，並將他們趕到船島旁邊的彥島勒使待海岸。

3

藩裏明令禁止比武時有人圍觀，所以才會處置這些人。但藩士當中有八成的人希望同藩的巖流能夠獲勝，因此，在心底也很同情這些擁護師父的門人。

總之——

按照命令將這些人趕出船島，移到旁邊的彥島之後，便不再追問此事。

何況，

比武結束之後——

萬一巖流敗北，門人想在船島報仇是有點困難。不如等武藏離開船島之後，再集體行動為師父巖流雪仇——這些官員暗地裏如此盤算。

巖流的門人被趕到彥島之後，立刻聚集漁村的小船約十二、三艘，在勒使待海岸待命。然後派人到山上去看比武的情形，一有結果，立刻報知其他人。萬一巖流落敗，三、四十人立刻分乘小舟到海上截斷武藏的歸路，並將他逼到陸地狙殺，或者翻覆他的船隻，讓他葬身海底。

「那是武藏嗎？」

「果然是武藏。」

大家互相走告，並爬上小山丘，以手遮陽，望著反射陽光的海面。

「今天早上已經禁止船隻往來，那一定是武藏的船。」

「一個人嗎？」

「好像是一個人。」

「他肩上披著衣服，坐在船中央。」

「腳上有沒有穿護脛套。」

「別看了，快點準備吧！」

「有沒有人在山上察視？」

「有。已經上去了，沒問題。」

「那麼，我們趕緊上船。」

只要放開纜繩，船隻隨時可以出港。三、四十名門人陸陸續續地躲到船上。

每艘船上都有一把長槍。比起巖流和武藏，這些人的準備更爲周到。

「看見武藏了！」

聲音不只從這裏發出，同時，也傳到了船島。

在船島上。

只聽到波濤、松濤以及雜木林隨風飄動的聲音，整個島上今早靜肅得如無人之地。

在這種氣氛下，這些喊叫聲聽起來特別蕭瑟。從長門領山延伸過來的白雲，剛好遮住正午的太陽。陽光一被遮住，島上的樹林頓時昏暗下來。全島的樹林也都籠罩在一片昏暗中，一會兒雲消霧散，陽光普照。

即使近看，這座島嶼仍是極其狹窄。

北邊有一座高丘，松樹很多。南邊則是一片平地淺灘，直伸到海面。

從丘陵到平地的海邊，便是今天比武的場地。

離沙灘不遠的地方，奉行以下的官員以及部屬們在樹與樹之間圍上布幕，屏息以待。巖流有藩籍，武藏沒有靠山，因此才圍上布幕，以免嚇到對方。

離約定的時辰已過了一刻鐘。

藩裏已經派了兩次快艇前去催促，原本靜肅的氣氛，現在也有點焦躁和不安。

「看到武藏了！」

站在海岸觀察的藩士大叫一聲，向圍著布幕的地方跑去。

4

「來了嗎？」

岩間角兵衛立刻從座位上站起。

今天他與長岡佐渡都是見證人，並非來對付武藏。

然而，語氣中流露的敵意卻是自然的。

在他身旁的隨從，也都抱著相同的心情。

「喔！是那艘船。」

全體都站起來。

角兵衛是藩裏的官員，必須保持公正的立場，他立刻察覺到自己的失態。

「肅靜。」

他警告周圍的人。

然後，坐下來靜靜望著巖流的方向。

巖流尚未出現。只看到四、五棵桃樹之間掛著一面龍紋圍幕。

圍幕的旁邊有一個新的水桶，裏面放著青竹柄的水杓。提早到達的巖流，因爲對手來遲了，便在這裏喝水休息，此刻卻不見蹤影。

隔著布幕，在斜坡的另一端是長岡佐渡的休息場。

他的身邊圍著一羣警衛、僕人和他的隨從伊織。

剛才有人大喊「看見武藏了！」隨著這個叫聲，有一人從海邊跑進警備的陣營中。伊織聽到，臉色頓時發白。

佐渡正視前方，盔帽動也不動。他側著臉低聲說：

「伊織！」

伊織手伏地面。

「是。」

他抬頭望著佐渡盔帽下的臉。

渾身顫抖不止。

「伊織——」

佐渡直盯著伊織的眼睛，說：

「你要仔細地看。可別錯過機會。武藏搏此一命，對你是最好的武藝示範。你今天一定要好好地看。」

「……」

伊織點點頭。

他遵從指示，有如炬火般的眼光直盯著海邊。

離海岸約一百公尺左右，白色的浪花清楚地映入眼簾。但遠處的人影非常渺小。比武時的實際動作、呼吸無法看得一清二楚。但是，佐渡並非要伊織看這些技巧。而是要他仔細觀察人與天地在瞬間合而爲一的微妙光景。另外，面臨這種場面的心理準備，也可讓這些後輩引爲借鏡。

花草隨風搖曳，青色的小蟲跳上跳下。蝴蝶舞著艷麗的翅膀，在草叢中飛來飛去。

「啊！來了。」

慢慢靠近海岸的小船，也映入伊織的眼簾。現在的時間比規定的時刻晚了約一刻鐘——也就是巳時的下刻（十一點）左右。

寂靜無聲的島上，只有正午的陽光照耀著。

此時，有人從休息場後的山丘上走了下來。那是佐佐木巖流。剛才巖流等得不耐煩才爬上山丘，獨自坐在上面。

巖流向坐在左右兩邊的見證人行禮之後，踏著草地，靜靜走向岸邊。

5

日正當中。

小船進入沙灘時，波浪變得細碎，藍色的淺灘清澈見底。

「要停在哪裏？」

佐助放慢划槳速度，環視海岸問道。

岸上沒有半個人影。

武藏脫去披在肩上的棉襖。

「直直走——」

船舷直直前進，然而佐助划槳的動作卻非常地小。寂靜無聲，空無一人的島上，只聽見小鳥清脆的啼叫聲。

「佐助。」

「在。」

「這附近水真淺。」

「是個淺灘。」

「不必勉強把船划進來。如果卡到礁石就不好了。況且潮水也快退了。」

「……」

佐助忘了回答，他正注意島內的草原。

看到松樹了。是一棵瘦長的松樹。他也瞥見了松樹下猩紅無袖背心隨風翻轉的衣角。

已經來了！在那裏等待。

巖流在那裏。

佐助正要用手指，發現武藏的眼睛早已注意到了。

武藏取出腰帶上的手巾，摺成四摺，撫平被海風吹亂的頭髮，紮成一束。

小刀帶在身上，大刀則放在船上。爲了防止飛沫打溼，上面蓋著草蓆。

武藏右手握著剛才用船槳削好的木劍，從船上站起來。

「可以了。」

他對佐助說。

然而——

離水面沙灘仍有三十五公尺左右的距離。佐助聽武藏這麼一說，立刻用力划了兩、三槳。

船隻突然急速前進，船底似乎卡上了淺灘，咚的一聲發出巨響。

武藏拉高褲管，輕輕地跳入海水中。

噗的一聲，飛沫不濺，海水僅及腳踝。

刷！

刷！

刷……

武藏快速走向沙灘。

握在手上的船槳木劍，隨著他腳上的白色水花也劃破水面。

五步。

還有十步。

佐助放開船槳，出神地望著武藏的背影。從頭到腳他感到一股寒氣，不住發抖。

佐助幾乎要窒息了。遠處的松樹下，彷彿飄過來一面紅色的旗子。原來是巖流跑了過來。長長的刀鞘反射出陽光，猶如一道銀狐的尾巴。

刷、刷、刷……

武藏仍然走在海水中。

快一點！

佐助的期待落空了。因爲武藏尚未走到沙灘上，巖流已經跑到了海邊。

「糟了——」佐助心中暗叫一聲，他已經看不下去了。就好像自己被砍成兩段一樣，他趕緊俯趴在船艙底。

6

「武藏嗎？」

巖流先開口。

他搶得先機，已經站在水面上。

他已經占領大地，一步也不讓給敵人。

武藏踩在海水中，微笑著回答：

「你就是小次郎嗎？」

船槳木劍的尖端浸在浪花中。

任由水濺，任由風吹，武藏手中只有一支木劍。

然而——

武藏因手巾緊緊綁住頭髮而眼尾上揚，不像平常的他。

武藏的目光並未流露殺氣，卻有一股吸引力，就像深邃的湖水，吸住敵人的生命。

巖流的眼光則殺氣騰騰，不僅在他雙眸中燃燒著，並射向對手武藏。

眼睛是靈魂之窗。一個人的內涵直接表現在眼神當中，巖流和武藏的眼神迥然不同。

「武藏。」

「武藏！」

他又叫了一次。

拍岸的潮水發出巨響。兩人的腳都泡在海裏。巖流看對方不回答，更是氣焰高升。

「你怕了嗎？還是你另有計謀？無論如何，你是懦夫。你竟然遲到一刻鐘。巖流我可未違約，老早就在此等待。」

「……」

「……」

「你在一乘寺下松以及三十三間堂時，都故意遲到，對敵人趁隙攻擊，這可能是你慣用的手法。可是，我巖流可不吃你這一套。你最好有心理準備，光榮地死去，免得遺臭萬年。來吧！武藏。」

說完，巖流抬高肩膀拔出腰邊的大刀「曬衣竿」，同時將左手上的刀鞘投入海中。

武藏充耳不聞。等對方說完，又等海浪退去之後，一針見血地說道：

「小次郎，你輸了。」

「什麼？」

「今天的比武勝負已分。你輸了。」

「住口！你憑什麼？」

「如果你勝劵在握，爲何丟棄刀鞘？丟棄刀鞘等於丟棄你的生命。」

「哼！胡說八道。」

「可惜啊！小次郎，你氣數已盡。」

「過——過來。」

「好！」

武藏回答。

武藏的腳邊響起水聲。

巖流也踩入淺灘，拿著曬衣竿直指武藏，擺好架勢。

武藏在水面下劃出一道白色的泡沫，刷刷刷——他踢著海水，很快跑到巖流左邊的海岸。

7

巖流看武藏斜跑著上了岸，立刻沿著沙灘追上去。

武藏的腳才踩上沙地——

「喝！」

巖流的大刀已像隻飛魚般咬向敵人的身體。

腳剛離開海水，比較沈重。那一瞬間武藏尚未進入備戰狀態。當他感到曬衣竿即將打中自己頭上的那一刻，自己才剛跑出水面，因而身體有點向前傾。

然而——

武藏已用兩手將船槳削成的木劍從右邊腋下推向背部，橫擋住身體。

「……哼！」

武藏無聲的氣勢隨風撲向巖流臉上。

巖流幾乎砍中武藏頭頂的大刀，只從武藏頭上掠過，落在武藏前方約九尺之處，迫使巖流的身子不由自主地隨刀橫閃過去。

這不可能。

武藏的身體儼然如一塊岩石。

「……」

「……」

然雙方已經改變對峙的位置。

武藏留在原地。

他從水中走了兩、三步，站在海邊，背對大海，面向巖流。

巖流面對武藏也面對著大海，雙手高舉愛刀曬衣竿。

「……」

「……」

兩人的生命完全進入作戰狀態。

武藏心無雜念。

巖流亦無他思。

戰鬥的場面處於眞空狀態。

除了波濤聲之外——

草原那邊的休息場——

有無數的人屏氣凝神，正注視靜止中的兩個生命。

巖流有無數擁護、信任他的情魂和祈禱。

武藏這一方也有支持他的人。

在這島上有伊織和佐渡，赤間關的海邊有阿通和阿杉婆以及權之助。

小倉的松丘上還有又八和朱實。

雖然他們看不見這裏。

卻都對著天默默祈禱。

這個地點，這些人的祈禱和淚水根本毫無用處。這裏無僥倖也無神助，有的只是公正無私的藍天。

當心靈有如藍天般淸澈時，才能進入無念無思的境界。凡有生命形體要達到這種境界實在不容易，何況處於白刃對白刃的決鬥之際。

「……」

「……」

武藏腦中突然閃過一個念頭。

臨陣對敵，全身的毛細孔像針一樣豎立。

筋、肉、爪、毛髮——所有生命的附屬物，連睫毛也全都昂揚，一面攻一面守。這種情況下，心靈想與天地共澄淨，有如在暴風雨中希望池塘裏的月影不因之紊亂一般的困難。

8

時間感覺很長——事實上卻非常短暫——但只是海浪來去五、六回之間。

一聲巨響終於劃破一切。

那是巖流發出來的聲音。幾乎在同時，武藏的身體也發出了聲音。就像拍打岩岸的怒濤般，兩人的聲息與精神的飛沫合而爲一之際，長刀曬衣竿的刀尖斬落天上的太陽般，從高處劃了一道細細的彩虹，直逼武藏。

刀對準武藏的左肩——

武藏蹲下閃躲。上半身傾斜的同時，右腳往後退了一步。接著，武藏手上的木劍揚起一陣風，這與巖流的長刀對著武藏眉頭切下來的動作，幾乎同一個時間發生。

「……」

「……」

瞬間一過，兩人的呼吸變得比波浪還要澎湃。

武藏離開水邊約十步左右，側立在海邊，並沿著舉在眼前的船槳望著奔過來的敵人。

武藏的木劍直指著正前方，而巖流的曬衣竿則高高舉著。

兩人的間隔在相搏的一瞬間，拉遠開來。現在，即使兩支長槍對峙也無法攻擊到對方。

巖流在最初的攻擊時，未傷到武藏半根毛髮，卻占了地利之便。

武藏一直背對著海，不移動位置是有原因的。因為正午的陽光會反射在水面上，而巖流面對海面，處於相當不利的地勢。如果一直在這個位置與武藏對峙，他的精神和眼睛一定會比武藏更容易疲倦。

好——

巖流心中暗自叫好，因為他認為占領陸地就破了武藏的前衛。

巖流小步移動。

他在尋找敵人的破綻，同時又要堅挺自己的金剛之身，所以採取這種小步伐前進。

武藏也慢慢移步向前。

他舉著船槳木劍，猶如要刺向巖流眼睛般直逼過去。

巖流見武藏的動作如此輕鬆，心中一驚，不覺停下腳步，眼前突然不見武藏的蹤影。

只見船槳木劍飛向空中。武藏六尺的身子隨之縮成四尺。原來他已雙腳離地，翻滾在空中。

「——啊！」

巖流趕緊將頭上的長刀大大地劃向空中。

敵人武藏頭上的紅色手巾，被他的刀尖切成兩段，飛了出去。

竟誤認爲那紅手巾是武藏的頭顱，血淋淋地從自己刀尖飛向空中。

在巖流眼中。

巖流眼中帶著笑意。然而就在那一瞬間，巖流的頭頂被木劍擊中，頭骨碎成了小沙粒。

巖流仆倒在沙灘和草原的邊際，臉上並無敗跡。他一定認爲自己已經將武藏的頭砍落海中，所以不斷地滲出鮮血的嘴角仍帶著一抹微笑。

9

「啊！啊！」

「巖流師父……」

休息場引起一陣騷動。

大家幾乎忘我。

岩間角兵衛也起身，周圍的人個個臉色慘白，也站了起來。但是角兵衛卻望見旁邊的長岡佐渡和伊織，以及其他人都神色自若，他趕緊強作鎮定，並努力安撫周圍的人不要騷動。

雖然如此，相信巖流會獲勝的人無法掩飾臉上失望的表情和悲傷的氣氛。

「……？」

這些人即使親眼目睹事實，仍懷疑自己的眼光。他們呑著口水，茫然了好一陣子。

島上一片寂靜，鴉雀無聲。

只有無心的松濤和隨風搖曳的野草，似乎在慨嘆人間的無常。

武藏望見一朵白雲。他看了一眼，這才回過神來。

看到白雲，才眞正恢復自我意識。最後，踏上不歸路的是敵人巖流佐佐木小次郎。

小次郎就躺在離他約十步遠的沙灘上。他的臉橫臥在下，緊握長刀的手上，仍有一分執著的力量。但他的表情一點也不痛苦。因爲他已全力應戰，心滿意足了。全力應戰、鞠躬盡瘁的人都是死而無憾的。臉上沒有一絲遺憾。

武藏看到被砍斷而掉在地上的紅手巾，不禁背脊一陣涼意。

「在我這一生當中，能否再遇上這樣的敵手？」

武藏這麼一想，突然對小次郎心存感激和尊敬。

同時也認爲這是敵人給自己的恩澤。小次郎握劍時堅強的態度——以一個武士來說，小次郎毋寧是位勇者，比自己高強。現在自己能夠打敗比自己強的敵人，這是一種恩澤。

然而，面對如此高強的敵人，自己是如何獲勝的？

是技巧？還是上天的保佑？

武藏可以立刻否定，但他也搞不清楚。

大致來說，小次郎的劍法憑著技巧與力量，武藏卻相信劍的精神。兩者只有這點差別。

「……」

武藏默默地走了十步左右，屈膝跪在小次郎身邊。

他用左手試探小次郎的鼻息，發現還有一絲氣息，立刻鬆了眉頭。

「也許還救得活。」

他在小次郎身上看到一縷生命之光。這位令人惋惜的對手不因這次比賽而失去性命，武藏心中非常欣慰。

「再見了！」

對著小次郎——

也對著休息場的方向。

武藏雙手伏地行了一禮，最後提著滴血未染的木劍，快步跑往北岸，跳入在那裏等待的小船。

最後，小船不知駛向何方。

本來在彥島戒備的巖流門人，終究無法攔下武藏爲師父報仇。

人生在世，總免不了受他人的憎惡與喜愛。

即使經過一段很長的時間，感情的波濤仍然不斷擴散。在武藏有生之年，對他不滿意的人，仍然在批評他當時的行爲。

「那時候武藏倉皇逃跑，狼狽至極。本來應該給巖流補上一刀，他卻忘了。可見他是多麼地膽小懦弱啊！」

動蕩騷亂乃世之常。

在人世的波濤中，常混有善於隨波逐流的雜魚，在水中歌唱，在水中跳躍。但是，又有誰知道百尺下的水心和水的深度呢？

全書完

國家圖書館出版品預行編目資料

宮本武藏／吉川英治著；劉敏譯. -初版. -
- 臺北市：遠流，1998
冊；　公分.--(小說歷史；100-106)

ISBN 957-32-3437-8（一套：平裝）
ISBN 957-32-3438-6（第一卷：平裝）
ISBN 957-32-3439-4（第二卷：平裝）
ISBN 957-32-3440-8（第三卷：平裝）
ISBN 957-32-3441-6（第四卷：平裝）
ISBN 957-32-3442-4（第五卷：平裝）
ISBN 957-32-3443-2（第六卷：平裝）
ISBN 957-32-3444-0（第七卷：平裝）

861.57　　　　　　　87000868